AF318242

Le Siècle.

FULGENCE GIRARD.

MARCELLINE VAUVERT

PARIS
BUREAUX DU SIÈCLE
RUE DU CROISSANT, 16.

A. VIALON. DEL.   J. GUILLAUME. SC.

Fulgence Girard

—

MARCELLINE VAUVERT

PREMIÈRE PARTIE.

UNE FLEUR.

I

UN BRIGAND DE LA LOIRE.

Parmi les ruelles solitaires et silencieuses qui se croisent et s'enchevêtrent entre la belle cathédrale de Coutances et la partie septentrionale du boulevard de cette ville antique (1), il en est une qui frappe encore, dans ce quartier où croît l'herbe, par sa solitude et son silence.

D'humbles mais commodes maisonnettes, avec leurs petits jardins ou leurs préaux de tilleuls, comfortables habitations de l'illustre chapitre, se partagent les bords e cette rue tranquille, avec des hôtels plus riches et plus évères habités par de nobles douairières.

En 1830, un de ces logis semblait pourtant, dans les ernières heures de la matinée, vouloir rompre cette uiétude par une dérogation aux oisives habitudes de cet ndolent et saint quartier. Vers neuf heures du matin,

(1) Cette vallée fut d'abord un camp retranché (*Cæsaris astra*) destiné par le conquérant à contenir cette partie des aules. Constance convertit plus tard cette colonie militaire n une ville qui prit le nom de *Constanciensis*, et par eupho-ïsme ou corruption celui de Coutances.

moment où presque tous les contrevents et les jalousies étaient encore exactement fermés, instant où l'on ne voyait dans les rues que les valets et les gouvernantes, la sonorité de son heurtoir allait, dans les maisons voisines, éveiller sous l'édredon bien des dévotes et aristocratiques impatiences.

A cette heure, en effet, le facteur de la poste, des commis et des négociants, se croisaient sur son perron, et, par leur activité et leur succession continue, lui donnaient assez l'aspect d'une ruche d'abeilles dans l'isolemenf d'un *courtil* normand.

Vint onze heures, ce mouvement s'effaçait graduellement; en sorte que, une demi-heure plus tard, lorsque, le teint vermeil et les cheveux poudrés à frimas, les vénérables chanoines gagnaient d'un pas alourdi la cathédrale et leur chapelle canonique, le diligent hôtel était rentré dans l'immobilité générale, comme s'il eût eu honte, sous l'œil de ces prélats, de l'industrielle bourgeoisie à laquelle il avait mésallié sa porte armoriée.

Son nouveau propriétaire n'appartenait en effet à l'aristocratie, ni par son origine, ni par ses sympathies, ni par les préjugés, poussière de tous les titres, ni par l'orgueil et l'égoïsme, rouille grossière de tous les blasons. Né d'une famille vertueuse et respectée, il l'avait quittée bien jeune dans ces jours d'enthousiasme et de gloire où la Convention nationale, digne de son mandat populaire, ne répondait aux menaces des rois d'Europe qu'avec le canon de ses quatorze armées.

De retour en 1815, il ne retrouva de toute sa famille qu'une tante maternelle. La bonne vieille avait reçu pour lui les bénédictions et les vœux de son père, puis de sa sœur, enfin de sa mère, dont elle avait successivement fermé les yeux. C'était là à peu près tout l'héritage qu'il avait eu à recueillir. Il le reçut avec une reconnaissance et une douleur pieuses.

Colonel et officier de la Légion d'honneur, sa demi-solde et sa pension lui assuraient une existence honorable. Il eût pu jouir d'une fortune considérable, si la rigidité de ses principes ne lui eussent fait rejeter l'offre de titres et de dotations. Il aurait eu honte de prendre part à cette mascarade impériale, où chaque soldat se travestit en grand seigneur, sous le manteau de comte, sous l'hermine de pair, les perles ou les plumes ducales, guenilles de l'aristocratie qu'avait balayées le pied du peuple. Il eût pu, même après le renversement de l'Empire, aspirer, à cause de sa réputation et de son grade, à de brillants partis; mais comme dans toutes les circonstances politiques il n'avait consulté que sa conscience, dans cette question de sentiment il ne consulta que son cœur; il se rattacha à la société au milieu de laquelle il devait vivre par un mariage plus convenable qu'avantageux.

La mort prématurée de celle qu'il avait prise pour compagne lui avait laissé, comme souvenir des quinze mois de félicité qu'il avait goûtés près d'elle, une fille sur laquelle s'était reportée toute sa tendresse, à laquelle il se dévoua avec amour.

Chaque jour, en développant une beauté dans les traits de cette enfant, une qualité dans son cœur, une perfection dans son caractère, lui rappelait plus complétement cette femme qui avait traversé sa vie comme une apparition lumineuse, et comme gage de son passage lui avait laissé un berceau. Le bonheur dont l'enivraient ses sollicitudes de père ne tarda point cependant à s'empoisonner de craintes. Le coup imprévu qui avait moissonné sa femme au milieu de sa jeunesse, au sein de leur amour, assombrit ses pensées sur la destinée de sa fille. S'il venait à succomber, lui qu'avaient mutilé, qu'avaient usé vingt années de guerre, quelle serait la position de cette enfant sans fortune, sans dot, sans avenir?

Ce fut alors que, renonçant au repos après lequel il avait tant et si longtemps soupiré, il songea à se créer une profession féconde. Ses premiers efforts eurent tout succès. Sa réputation pure et rigide fit prendre à la maison de banque qu'il fonda des développements dont il n'avait point conçu l'espoir. Une existence nouvelle commença pour lui; ses journées se divisèrent en deux parts, l'une consacrée au travail, l'autre à la jouissance de ses affections. Il était tour à tour négociant et père. Livré le matin à ses occupations financières, il sortait vers midi de son comptoir pour rentrer dans la vie de famille, bonheur immense resserré entre deux cœurs, ivresse et calme, encens et flamme de son foyer, son pain d'amour.

Cependant, vers la fin de 1830, cette existence avait subi des modifications qui, en rompant sa monotonie, avaient altéré sa sérénité. Les sorties de monsieur Vauvert étaient plus fréquentes, ses absences plus longues, ses heures de réception avaient perdu de leur régularité. Marcelline l'avait remarqué avec inquiétude et douleur; mais son père lui ayant tu les causes de ce changement, elle avait dû respecter son silence.

Le 16 décembre, vers cinq heures du soir, un homme d'un extérieur en tous points régulier, et dont la mise, quoique sans luxe, annonçait cependant l'aisance, faisait retentir d'un petit coup sec la porte du riche banquier.

C'était un petit homme d'une cinquantaine d'années, au front fuyant, aux yeux de lynx sous des sourcils de chinchilla très-touffus, au nez long, épaté et pointu, au menton et aux pommettes saillantes; l'expression de sa physionomie était la finesse et la ruse; sa taille, légèrement voûtée, et ses traits ridés et vieillis annonçaient une vie excessive en travail ou en plaisirs, l'une et l'autre peut-être.

Un domestique vint ouvrir.

C'était un gaillard de cinq pieds six pouces, dont la raideur et la tenue propre et sévère annonçaient les habitudes militaires aussi positivement que son col noir bouclé en arrière, ses moustaches et ses cheveux à la Titus.

— Monsieur Vauvert? — demanda l'étranger d'un air froid et sombre.

— Trop tard! monsieur, — répondit le domestique, jugeant, avec le tact physiologique que donne l'habitude, quel devait être l'objet de la visite de cet inconnu. — Les bureaux ferment à quatre heures... Revenez demain matin à neuf heures.

— Il y a exception pour moi, camarade... Monsieur Vauvert m'a donné rendez-vous pour cinq heures.

— Est-ce pour le service, pour affaire?

— Pour affaire. — Et, après avoir tiré une grosse montre d'argent dont il fit voir le cadran au domestique, il ajouta: — Et vous voyez que je suis exact...

— Si le commandant a changé la consigne, c'est différent... Entrez.

Il le conduisit dans l'antichambre du comptoir, déposa sur une petite table peinte en noir le bougeoir qu'il portait à la main, et alla aussitôt prévenir son maître.

Monsieur Vauvert, en quittant la salle à manger, avait suivi sa fille dans une pièce voisine. C'était un petit salon, sorte de parloir où tout, ameublement et disposition des objets, révélait sinon des habitudes de faste, du moins le goût le plus exquis.

Aucune pendule de cuivre n'y présentait, il est vrai, ses fades bergères et ses burlesques chevaliers entre deux bouquets en calicot ou de mesquins flambeaux prétentieusement encapuchonnés de globes de verre. On n'y voyait point un secrétaire d'acajou massif au marbre noir, inévitablement chargé de tasses à café en porcelaine originairement dorées. Mais le cartel placé sur la cheminée trahissait, par la finesse de ses incrustations de nacre dans l'écaille, la main savante de Boule ou de l'un de ses plus habiles imitateurs. Les cornets, qui de chaque côté contenaient des fleurs naturelles, étaient, à n'en pas douter, lorsqu'on avait remarqué la belle teinte bleuâtre de leur porcelaine et la richesse de leurs couleurs, des produits de l'industrie japonaise.

Le papier de tenture gris de perle faisait parfaitement ressortir quelques tableaux. Les plus remarqués étaient assurément le portrait du colonel, et celui de sa femme dans la puissance printanière où la mort l'avait moissonnée; mais le plus remarquable était une toile portant à son angle un nom illisible, mais qui eût pu être André del Sarto sans faire outrage à ce grand maître. Un artiste n'eût pourtant pu refuser à aucun d'eux un regard de plaisir pour les arabesques fraîchement redorées que le règne de Louis XV avait fait éclore sur leurs baguettes et principalement à leurs angles.

Marcelline, aidée de son père, avait découvert ces ornements, belles et précieuses reliques d'une société morte, dans les fouillis de quelques brocanteurs, où le vandalisme les avait jetés et où l'ignorance les avait laissés ensevelis. Par ses explorations artistiques, elle était parvenue à couvrir les tablettes placées aux angles de ce salon d'une multitude d'objets curieux: statuettes, émaux, bronzes, pierres œuvrées, travaux d'un art changé, fruits d'une civilisation évanouie.

L'ordre et la propreté formaient le caractère le plus saillant de cette pièce. On s'en ferait cependant une idée inexacte si l'on isolait ce caractère de régularité de l'aspect artistique que nous venons de lui donner par les premiers traits de cette description. Ce n'était, en effet, ni la tenue froide et sévère qui évoque à l'imagination la pensée d'un cloître, ni l'intérieur tiré, parcimonieux, aride, de l'habitation d'un avare; ni même cette opulence symétrique et luisante, ce quelque chose de cossu, gage de richesse et de commodité qu'offre aux voyageurs, dans le nord de l'Europe, la maison d'un bourguemestre hollandais. La propreté était dans ce parloir la sollicitude active qui conserve à chaque objet son lustre; l'ordre y était la disposition de tous les détails, dont l'ensemble se colorait d'un rayon d'art.

C'était dans cette pièce que s'écoulaient pour Marcelline presque tous les moments du jour que ne réclamaient ni l'administration de la maison ni sa surveillance. Une table à ouvrage en laque de Chine, dorée en bosse, annonçait ses occupations, comme sa harpe et quelques nouveautés musicales ou littéraires placées sur son piano révélaient ses plaisirs.

Elle s'était assise près de la fenêtre, un carreau de tapisserie sous les pieds; son père avait pris place dans un fauteuil qu'elle avait attiré près d'elle, tenant en sa main sa canne à pomme d'or, dont ses doigts frôlaient le cordon par un mouvement involontaire. Il regardait la jeune fille broder, avec un air d'indécision où se montrait l'embarras qu'il éprouvait à ouvrir la conversation sur le sujet dont il voulait l'entretenir.

Marcelline, étonnée du caractère solennel que prenait ce tête-à-tête de chaque jour, tournait de temps en temps son regard sur lui et le reportait aussitôt sur son travail.

Le père et la fille formaient en ce moment, comme toujours lorsqu'ils étaient réunis seuls, un groupe où tout était contraste.

La figure de monsieur Vauvert, ainsi que celle de tous les vieux militaires, avait pris dans l'habitude des camps un air de brusquerie et de dureté; ses cheveux, bien que rares sur la partie supérieure du front, s'étaient conservés, même sur les tempes, complétement noirs; son œil était grand et vif, ses traits fortement accusés; l'épaisse moustache qui couvrait ses lèvres tranchait brusquement sur la pâleur de son visage.

Un col de velours noir, comme ses vêtements, un gilet de drap croisant sur sa poitrine, à la mode de ceux que l'on portait vers la fin du dix-huitième siècle, une longue redingote où se montrait un reflet de ses goûts militaires, un pantalon à sous-pieds de cuir, tel était son habillement, simple et sévère comme ses traits.

La grâce et la douceur, qui charmaient dans la figure de Marcelline, avaient au contraire débordé dans sa toilette, comme elles se répandaient dans tous ses actes et dans tous ses mouvements, comme elles s'exhalaient de tout ce qui émanait d'elle.

Ses cheveux châtains, relevés sur le sommet de sa tête, où se groupaient leurs boucles, laissaient à découvert son front, moins brillant de sa transparente blancheur que de candeur et de pureté. Sa figure était ovale, ses yeux, quoique petits et d'une couleur douteuse, prêtaient par leur limpidité et par la douceur de leurs reflets verts une suavité inexprimable à ses regards. Son nez eût été trop fort s'il n'eût effacé cette imperfection par la finesse de ses lignes; sa bouche avait un sourire qui, par un léger froncement, animait d'un charme parfait ses joues où se satinaient les teintes rosées de la jeunesse.

Elle avait la taille de la plupart des femmes. Une robe de soie, robe à guimpe, couleur feuille morte, quadrillée de bleu, accusait par la précision de sa coupe la légèreté de son corsage et l'élégance de ses formes juvéniles. Une haute maline, que semblait agrafer sur sa gorge un camée antique, se reployait sur la partie supérieure de la guimpe, dont elle formait la garniture ou le fichu.

Son costume se complétait par ces objets que l'intérieur de la maison impose aux femmes: un petit tablier de soie qu'elle avait fait elle même; de petites mitaines noires qui forçaient d'admirer la blancheur et la délicatesse de la main; des pantoufles enfin d'une étroitesse tout espagnole.

Monsieur Vauvert, triomphant de la contrainte jetée dans son esprit par le projet dont il voulait faire part à sa fille, rompit le silence.

— Marcelline... — la jeune fille tressaillit, et, laissant tomber ses mains et sa broderie sur ses genoux, leva les yeux sur son père; l'expression de tendresse que, malgré le masque sévère et la rudesse d'organe créés par son passé de soldat, il avait mis dans ses traits et dans sa voix, fit naître sur les lèvres de sa fille le sourire de la reconnaissance et de la tendresse; — tu avances en âge.

— Mais ce que vous me dites là, papa, n'est pas du tout galant.

Le colonel, sans remarquer la douce minauderie avec laquelle furent prononcés ces mots, poursuivit:

— Je ne serai pas toujours là pour t'aimer, pour te protéger.

Marcelline devint sérieuse.

— Pourquoi cela?

— Pourquoi cela? Belle demande!... — Et, après une pause pendant laquelle il la regarda avec un sourire triste et caressant, il ajouta: — Parce que tu es jeune, et que moi je suis vieux.

— Mais vous n'avez que cinquante ans.

— D'abord, j'en ai cinquante-six; et les années de campagne!... tu les comptes pour douze mois, toi, mon enfant; ça compte double, devant Dieu comme aux yeux de l'autre... j'ai soixante-dix ans, vois-tu! — Et, syllabant ces derniers mots: — Soi-xan-te-dix ans! — répéta-t-il. Marcelline baissa les yeux, dont les paupières se gonflèrent de deux grosses larmes. Monsieur Vauvert s'arrêta un instant. — Mais ce n'est pas de cela qu'il s'agit; je veux seulement te faire comprendre, mon enfant, que, lorsque je ne serai plus là, il faut que tu aies une position assurée, qu'un autre t'ait donné sa main quand tu ne pourras plus t'appuyer sur mon bras. — Et comme Marcelline le regardait avec étonnement il ajouta: — Il faut que tu te maries.

— Me séparer de vous! — repartit-elle vivement avec surprise et effroi.

— Cela doit être: c'est la loi. Ce ne sont pas les enfants qui restent avec les pères, ce sont les pères qui restent avec leurs enfants. Dès que les oiseaux savent voler, ils quittent leur nid et les père et mère qui les y ont nourris. Il en est de même des hommes. Toi, ma fille, tu peux voler seule maintenant.

— Pourquoi donc me dites-vous cela? — fit-elle avec douleur.

— Parce que, j'essayerais en vain de me le cacher, de te le cacher à toi-même, parce que, si je ne te le proposais pas aujourd'hui, tu me le demanderais demain.

Sa fille l'interrompit d'un ton de doux reproche:

— Mais, mon père, vous êtes injuste; ne parlez pas ainsi, vous me déchirez le cœur.

— Ça ne m'empêche pas de t'aimer, mon enfant, — poursuivit le colonel en dissipant par un sourire de tendresse le nuage dont s'étaient voilés les traits de Marcelline, — ni de croire à ta tendresse. — Et, après l'avoir baisée au front: — Que veux-tu! C'est la grande loi du monde; les enfants ne sont pas faits pour les parents; ce sont les parents qui sont faits pour ces êtres chéris, dans lesquels ils se sentent revivre. Nous entourons leur enfance de tous les soins de notre amour; leur jeunesse, de toutes les sollicitudes de notre âme; leur présence est notre joie, leur sourire notre bonheur... Puis vient un jour où il faut se reposer, et, mystères du cœur! ce jour, la jeune fille quitte, l'âme heureuse et sereine, ce foyer où tout lui est si profondément dévoué, et ceux qui l'aiment ainsi la voient s'éloigner sans déchirements; ils savent qu'elle va verser sur d'autres eux-mêmes ces eaux vives de l'amour qu'ils ont épanchées sur elle.

— Mon père!

— Ne veuille pas être plus parfaite que la nature. Je te disais donc qu'il faut que tu te maries. — La jeune fille baissa de nouveau les yeux. — Cette nécessité me crée des devoirs; mes derniers sans doute. — Remarquant l'émotion de Marcelline, il continua d'un ton plus affirmatif: — Vois-tu, ma fille, c'est le premier acte important de ta vie qui se présente à toi; c'est aussi le plus grave de tous ceux que tu accompliras jamais. Ce n'est pas avec enthousiasme qu'il faut faire ce premier pas, car ce pas porte une jeune fille au sein d'une existence nouvelle. L'enthousiasme est aveugle, et la route qui s'ouvre devant toi n'est pas sans abîme. C'est du sang-froid et de la réflexion qu'il faut dans cette circonstance grave. Il faut savoir jeter de côté tous ces rêves, toutes ces erreurs fatales dont les romans remplissent la tête; je vais te surprendre, sans doute, mais je dois t'éclairer. Ce n'est point de l'existence passionnée des livres que l'on vit dans le monde; dans l'établissement d'une femme, peu importe d'abord l'amour, ce qu'il faut avant tout, c'est estimer l'homme auquel on se livre. Sans estime point de tendresse, avec l'estime l'amour vient toujours.

Marcelline était devenue rouge et tremblante; devant l'agitation qui l'avait saisie, monsieur Vauvert resta embarrassé et silencieux.

Ce fut dans ce moment que Jacques Roland, dit *Belœil*, le domestique du banquier après avoir été le soldat d'ordonnance du colonel, rompit cet entretien.

— On vous demande, commandant, — fit-il en portant le revers de la main droite au front, la main gauche sur la couture du pantalon. — C'est un particulier, —ajouta-t-il, — qui énonce que vous lui avez donné rendez-vous pour cinq heures.

— C'est juste... c'est juste... et tu l'as conduit au comptoir?

— Colloqué de planton dans l'antichambre, commandant.

— C'est bien, j'y vais, j'y vais... — Revenant aussitôt à Marcelline, il poursuivit: — Ne te trouble pas, ma fille; tu sais que je n'ai d'autre objet que ton bonheur. Monsieur Arnauld déjeune demain avec nous; il...

— Monsieur Arnauld !...

Marcelline, en interrompant son père par cette interjection, leva sur lui des yeux humides et d'où jaillirent des étincelles.

— C'est lui-même, — répondit son père, — qui te fera part de ses vœux et de mes désirs.

Il sortit.

L'agitation qu'un mot avait soulevée dans le cœur de la jeune fille, mariage, s'était évanouie ou plutôt s'était transformée sous ces autres mots tombés des lèvres de son père, monsieur Arnauld.

Monsieur Arnauld, le père adoptif d'Aurélien, à qui seul elle avait juré d'appartenir; à qui son cœur, prévenant instinctivement sans doute la voix de son père, s'était donné avec transport !

Ses yeux étaient bien encore luisants de pleurs, sa poitrine gonflée de soupirs, mais la cause en était changée. L'éclat qu'elle avait cru celui de la foudre était un rayon de soleil qui descendait vivifiant et doré sur sa vie. Oppressée par les battements de son cœur et sentant ses genoux fléchir, elle s'assit dans le fauteuil que venait de quitter son père. Joignant alors ses deux mains, et levant ses yeux au ciel, elle sentit avec un délicieux frisson ses joues se baigner de larmes.

II

LE BANQUIER.

— Ah ! c'est vous, monsieur Dugué, — dit le banquier en entrant dans l'antichambre où se trouvait l'étranger que lui avait annoncé son domestique; —pardon de vous avoir fait attendre.

— C'est moi, colonel, qui vous présente mille excuses de vous déranger à cette heure, — répondit d'un air le plus humble monsieur Dugué, dont la voix habituellement rogue avec ses inférieurs, franche et affable même, quoique parfois prétentieuse avec ses égaux, s'adoucissait en intonations sifflantes, provenant d'une prononciation du bout des lèvres, dès qu'il s'adressait à des personnes dont la supériorité sociale lui imposait quelque déférence.

Les contrastes qu'offraient ces variations phoniques dans ses rapports journaliers se retrouvaient plus frappants encore dans les événements de sa vie.

Paul Dugué avait eu ce que l'on est convenu d'appeler une jeunesse orageuse.

Majeur à peine, il avait débuté dans le monde judiciaire par la profession d'huissier; presque tout son humble patrimoine avait passé dans l'achat de sa charge, aux rigueurs de laquelle n'avaient pu se ployer ses goûts. Dépensier et quelque peu galantin, il s'était vu, en présence de ses casiers vides de dossiers, dans la dure nécessité de vendre à perte son étude, veuve de clients.

Il s'était fait alors commis voyageur en vins, et n'était arrivé dans cette profession nomade qu'à démontrer la vérité de l'adage populaire : « Pierre qui roule n'amasse pas mousse. »

La pierre roulante s'était arrêtée un beau jour dans une ornière. Paul Dugué s'était marié.

Il avait alors trente cinq ans; la femme qu'il avait épousée en comptait trente-huit. « Le petit Dugué a fait là un gros mariage ! » disaient en plaisantant ses camarades d'enfance, associant dans un lazzi la personne de la mariée et sa dot. Au fait, Paul Dugué, dont l'avoir était très-problématique, épousait, avec une femme un peu colosse, un millier de francs de rente en pignon sur rue et pièces de terre au soleil. Tout est relatif ; c'était beau.

Malheureusement le diamant avait une paille ; les goûts de madame Dugué pour les boissons fortes étaient en parfait rapport avec sa taille : *indè mali labes*. Les premières années du nouveau ménage furent par suite assez difficiles.

Dugué, devenu chef de famille, accepta la situation avec résignation et courage. La paternité fit de lui un homme nouveau ; il déploya tant d'activité et de zèle dans les fonctions d'expert géomètre que lui conféra le tribunal civil, qu'il posséda bientôt un cabinet d'affaires aussi estimé et fréquenté que son étude d'huissier avait été décriée et déserte. La protection du procureur du roi, ou plutôt de son substitut, monsieur Laurent Bazire, dont il s'était fait l'agent mystérieux, avait mis le sceau à cette prospérité inespérée. C'était une commission de ce magistrat qui l'avait conduit chez monsieur Vauvert.

Le banquier, ayant ouvert la porte du comptoir, fit traverser à l'ex-huissier un couloir formé par une cloison à hauteur d'appui et un grillage en bois blanc qui le séparait de la pièce où se tenaient les commis, et l'introduisit dans son cabinet particulier.

— Donnez-vous donc la peine de vous asseoir, monsieur ? — lui dit-il en lui indiquant une chaise de la main.

Ayant pris place lui-même devant son bureau, il attendit la communication de l'expert géomètre en l'interrogeant du regard.

Une expression affectée de tristesse avait remplacé sur les traits de celui-ci le demi-sourire qui les éclairait d'habitude.

— Monsieur le substitut du procureur du roi, — dit-il, — m'a chargé de vous exprimer le vif regret que lui cause l'insuccès de la réponse qu'il a dû faire aux demandes de la maison Durand et compagnie, et l'inefficacité des propositions qu'il lui avait adressées.

— Ces messieurs exigent donc le payement immédiat et intégral de la traite qu'ils avaient lancée si inopinément sur moi?

— Immédiat et intégral, — répondit l'ancien commis voyageur en secouant la tête de l'air le plus sympathique et le plus désolé. — Voici du reste la lettre, — ajouta-t-il en prenant dans la poche de sa redingote un portefeuille de maroquin vert, — la lettre où ils annoncent à monsieur le procureur du roi leur résolution à cet égard.

Il tira du portefeuille un large pli qu'il remit au colonel. Monsieur Vauvert l'ouvrit et le lut.

En voici le texte littéral :

« Monsieur le procureur du roi,

» Nous avons l'honneur de vous remercier des renseignements que vous vous êtes empressé de nous transmettre sur la maison de banque de monsieur Vauvert,

« Nous ne doutons nullement de la parfaite honorabilité
» de son chef, ni de la sincérité de l'appréciation favora-
» ble que vous faites de sa situation financière; mais les
» révélations particulières qui nous sont parvenues, et
» celles mêmes que nous fournissent les références aux-
» quelles sur vos indications nous nous sommes adressés,
» ne nous permettent pas de partager votre confiance;
» nous éprouvons donc le regret de ne pouvoir consentir
» au délai que vous nous conseillez.

» Agréez, etc. »

Pendant tout le temps que monsieur Vauvert avait lu
cette lettre, Dugué avait tenu attaché sur ses traits un regard inquisitorial qui était venu se briser contre leur immobilité granitique.

— C'est bien, monsieur, — lui dit-il avec le même fleg-
me, en lui remettant le pli ; — remerciez bien en mon nom
monsieur le procureur du roi de son obligeante démarche. Que la maison Durand dispose sur moi pour la somme de vingt mille francs, dont elle me réclame le rem-
boursement d'une manière si pressante et si insolite.

— Elle l'a déjà fait, colonel. Monsieur Delamarre a reçu
sa traite à trois jours de vue.

— Elle sera payée à présentation.

— Cette réponse nette et précise parut étonner l'ex-
huissier.

— Monsieur Delamarre, — reprit-il en jetant un regard
en dessous sur le banquier légionnaire, — m'a chargé de
vous prévenir qu'il a reçu trois autres traites dont le total
s'élève à trente-cinq mille francs.

— Trente-cinq mille francs de traites, celle de la maison Durand non comprises ?

— Trente-cinq mille francs.

— Cela me surprend ; car je n'ai reçu d'avis que d'une
lettre de change de cinq mille francs, tirée par messieurs
Grandais frères.

— Il les a reçues par le dernier courrier.

— Alors je serai prévenu par celui de demain.

— Une d'elles porte la mention : retour sans frais.

— C'est inutile. Il peut les présenter toutes à ma caisse,
il y sera fait honneur.

Dugué ne put comprimer un tressaillement. Il resta un
instant décontenancé et silencieux devant cette impassibilité qui déjouait toutes ses prévisions. Il se demandait
quelle cause pouvait avoir produit ce calme plat là où il
avait cru soulever une tempête. Il fallut le regard froidement scrutateur du colonel pour l'arracher à ce désarroi
intérieur.

— Ah ! — fit-il comme se remettant, — je savais bien
que j'oubliais quelque chose. Monsieur Mequin vous demande dix mille francs pour sa fin de mois.

Le regard du banquier devint plus sévère et sembla
chercher avec défiance dans les yeux du messager si quelque cause mystérieuse ne se cachait pas sous ce concours
de demandes imprévues. Dugué, remis de sa première impression, soutint victorieusement ce regard.

— Dix mille francs ? — répéta interrogativement monsieur Vauvert.

— Je vous transmets sa demande.

— Monsieur Mequin ne peut compter sur moi pour
une pareille somme. Je l'ai prévenu qu'il m'était impossible de donner à son crédit un développement sans rapport avec la production de sa fabrique.

— Ce crédit lui est, paraît-il, d'une nécessité absolue.
Les affaires depuis longtemps sont nulles, les magasins
de son commissionnaire sont encombrés; s'il ne lui envoie les fonds des billets qui sont payables fin du mois
chez lui, ces billets seront protestés. Or, ces protêts ren-
draient tous ses autres effets exigibles. Vous avez reçu
trop de ses valeurs pour ne pas l'aider à conjurer ce désastre.

— J'ai tout fait pour seconder l'activité industrielle de
monsieur Mequin. Je lui avais promis d'accepter men-
suellement pour cinq mille francs de son papier à quatre-

vingt-dix jours ; c'était lui ouvrir un crédit de quinze
mille francs ; il est parvenu à l'élever à vingt et vingt-
cinq mille ; il veut le doubler aujourd'hui... Son intérêt,
comme le mien, s'y oppose ; ce que je puis pour lui, c'est
faire payer chez son commissionnaire les effets qu'il a
passés à mon ordre pour l'échéance du trente. Qu'il avise
à faire rembourser ses autres billets par ceux qui les ont
acceptés. Je n'irai pas au delà ; je préférerais solder immédiatement tout le papier que j'ai reçu de lui que de
m'engager plus avant dans une voie qui n'aurait d'issue
pour lui qu'une catastrophe.

— Ainsi...? — demanda Dugué en se levant.

— C'est mon dernier mot, — répondit le banquier en
se levant lui-même. Et il ajouta en le reconduisant jusqu'à la porte du comptoir : — Vous pouvez le lui transmettre comme une résolution inflexible.

Ils se quittèrent sur ces mots.

Cette entrevue avait si complétement bouleversé les
convictions de Paul Dugué sur la situation précaire où le
caissier même, l'un de ses amis, lui avait représenté la
maison Vauvert, qu'il arriva chez le substitut du procureur du roi sans avoir pu rétablir assez de calme et d'ordre
dans ses idées pour chercher la solution de ce problème.

Monsieur Laurent Bazire occupait le premier étage
d'une maison dans laquelle, malgré les ravages de la vétusté, la largeur de l'escalier et des paliers, et la rampe
en fer ouvragé annonçaient autant que l'écusson, sculpté
à la pointe dans le granit du dessus de porte, l'ancienne
habitation d'hiver d'un hobereau du pays. Son appartement consistait en cinq pièces : une cuisine, dont le principal ornement était un rouet à filer ; une petite salle à
manger, un spacieux cabinet de travail, séparé d'une
chambre à coucher par une vaste antichambre ; enfin un
réduit obscur où se trouvaient le lit et le bahut de la
vieille servante, Manon Larcher, ou plutôt Manon Bazire,
comme l'appelait du nom de son maître la voix publique.

Manon introduisit monsieur Dugué dans le cabinet où
le chef du parquet coutançais travaillait à la clarté d'une
lampe dont l'abat-jour vert concentrait la lumière sur un
volumineux dossier. Il indiqua de la main une chaise à
l'expert géomètre et continua son travail.

Monsieur Laurent Bazire avait tout au plus trente-deux
ans, quoique son front dénudé présentât déjà un commen-
cement de calvitie. Il était d'une taille élevée, dont son habit noir boutonné et fatigué semblait exagérer la maigreur, comme sa cravate blanche faisait ressortir plus vivement la pâleur livide de ses traits, où semblait s'être
reflétée la teinte des vieux in-quarto et des antiques par-
chemins sur lesquels il était presque toujours courbé. Esprit sans portée, intelligence médiocre, mais caractère
ambitieux et avide, il avait compris que ce n'était que
par l'étude et l'intrigue qu'il pouvait s'ouvrir l'avenir ;
aussi son stage était à peine écoulé qu'il jouissait de la
réputation d'un profond légiste, et qu'il s'était assuré la
bienveillance de tout ce qui avait quelque pouvoir et
quelque influence dans le pays. C'était dans cette position
que l'avait trouvé la révolution de 1830. Aussi s'était-il
vu subitement affublé d'une sinécure de la main même
du vertueux Dupont (de l'Eure), et était-il resté attaché au
parquet de sa ville natale pour prouver combien la religion du ministre le plus intègre est facile à surprendre
au milieu de la confusion d'une crise sociale.

Quelques minutes lui suffirent pour compléter son examen des pièces qu'il compulsait; ayant replié le dossier,
il le mit à l'écart, et, se tournant vers son visiteur :

— Maintenant, monsieur l'expert, — lui dit-il, — je suis
à vous... Eh bien ! quoi de neuf ?

— Tout va mal, monsieur le substitut, tout va mal !

— Comment cela ?...

— J'ai vu monsieur Vauvert, qui est très-reconnaissant
de votre bienveillante intervention auprès de la maison
Durand et compagnie, et qui m'a chargé d'être auprès de
vous l'interprète de ses sentiments.

— Eh bien ?

— La traite de vingt mille francs tirée sur lui par cette maison n'en va pas moins être payée.

— Je le sais.

— Ainsi que les trois autres traites reçues par monsieur Delamarre.

— C'est probable.

— Et ce n'est pas tout... Monsieur Vauvert n'offre pas seulement de faire les fonds des effets que lui a négociés monsieur Mequin, mais il se déclare prêt à rembourser tous les billets que ce fabricant lui a souscrits, si ces valeurs deviennent exigibles...

— Je comprends cela.

— Tous les renseignements que **nous a fournis** son caissier sont donc inexacts.

— Non pas ! non pas !

— Comment pourtant expliquer cela ?

— D'une manière bien simple. Monsieur Vauvert vient de recevoir un secours inespéré. Le commandant Arnauld avait cent mille francs de placés dans la maison Gallien et Toupet, de Granville ; il a voulu, dans ces temps difficiles, rapprocher de lui ses capitaux, et il les a versés aujourd'hui même dans la caisse de monsieur Vauvert.

— Oh ! alors tout s'explique... le voilà sauvé. — Le jeu de physionomie du magistrat ayant exprimé plus qu'un doute, l'ex-huissier se hâta d'ajouter : — Du moins, c'est très-supposable.

— Pour vous assurément... Monsieur Vauvert le croit lui-même... mais il ignore combien profondément son crédit est ébranlé.

— Avec cent mille francs !...

— Avec cent mille francs on peut solder cent mille francs, c'est clair... mais ce qui ne l'est pas moins, c'est qu'avec cent mille francs on n'en peut solder trois cent mille... Or, c'est plus de trois cent mille francs qu'il va avoir tout d'abord à payer, car un seul de ses commettants va lui réclamer cette somme.

— Comment cela ?

— Quand on connaît la situation financière de monsieur Vauvert, c'est facile à comprendre. Les grands et rapides développements pris par ses affaires ont une cause qui n'est un mystère pour personne. Elle est dans le concours des nombreux capitaux qui furent versés dans sa caisse dès qu'il eut fondé et organisé son comptoir. Sa haute moralité et sa capacité incontestables furent sans doute pour beaucoup dans la confiance qu'inspira sa maison. On ne peut pourtant méconnaître que ce mouvement financier reçut une forte impulsion de l'ardeur politique qui animait alors les esprits. Quels noms rencontre-t-on sur la liste de ses principaux actionnaires ? ceux d'anciens officiers de l'empire : le vice-amiral l'Hermite, le colonel d'Orsenne, le commandant Billard, etc. Ainsi, le lieutenant-général Bouvet seul lui confia deux cent mille francs. On y trouvait bien quelques noms aristocratiques ; mais, à l'exception de madame la comtesse de Montval, tous n'y figurèrent que pour de faibles valeurs. Au milieu d'une telle affluence de capitaux, le colonel se fit le protecteur de l'industrie ; il commandita plusieurs des grandes entreprises de travaux publics qui s'exécutèrent dans le pays ; on assure qu'il possède un nombre considérable des actions de la société des Canaux armoricains. Or, ces actions, qui faisaient cent francs de prime il y a moins d'un an, sont tombées à cinquante pour cent au-dessous de leur capital d'émission. Qu'il soit forcé de les vendre, il est ruiné !... La maison Durand n'a pas reçu seule les communications qui l'ont déterminée à arrêter ses comptes avec monsieur Vauvert ; les nouvelles traites reçues par messieurs Delamarre en sont des preuves. La confiance de plusieurs autres correspondants ou créanciers du colonel en a été si fortement ébranlée, qu'il a suffi de la demande de renseignements faite auprès d'eux par messieurs Durand et compagnie pour les décider à liquider immédiatement avec lui. De ce nombre est le lieutenant-général Bouvet, dont je vous parlais à l'instant et dont les trois trois cent mille francs doivent être remis en deux payements mensuels. Croyez-vous monsieur Vauvert en position de faire face à ces exigences ?

— Cela lui est complétement impossible. La dernière révolution l'a surpris avec une grande partie de ses fonds engagée dans des entreprises à longue échéance ; il possède, assure-t-on, une grande quantité des titres de la société des Canaux armoricains.

— Qu'il essaye donc d'en vendre les actions !

— Il ne peut y songer dans l'état de dépréciation où elles sont tombées ; cette négociation serait un désastre où sombrerait sa fortune.

— Il ne peut pourtant compter sur un nouveau dépôt du commandant Arnauld... Le brave marin va être parfaitement renseigné sur sa situation, et, quelle que soit leur amitié, je doute fort qu'il n'éprouve pas plus de regret que de désir d'aventurer ses capitaux dans des opérations financières aussi aventureuses. Que fera-t-il ?

— L'extrémité est critique...

— Je ne vois qu'une chance de salut.

— Laquelle ?

— Déposer son bilan et négocier...

— Déposer son bilan !...

— C'est la seule position qu'il puisse prendre pour obtenir de ses créanciers des conditions qui lui permettent de sauvegarder leurs intérêts et les siens.

— Il ne le fera pas... il ne le fera pas...

— Et pourquoi ?

— Parce que déposer son bilan... serait déposer son ruban... et qu'avant cela il se casserait vingt fois la tête.

Le substitut du procureur du roi parut frappé par cette réflexion.

— Vous avez raison... — repartit-il après un moment de silence ; et il continua après une pause nouvelle : — Il peut se contenter de suspendre ses payements et tenter un arrangement ensuite. — Il se leva après avoir prononcé ces mots, et se promena quelques instants dans son cabinet avant d'ajouter à demi-voix, en se parlant à lui-même et du ton d'un homme qui vient d'arrêter une résolution : — Je lui en donnerai le conseil... S'il l'accepte... je me fais fort de lui obtenir un arrangement qui lui permettra de relever sa maison. — S'adressant alors à monsieur Dugué, qui s'était levé lui-même : — Voyez donc de nouveau le caissier de monsieur Vauvert, — lui dit-il, — et assurez-vous bien de la vérité des renseignements qu'il vous a donnés, et venez me trouver au parquet avant l'audience. Il y aura peut-être quelque chose à tenter près de monsieur Arnauld.

— Ce sera fait, monsieur le substitut. A dix heures je serai dans votre cabinet.

— Comptez sur ma reconnaissance comme je compte sur votre zèle. Sans adieu, monsieur Dugué.

L'expert géomètre salua et sortit.

La conduite de monsieur Laurent Bazire doit offrir au lecteur, comme elle présenta à l'ex-huissier, une problème d'une solution difficile, sinon un tissu machiavélique de contradictions et d'inconséquences. Ce mélange de bienveillance et d'hostilité, cette trame où les menées perfides qui semblent devoir amener le renversement d'une maison riche et florissante s'unissent aux projets et aux démarches qui doivent lui rendre sa prospérité après avoir prévenu sa ruine, cette main qui ouvre et ferme l'abîme, n'ont pourtant rien que de naturel et de logique dès que l'on connaît les vœux secrets que lui inspirent les passions qui les animent, la volonté qui les régit. Les antécédents du jeune magistrat vont nous donner le mot de cette énigme.

Nous n'étonnerons aucun des lecteurs de cette histoire en disant que Marcelline Vauvert, dont il connaissait déjà la beauté, la distinction et la grâce, était un des partis les plus courtisés de la haute société coutançaise. Bien des prétendants s'étaient déjà offerts pour obtenir cette main prestigieuse dont les doigts délicats tenaient une clef d'or. Monsieur Laurent Bazire, un peu parent de monsieur Vauvert, était du nombre.

La fortune de l'opulent banquier avait été le premier motif qui l'avait porté vers Marcelline. Fille unique, riche héritière, cette double qualité avait été le premier charme qui avait ébloui les yeux et séduit le cœur de l'ambitieux magistrat; n'osant procéder par une demande que son léger patrimoine lui faisait penser devoir être rejetée, il avait essayé de gagner le cœur pour obtenir la main : c'est-à-dire, en termes militaires, imposer en s'introduisant dans la place une capitulation, conquérir par une attaque ouverte.

L'officier judiciaire n'avait pas été heureux. Ses obséquiosités n'avaient trouvé dans Marcelline qu'un accueil indifférent d'abord, et bientôt une froideur répulsive.

Les sentiments de Laurent s'étaient transformés dans cette tentative malheureuse. A la cupidité qui l'avait conduit vers mademoiselle Vauvert avait succédé une passion fiévreuse. Il n'avait pu connaître cette jeune fille sans ouvrir son cœur à la puissance incandescente d'un amour dont il n'avait encore jamais ressenti l'ardeur ; ce n'étaient point les perfections de l'esprit et du cœur de Marcelline qui avaient captivé l'accusateur royal, c'était la beauté que dans cette attrayante nature relevait toujours une grâce enivrante.

Le froid légiste n'avait plus vu passer sous ses yeux que l'image de cette femme ; elle l'avait arraché sans cesse aux plus vives préoccupations de ses dossiers ; elle avait enflammé tous ses songes : tantôt élégante et modeste, tantôt dépouillée de ses chastes vêtements par les dérèglements de cette imagination brutale, livrant à des regards infâmes ses rougissantes nudités ; nuit et jour, elle avait fasciné son esprit et ses yeux. Elle était devenue ainsi l'ardente aspiration de son âme, l'astre attractif de toutes ses facultés, le besoin de sa vie. « Quoi qu'il advienne, » s'était-il dit, « il faut qu'elle soit ma femme ; il le faut ! Elle le sera. »

Et, ployant les circonstances à ses projets, il avait conçu cette combinaison dont nous venons de voir se dérouler la trame ; il avait ébranlé sa fortune pour la raffermir ; livré les intérêts et l'honneur de son père aux déchirantes péripéties d'un désastre financier pour les arracher saufs et purs du tourbillon de la catastrophe. Ne devait-il pas alors obtenir de la reconnaissance celle que lui avait refusé le calcul et qu'il n'avait pu conquérir par l'amour?

III

Une heure s'était écoulée pour Marcelline dans ce saisissement, lorsque Jacques vint apporter de la lumière. Arrachée aux rêves au milieu desquels l'avait jetée son amour, elle feignit de chercher quelque objet égaré parmi ses nouveautés et dans sa table à ouvrage, tandis que le domestique ranimait le feu presque éteint. Il plaça ensuite près de la cheminée un guéridon, sur lequel il posa une lampe de bronze, puis, après avoir approché un fauteuil :

— Mademoiselle n'a besoin de rien autre chose ? — dit-il d'une voix dans la douceur de laquelle on pouvait retrouver le dévouement obséquieux du vieux soldat pour son colonel et toute son affection pour la jeune fille dont il avait entouré l'enfance de soins presque religieux.

— Non, Jacques ; c'est très-bien.

Il fit un salut et sortit.

La jeune fille poussa un soupir ; rêveuse et distraite, elle prit sa broderie, se dirigea languissamment vers la cheminée, et vint s'asseoir dans le fauteuil. Là, son canevas et son aiguille à la main, dans l'attitude du travail, elle resta immobile, les yeux fixés sur le feu, sans qu'ils distinguassent les flammes blanches et flottantes que des morceaux de hêtre alimentaient en se consumant.

Déjà son âme planait dans la nouvelle sphère de sentiments où l'entraînait son amour ; errant de pensées en pensées, vagabonde comme le papillon dans le ciel bleu d'une matinée de printemps, sa jeune âme s'élançait jusque dans l'avenir; elle en effleurait d'avance chaque jouissance, elle en goûtait tous les plaisirs. Si par moment ses idées redescendaient à la réalité, elle tâchait inutilement de les fixer sur son travail, elle les sentait la maîtriser et lui échapper aussitôt, semblables à ces corps légers que la main d'un enfant s'efforce d'enfoncer dans l'eau et qui rejaillissent aussitôt à la surface.

Elle crut captiver plus facilement ses distractions par la lecture ; un volume de Châteaubriand, qu'elle ouvrit à l'un des plus intéressants épisodes, ne put triompher de l'exaltation fiévreuse qui fatiguait et brûlait sa tête. Ses yeux restèrent à peine posés un instant sur le livre que la fixité de ses regards annonçait de nouveau l'absence de son esprit. Lasse enfin de cette lutte, elle sonna.

— Mademoiselle ?— dit Jacques d'un ton respectueusement interrogatif.

— Mon bougeoir...! — Le vieux soldat sortit et reparut presque aussitôt avec un petit bougeoir d'argent garni d'une bougie de cire rose allumée. — Bien ! mon bon Jacques, — lui dit en prenant le flambeau la jeune fille, qui s'était levée en l'entendant revenir. — Avertis maintenant Adèle qu'elle se prépare à m'accompagner... J'ai une course à faire dans une rue voisine... Nous sortons à l'instant.—Marcelline monta dans sa chambre, ne fit que poser un chapeau sur sa tête, jeter sur ses épaules un manteau, prendre une petite bourse déposée dans une chiffonnière, et redescendit aussitôt. Adèle, enveloppée dans cette pelisse d'indienne ouatée qui est à la Coutançaise ce qu'est à la Granvillaise, sa voisine, le capot de camelot, l'attendait déjà un fanal à deux lumières pendant à la main.— Chez les sœurs ! —lui dit Marcelline, et elles sortirent aussitôt. Quelques instants après, elles entraient dans une cour plantée de quelques lilas et d'un vieux mûrier dépouillés de leur feuillage, et sonnaient à une porte massive surmontée d'une lanterne. Une sœur de la Charité vint ouvrir. — C'est moi, chère sœur, Marcelline Vauvert, —dit la jeune fille,— qui voudrais parler à la sœur Thérèse.

— Entrez, mademoiselle... entrez... — lui dit-elle d'une voix douce et affable ; — asseyez-vous dans le parloir, — ajouta-t-elle en lui ouvrant la porte d'une petite pièce aux murs blanchis à la chaux dont une veilleuse brûlant dans un verre rempli d'huile éclairait l'humble mobilier : quelques chaises grossièrement empaillées, une petite table de sapin et un crucifix,—sœur Thérèse va descendre à l'instant.

Sur ces mots, la bonne religieuse salua et sortit.

— Vous pouvez aller vous chauffer à la cuisine, Adèle... — dit-elle à la servante restée dans le vestibule, — tenez... là, la porte à gauche.

Et elle monta à l'étage supérieur.

Quelques minutes s'étaient à peine écoulées lorsque la sœur Thérèse entra dans le parloir.

C'était une jeune fille de dix-huit à vingt ans, une blonde aux yeux bleus, dont la fraîcheur pâle rappelait les fleurs écloses à l'ombre. La modeste coiffe de saint Vincent de Paul ne pouvait s'harmoniser avec un visage plus angélique.

— Tu es bien aimable, ma bonne Marcelline, de venir me surprendre ainsi dans ma chère solitude.

Et les deux jeunes filles s'embrassèrent avec la cordialité la plus vive.

— Je viens, ma bonne amie, te demander un petit service que tu me rendras avec plaisir.

— Oh! sois-en bien sûre.

— Qui peut mieux connaître les pauvres que toi qui as tout quitté pour te faire leur bon ange.

— Bien moins que cela, Marcelline, tout s'mplement leur sœur et leur servante...

— Eh bien ! Thérèse, cherche dans tes souvenirs la famille la plus misérable parmi tes indigent etremets-lu cette bourse, en lui demandant quelque prière pour celle qui leur donne les quelques pièces d'or qu'elle renferme

— Oh ! de grand cœur... dès demain matin ce sera fait...

— On ne peut demander à Dieu que ce que l'on donne aux autres... Je sens que je l'implorerai avec plus de confiance en pensant que j'aurai étendu à une famille de déshérités un peu du bonheur que sa main répand sur moi.

— C'est une bonne pensée, Marcelline ; celui qui a promis de pardonner comme on pardonne ne peut être que bienfaisant pour les bienfaisants ; il le sera pour toi, n'en doute pas.

— Qu'il t'entende... qu'il t'entende !... — lui dit-elle en serrant ses mains dans les siennes, — en ce moment surtout, car il est pour moi un moment suprême.

— Comment cela ?

— Je vais me marier...

— Vraiment !... à qui..?

La voix de Thérèse faiblit en prononçant ces deux derniers mots.

— Tu ne devines pas ?

— A... —La jeune religieuse ne put prononcer le nom qui était venu sur ses lèvres.

— Mais à Aurélien !... — acheva joyeusement Marcelline qui ne remarqua pas l'émotion de son amie et à qui la lueur faible et vacillante de la veilleuse ne permit pas d'apercevoir sa pâleur, — oui, à Aurélien. Au reste, — s'empressa-t-elle d'ajouter, — ce n'est encore qu'une présomption de ma part, car la demande de ma main n'a pas encore été faite. C'est demain que le commandant Arnauld doit me l'adresser officiellement à moi-même.

— Je t'en félicite bien sincèrement, ma chère Marcelline, — lui répondit la sainte sœur de Charité, à qui ces dernières phrases avaient permis de se remettre, — et crois bien que si mes prières peuvent quelque chose pour que vous soyez heureux l'un et l'autre, rien... oh ! rien... assurément, ne manquera à votre bonheur.

Les vœux de la jeune religieuse s'étendaient aux deux époux, car Aurélien, comme Marcelline, avait été le compagnon de son enfance. Comme eux, Thérèse était fille d'un vieux serviteur de l'empire ; son père avait servi comme lieutenant de vaisseau sur la frégate avec laquelle le commandant Arnauld avait fait ses courses les plus glorieuses dans la mer des Indes ; aussi, à la mort du lieutenant Thibault, avait-il accepté de partager la tutelle de Thérèse avec sa mère. De là l'intimité qui avait enveloppé les jeunes années de ces trois enfants jusqu'au jour où Thérèse, auparavant vive et joyeuse, devenue subitement morose et pensive, chercha sous la robe de bure de l'ordre de Saint-Vincent-de-Paul une vie plus en rapport avec ses goûts nouveaux.

Les deux amies étaient encore tout à l'évocation de ce passé lorsque la cloche réglementaire de la maison leur annonça que l'heure de se séparer était venue.

Lorsque Marcelline rentra chez elle, son père, sorti lui-même en visite, n'était pas encore de retour ; elle donna ses ordres pour le lendemain, et avant de monter à sa chambre remit le parloir dans son ordre habituel.

L'enfant gâtée, dont le père au milieu de ses prospérités commerciales était heureux de satisfaire et de prévenir les goûts, avait épuisé pour l'embellissement de sa chambre à coucher tout ce que son cœur lui avait inspiré de plus gracieux.

Dans la décoration des diverses pièces de la maison, elle avait consulté surtout le caractère et les goûts de son père ; dans sa chambre, cet asile intime de la femme, ce sanctuaire de la pudeur, elle ne s'était inspirée que d'elle-même. C'était son âme qu'elle avait répandue partout ;

cette chambre en était la traduction, l'expression matérielle, en était le texte.

Personne n'y fût entré sans éprouver quelque chose qui révélât le doute d'un nouveau sens, une émotion vague et indéfinie comme celle d'une belle matinée ou d'une nuit sereine.

Cette perception ne provenait pourtant ni des émanations subtiles que jette dans l'habitation d'une femme le patchouli, l'essence de Portugal et ces autres parfums ailés dont l'odeur se mêlait dans cette pièce à la senteur des fleurs naturelles ; ni de la richesse que donnaient à la lumière les couleurs claires répandues sur tous les objets. C'était quelque chose de plus moral ; c'était l'impression excitée par un objet qui du premier abord vous frappe et vous plaît, et si l'on peut. malgré quelques dissemblances, définir l'un par l'autre deux effets, c'était l'impression que produisaient les suaves harmonies répandues dans plusieurs des belles symphonies de Beethoven et qui s'élèvent des compositions de Palestrina.

La tapisserie, de papier bleu de ciel à raies et à fleurs blanches, semblait une tenture de soie brochée, ces fraîches et douces couleurs se reproduisaient et se mariaient partout : sur le tapis, dont le tissu épais et moelleux assourdissait le bruit des pas ; sur la causeuse, sur les fauteuils et sur les chaises, dont le damas lapis était bordé de cannetille blanche. Les draperies du lit relevées par des torsades de soie, les rideaux de lampas et de mousseline à fleurs, présentaient également ces couleurs harmonieusement unies.

La couche était en bois de citronnier, ainsi que la toilette à la duchesse, dont les porcelaines à filets d'argent s'enchâssaient dans un marbre bleu turquin ; comme aussi la chiffonnière ornée d'incrustations de nacre ; enfin comme l'armoire à glace, qui a détrôné la psyché et proscrit de l'appartement d'une femme la commode antique.

La garniture de sa cheminée, présent qu'elle avait reçu de son père au dernier anniversaire de sa naissance, associait ses tons aux teintes générales : c'était une pendule et des vases de porcelaine dont l'artiste avait modelé la pâte en bouquets de pervenche et de myosotis. Les corolles azurées et le feuillage fantastique se détachaient sur le fond brillant.

Les cadres des glaces, ainsi que de plusieurs belles aquarelles signées de noms illustres, complétaient cet ensemble par leurs larges et plates baguettes d'argent. Si quelques couleurs étrangères s'étaient introduites dans cette pièce, c'étaient celles des camellias dont le beau feuillage et les fleurs variées s'élevaient de jardinières en bois de Spa.

Lorsque Marcelline, dont avec l'aide d'Adèle un petit bonnet brodé et un manteau de nuit de batiste eurent bientôt remplacé la toilette du jour, se trouva seule dans cette chambre, rien n'eût pu mieux encadrer cette jeune fille sereine et pure comme son blanc vêtement que cette pièce où respirait partout la fraîcheur et l'innocence, où souriaient partout la jeunesse et le bonheur.

Après avoir attendu un moment que sa bonne se fût éloignée, elle s'approcha doucement de la porte, dont elle tira avec précaution le verrou d'acier poli. Ne redoutant plus la possibilité d'une intervention importune, elle se dirigea vers sa chiffonnière, dont elle approcha un fauteuil. Un tiroir lui offrit aussitôt un pupitre avec tous les objets nécessaires à la correspondance : de la cire parfumée, un cachet d'agate, du papier glacé, un encrier, une boîte de plumes taillées et un porte-plumes argent et ivoire.

Lorsque tout fut disposé pour écrire, elle chercha au milieu de plusieurs futilités de toilette un petit sac brodé, mystérieux dépositaire, s'assit dans le fauteuil, et, choisissant la pose la plus commode, elle sembla vouloir donner toute aise à son corps pour pouvoir mieux goûter les jouissances dont elle allait enivrer son cœur.

C'est en effet un mouvement instinctif qui porte à cette sollicitude matérielle avant de se livrer au bonheur d'une

lecture chérie. Serait-ce que l'on ne peut trop complètement associer tout son être aux douces sensations que l'on
se promet, ou craindrait-on de distraire par un vague sentiment de gêne l'esprit et le cœur de leurs émotions, et
d'altérer, par le mouvement involontaire qui fait chercher
au corps une pose commode, la félicité où l'âme veut se
recueillir.

Marcelline regarda d'abord ce sachet avec un complai-
sant sourire ; introduisant ensuite l'extrémité de deux
doigts dans ses plis froncés, elle en distendit les cordons,
y prit plusieurs lettres et se disposa à les relire.

Ces lettres, douces confidences, tendres épanchements
d'une âme ardente, l'avaient initiée à un monde de sentiments que ne lui avait jamais révélé la tendresse de son
père ; leur vue seule remplissait son cœur de délicieux
frémissements.

Les citations suivantes expliqueront l'émotion que Marcelline éprouva en les contemplant, et feront connaître la
délicatesse de l'amour dont l'expression leur était confiée

« Voici la troisième lettre que je vous adresse, » lisait-on
dans une, « celles qui l'ont précédée sont restées sans
» réponse. Vous ne m'avez pas fait de promesse ; ne vous
» excusez point, je ne vous accuse pas ; non, je ne vous
» accuse pas je vous aime ainsi. Cette divine pudeur,
» qui vous entoure comme une auréole, a un céleste
» rayonnement qui vous éclaire et vous rend lus belle.
» Rien ne peut monter vers vous sans s'y purifier ; on ne
» peut vous aimer sans se sentir meilleur. Moi, votre
» amant, qui, dans nos heures de solitude, à peine ai de
» mes lèvres effleuré votre main ; moi qui, près de me
» séparer de vous, ne vous ai pas même demandé un
» baiser, j'en suis heureux et j'en suis fier. Laissons ces
» gages d'amour à ceux qui en ont besoin pour croire à
» leur tendresse. Marcelline, nous nous aimions assez pour
» avoir foi en notre bouche et nos regards ; que notre âme
» soit toujours pure pour qu'elle soit toujours aimante.
» J'ai besoin d'avoir plus que de la tendresse pour
» vous ; si vous cessiez de m'inspirer une sorte de
» culte, je croirais moins vous aimer ; et l'amour, quand
» il diminue, c'est qu'il meurt ; soyez toujours pour moi
» ce que vous êtes, car je préférerais cent fois vous per-
» dre que de cesser de vous révérer.

» Néanmoins, amie, pourriez-vous trouver une cause
» rationnelle et morale au préjugé sous lequel vous ployez
» votre cœur. Pourquoi ne m'écririez-vous pas ce que
» vous me diriez si je pouvais vous entendre ?... Le silence
» qu'au nom de l'usage vous imposez à votre amour a
» une origine moins pure ; origine que votre candeur ne
» vous permet point de soupçonner, cher ange ! Celles
» dont les affections s'épanouissent et se fanent comme
» ces roses du Bengale qui se succèdent incessamment,
» pâles et sans parfums, doivent ne laisser aucune trace
» qui puisse accuser et prouver leur inconstance ; mais
» vous dont la tendresse ne s'évanouira comme la mienne
» qu'après avoir consumé votre vie, pourquoi les imiter ?
» pourquoi vous outrager par une prudence qui nierait
» votre amour ?...

Marcelline, depuis ce jour, répondit à toutes ses lettres,
voici quelle était la plus récente.

« Amie,

» Je ne saurais vous dire combien il m'a été pénible
» d'attendre la dernière des quinze éternelles journées qui
» doivent s'écouler entre chacune des lettres que je vous
» écris ; votre pensée cessait d'être pour moi un délice ;
» c'était une obsession, mais une obsession que je n'eusse
» voulu échanger pour aucune jouissance étrangère à
» vous ; lors même qu'il eût pu exister pour moi une
» jouissance qui vous eût été étrangère. J'eusse été plus
» patient si j'avais essuyé quelque contrariété, éprouvé
» quelque peine ; mais j'avais à vous faire part d'un
» bonheur.

» Le premier vœu, le vœu pieux et sacré de mon en-
» fance, je l'ai rempli, Marcelline, et je viens d'en recevoir
» la consécration, ô mon amie! C'est un heureux augure
» pour ma vie.

» Depuis le jour où, prêt à tomb r sous le fer des com-
» missions prévôtales, mon père confia ma jeunesse à
» l'homme vertueux qui l'a remplacé dans ma vie, un
» legs terrible pesait sur moi. Enfant, je n'avais receuilli
» qu'un mandat de vengeance dans l'héritage de mon
» père ; j'avais son honneur à réhabiliter, j'avais à ven-
» ger sa mort. Ce mandat, le peuple et moi dans ce
» peuple, nous l'avions acquitté avec du sang, avec le
» sang de ses bourreaux.

» Marcelline, je vous l'ai dit, si ce fut pour la France
» un beau jour que celui où, fatigué de ramper et de
» souffrir, Paris répondit à une menace d'oppression par
» son grand cri insurrectionnel, ce fut pour moi un jour
» de bonheur. Ce n'était pas seulement le mot *liberté*
» qui faisait vibrer mon âme, c'était encore un sentiment,
» je m'en accuse, plus intime et plus profond : venger
» mon père ! Je saisis mon fusil avec des larmes, je m'é-
» lançai sous les balles avec ferveur ; et la victoire.....
» ô Marcelline, à ce souvenir seul, je pleure !

» Eh bien ! il y a quelques jours, j'étais un de ceux
» auxquels on remit la croix, récompense de la grande
» bataille. Je méprise ces décorations destinées la plupart à
» être salies ; je les méprise comme je méprise toutes
» livrées ; et pourtant ce que j'éprouvai, vous le dirai-
» je ?.. Quand j'entendis proclamer mon nom, je sentis
» frémir mes chairs, mes yeux se troublèrent ; mon père,
» qu'ils ont assassiné, je crus le voir qui me bénissait du
» haut des cieux.

» Voilà ce que je voulais vous écrire, Marcelline ; la
» moitié de ma vie était à la vengeance : elle est passée,
» je n'ai plus à vivre que pour aimer. O vous, aimez-moi
» bien, car j'ai à vous consacrer beaucoup d'amour!

La jeune fille, après avoir parcouru quelques unes de
ces lettres, les renferma dans le petit sac, prit la plume,
et tout émue encore de leur lecture, traça ces quelques
lignes sur un carré de papier rosé :

« Mon ami,

» Si je suis indiscrète, vous me le pardonnerez, mais
» je ne veux point mériter le reproche que je pourrais
» peut-être vous adresser ; mon cœur me dit que je ne
» puis être heureuse d'une félicité qui m'est advenue
« sans la partager avec vous. Je lui obéis.
» J'ai eu bien peur, Aurel !... Ce soir, mon père m'a
» parlé de mariage ; je ne sais ce qu'il a dit alors, j'ai
» serais encore plongée dans mon accablement, si je
» n'en eusse été arrachée par le nom de votre protecteur,
» de votre père. Alors, mon ami, j'ai tout compris et j'ai
» été heureuse.

» C'est demain que monsieur Arnauld doit venir de-
» mander ma main ; si vous étiez instruit de cela, vous
» étiez bien coupable. Si vous l'ignoriez, pensez au moins
» par reconnaissance à celle qui a voulu employer son
» premier moment de liberté à vous faire part de son
» bonheur.

» Votre MARCELLINE. »

La belle enfant, après, avoir relu cette lettre fit passer
dessus une poussière dorée ; puis la plia en quatre et la
glissa dans une enveloppe où son cachet laissa dans la
cire l'empreinte d'une étoile.

Les émotions de cette soirée avaient si profondément
agité Marcelline qu'elle sentait battre son sang et brûler
ses tempes. Sa poitrine fatiguée et ardente avait besoin
d'air ; elle tira les rideaux et ouvrit une des croisées.

La jeune fille fut frappée de l'étonnement le plus grand.
La journée avait été froide et sombre ; le vent n'avait
cessé tout le matin de faire claper aux vitres du petit
salon le givre et la pluie. Marcelline croyait à une noire et

pluvieuse soirée ; mais une piquante brise du nord-est avait balayé le ciel ; à l'horizon comme au zénith régnait la sérénité la plus complète. Malgré l'éclat de la lune, les étoiles avaient le scintillement irisé des diamants.

Mais ce fut surtout l'aspect du jardin qui excita sa surprise ; jamais l'idée d'un aussi splendide spectacle ne s'était offerte à sa pensée : le givre, que le froid avait condensé sur tous les objets, les couvrait comme d'un resplendissant tapis. Aux clartés du ciel, chaque plante, chaque brin d'herbe semblait une aigrette de brillants ; de chaque arbre on eût dit un lustre géant. La nature avait répandu sous ses yeux les trésors de son écrin magique.

Marcelline resta quelque temps plongée dans une espèce d'hallucination ; le changement qui s'offrait à ses regards avait trop d'analogie avec celui qui venait de s'opérer dans sa vie pour que son imagination n'en fût pas frappée. Les cœurs sensibles comme les âmes poétiques sont presque toujours superstitieux. On aime à supposer des liens mystérieux entre les êtres et les phénomènes de la terre et du ciel. La jeune enfant ne put s'empêcher de rapprocher instinctivement la magnificence dont s'était embellie la nature du bonheur qui venait instantanément d'illuminer sa vie.

Tout ce que son cœur avait senti poindre de douleur sous les premiers mots dont son père l'avait menacée, s'était subitement transformé en ravissements, comme cette pluie froide dont le souffle d'un vent glacé avait formé des cristallisations. Chaque espoir venait chatoyer dans l'émotion de bonheur dont s'était remplie son âme, comme chaque rayon du ciel dans les congélations où se réfractait sa clarté. Elle se plaisait à se comparer à cette belle nuit que l'hiver avait parée comme une jeune épouse pour un premier bal.

Lorsqu'elle ferma la croisée, le froid avait pénétré et transi ses membres. Le corps glacé, mais le sang plus calme, elle se dirigea vers son lit.

Un instant après sa main effilée laissait tomber un éteignoir d'argent sur la bougie. Un sommeil doux et profond vint aussitôt la saisir.

IV

LA FLEUR A VENDRE.

Le lendemain matin, lorsque Marcelline entr'ouvrit les yeux, le jour, glissant entre la double barrière de ses rideaux, baignait la chambre d'une lueur si faible que la jeune fille allait de nouveau se livrer aux douces et fugitives visions du dernier sommeil, si les gémissements du vent dans les acacias du jardin ne l'eussent arrachée à ces riantes images.

Se dressant par un mouvement vif, elle porta ses regards sur la pendule : l'aiguille marquait en ce moment neuf heures ; le froncement qui dégrada légèrement les arcs gracieux de ses sourcils révéla son regret d'être surprise au lit par une heure aussi avancée.

Elle agita avec force le ruban de la sonnette, s'élança sur la descente de lit, où sa femme de chambre avait placé ses petites babouches tunisiennes, et, après avoir pris les premiers vêtements, fut tirer le petit verrou qui avait protégé et sa correspondance et son sommeil.

Adèle vint aider sa jeune maîtresse dans les soins de sa toilette ; l'attention scrupuleuse avec laquelle Marcelline en dirigea les détails les moins apparents indiquait tout le désir qu'elle éprouvait de paraître belle.

Rien pourtant n'annonçait la recherche dans sa mise : ses cheveux, la veille coquettement relevés comme ceux des jeunes Chinoises peintes sur les écrans de Macao et de Canton, se roulaient en une seule boucle de chaque côté de son visage ; la robe de soie à petits carreaux qui

dessinait candidement ses formes naissantes, comme font les guimpes pudiques dont Raphaël et Murillo ont vêtu leurs Vierges, avait été remplacée par une robe de chalys, dont la large et longue pèlerine voilait presque complétement le corsage.

La perfection avec laquelle étaient arrangés ses cheveux ; la féronnière dont la blanche opale se reproduisait sur ses boucles d'oreille, sur sa broche et sur ses bracelets ; la distinction des ornements accessoires : fichu et fiancée, changeaient par un certain air d'apprêt la modestie de sa toilette en grâce, et en élégance sa simplicité. Elle était telle qu'elle désirait être pour que son amant la trouvât belle par les yeux de son père adoptif.

Marcelline remit alors à sa bonne avec quelques prescriptions la lettre qu'elle avait écrite la veille, puis, après avoir consulté en souriant sa glace sur quelques parties de sa toilette, elle prit un petit carré de batiste bordé d'un point de Bruxelles et descendit aussitôt.

Le couvert était déjà dressé ; Joseph venait même de placer sur la table les petits réchauds d'argent dont les bougies étaient allumées ; un feu ardent brûlait dans la salle à manger comme dans le petit salon, où Marcelline vint s'asseoir après avoir porté sur tout l'œil de la maîtresse. Monsieur le commandant Arnauld y entra presque au même instant, accompagné de monsieur Vauvert.

La jeune fille se leva tout émue. Tandis que monsieur Arnauld saluait lui-même avec un cérémonieux embarras l'enfant qui croyait bientôt lui donner le titre de père, le colonel approchait de la cheminée les fauteuils où chacun vint s'asseoir.

Le commandant Arnauld était comme son hôte, bien qu'entré six ans après lui, en 1797, dans la carrière des armes, un des officiers à qui la république et l'empire avaient donné leurs grades sur les champs de bataille, à ceux-ci dans une plaine sanglante, à ceux-là sur le pont fumant d'un vaisseau.

Cependant celui qui eût vu le commandant Arnauld au milieu de son équipage l'eût pris, à la recherche bizarre de son costume, pour un des raffinés du dix-huitième siècle, jeunes muguets dont la fatuité avait transporté dans nos états-majors maritimes les mœurs des ruelles aristocratiques et des antichambres royaux ; soldats précieux, marins à paillettes, qui s'élançaient du sopha de leurs petites maisons au milieu des frimas de la tempête ; qui quittaient les salons de la cour pour offrir aux rafales de l'Océan leur chevelure crêpée, et pour noircir dans la fumée d'un combat leurs manchettes de Flandre et leurs jabots de point d'Angleterre.

Cette analogie avait peut-être été imprimée à son caractère par le mouvement réactif sous l'influence duquel s'opérèrent ses premiers services. La corruption des règnes de Louis XV et de Louis XVI s'était en effet reproduite sous le Directoire. Comme l'eau de l'Aréthuse restée fade après avoir traversé la mer, hâtons-nous de le dire, si le caractère du commandant présentait quelques reflets de cette époque, ces reflets s'étaient arrêtés à son esprit sans aller jusqu'à son cœur. La critique eût pu y voir quelques légers ridicules, la méchanceté n'eût pu y découvrir un vice.

Ce trait caractéristique émanait d'ailleurs de ce qui avait pu être en lui le principe et le moteur des actions dont s'était honorée sa carrière : un sentiment mal réglé de vanité. Si c'était un défaut, il fallait le subir comme revers de nombreuses qualités dans lesquelles il s'effaçait, et c'était ce qu'avaient toujours fait ses amis.

Le citoyen Guillaume Arnauld, comme plusieurs de nos officiers de terre à cette époque, avait toujours affecté une élégance de mise qui contrastait plus vivement que partout ailleurs au milieu des habillements sévères et souvent plus que négligés de nos marins. Nul combat ne l'avait vu qu'en grande tenue ; son équipage préjugeait toujours, d'après le caractère de sa toilette, le degré de vivacité que devait présenter l'action. Pour chasser quelque lettre de marque ou quelque faible croiseur, il ne faisait que régulariser sa mise ordinaire ; lorsque les matelots le voyaient avec son frac de commandant, le chapeau à la française brassé carré sur la tête, ils étaient sûrs que le navire sur lequel ils arrivaient pouvait hardiment leur prêter le travers ; mais si le bâtiment en vue était d'une force incontestablement supérieure, oh ! alors rien n'était trop beau pour la fête, les gabiers ennemis du haut des hunes eussent pu prendre pour point de mire sa tête frisée et poudrée à blanc.

Cette excentricité d'esprit, comme diraient nos voisins d'outre-mer, n'avait nullement affaibli l'estime et l'affection de ses matelots ; tous le respectaient autant qu'ils l'aimaient, et ils l'aimaient à se faire tuer pour lui ; ils l'aimaient parce qu'il avait pour eux l'affabilité et la sollicitude d'un père ; ils le respectaient parce qu'ils savaient qu'il ne craignait pas plus de ternir dans le feu les dorures de son uniforme que de souiller ses bas de soie d'éclaboussures de sang ; que, vint à se rompre son épée de bal dans la mêlée, il n'en faisait pas moins tournoyer avec autant de facilité qu'aucun d'eux une lourde hache de combat. D'ailleurs, il avait assez souvent abattu les yaks anglais devant le pavillon de la république et de l'empire pour que personne ne pût douter de son habileté et de sa valeur.

Il n'était que depuis une dizaine d'années de retour dans le pays ; il habitait Coutances durant la saison pluvieuse ; une propriété qu'il avait embellie dans sa commune natale, distante à peine de quelques lieues, le recevait durant les beaux jours.

Sa démission, qu'il avait donnée en 1821, l'avait rendu à sa patrie, le modeste village d'Agon, nid de matelots bâti dans le sable de la grève normande. C'était là qu'il s'était retiré d'abord avec le jeune Aurélien, pauvre orphelin que son père, vieux militaire prêt à tomber sous le fer des prévôts monarchiques, avait légué à la protection et à l'amitié de son camarade du camp de Boulogne.

Ceux de ses marins qui avaient précédé dans le pays le commandant Arnauld l'y retrouvèrent alors ce qu'il avait toujours été, bon, affable, généreux, mais aussi toujours imbu du travers qui, nous l'avons dit, eût été un ridicule dans un caractère moins élevé, dans un cœur moins riche de toutes les vertus.

L'afféterie que ce matin surtout il avait apportée dans sa toilette n'échappa point au regard oblique que Marcelline porta sur lui, et appela un léger sourire sur ses lèvres.

Le commandant y avait en effet épuisé tout son art ; ses cheveux, dont le temps avait rendu la couleur native assez problématique, frisaient avec trop de soin pour laisser ignorer le passage du fer ; le jabot délicatement plissé, qu'un gilet de piqué anglais laissait voir fixé sur sa chemise de la plus belle toile de Hollande par une épingle en diamant, annonçait moins de prétention que la petite rosette, chef-d'œuvre de patience, formée au milieu du col par les extrémités de sa cravate. Le reste était à l'avenant : c'était un habit noir et un pantalon de casimir de la même couleur, sur lesquels l'œil le plus scrupuleusement attentif n'eût pu surprendre un duvet ; des bottes plus fines et mieux taillées qu'on n'eût pu les faire dans le pays ; enfin une réunion de breloques suspendues à une grosse chaîne en or. Tel était le costume de monsieur Arnauld, dont nous ne donnerions pourtant encore qu'une idée incomplète si nous ne mentionnions les petites boucles d'oreilles que, depuis son entrée au service, n'avait cessé de porter le brave commandant.

Le sourire de la jeune fille lui avait d'abord paru suspect ; la bienveillance qu'il ne tarda pas à remarquer dans son regard lui rendit quelque confiance dans le rôle que lui, amoureux quinquagénaire, devait jouer auprès de cette enfant ; il reprit sa sécurité. La conversation se nouait avec intérêt quand elle fut interrompue par la voix de Joseph.

— Le déjeuner est servi !

Monsieur Vauvert appuya en se levant la voix du domestique ; le commandant offrit son bras à Marcelline, et l'on passa dans la salle à manger.

Le déjeuner s'écoula au milieu de la plus douce gaieté. Marcelline en fit les honneurs avec une grâce dont monsieur Vauvert ne fut pas moins flatté que son convive. La part qu'elle prit à la conversation y répandit l'aisance. Son ton plein d'aménité et ses prévenances affables dissipèrent les doutes que le commandant sentait flotter dans son esprit. Lorsqu'en quittant la table on passa dans le petit salon où se devait faire la grande confidence, monsieur Arnauld avait senti, malgré ses cinquante ans, renaître en lui la fine galanterie et la volubilité de langage qui lui avaient jadis assuré tant de conquêtes sur les tendres colombes bretonnes et sur les belles fleurs du riche pays de Caux. Le bon commandant s'étonnait de lui-même.

On n'eut pas plus tôt occupé les places que l'on avait quittées pour passer dans la salle à manger, que la conversation reprit son cours, mais ralentie et devenue plus grave par l'imminence du caractère que la demande du commandant allait lui donner. Marcelline émue, monsieur Arnauld embarrassé, redoutaient le moment que l'un et l'autre appelaient pourtant de tout leur cœur. Cette hésitation se traduisit enfin par un instant de silence. Monsieur Vauvert semblait captivé par la lecture de la *Tribune*, dont il venait de rompre la bande. Le commandant fit un effort.

— Votre père, mademoiselle, vous a déjà parlé, il me l'a dit, de la demande que je lui ai faite. — Marcelline, qui avait baissé les yeux aux premiers mots, devint à cette interpellation rouge comme une cerise. — Je sais que vous êtes bien jeune, mademoiselle, — ajouta-t-il d'un ton plus grave ; — aussi, malgré l'assentiment de votre père, n'est-ce point sans avoir balancé quelque temps que je fais près de vous cette démarche. — La jeune fille leva sur lui un regard luisant qui lui rendit quelque confiance. — Mais avant tout, — continua-t-il, — j'ai une question à vous adresser. Soyez complétement libre. C'est, voyez-vous, un marin qui vous parle et qui aime dans les autres la franchise qu'il croit avoir. Je vous interroge comme un ami, répondez-moi de même : Rien en vous ne s'oppose-t-il à ce mariage ? — Marcelline sourit. — Votre cœur est-il libre ? — Froissée par ces derniers mots, la jeune fille dressa la tête et porta sur lui un regard de froide dignité. Le commandant, la sentant blessée par ces paroles, repartit vivement et d'un ton d'excuse : — Ne croyez pas que je veuille vous offenser, mademoiselle. Si je vous parle ainsi, ce n'est point pour vous ; non, je ne doute pas que vous ne soyez pure comme un enfant, comme un ange... mais, voyez-vous, c'est pour moi, pour...

Marcelline effaça par un demi-sourire l'effet qu'avait produit un premier mouvement de chaste susceptibilité, et répondit :

— Je vois bien peu de personnes, vous le savez ; mais, lors même que j'eusse vécu dans le monde, je n'eusse pas plus disposé de mon cœur sans le consentement de mon père ; mais, monsieur, je suis complétement libre.

— Je le savais d'avance, mademoiselle ; je vous l'ai dit : vous ne devez point voir de la défiance dans mes paroles, mais seulement la douleur que j'aurais de froisser votre cœur. Dans un pareil mariage, d'ailleurs, il faut être sûr du présent pour ne pas douter de l'avenir. Un mouvement irrésistible de crainte est de ma part un sentiment si naturel ! Je vieillis, moi ; vous, vous êtes jeune. Cette expérience qu'on va en avançant dans la vie que l'on paye de toutes ses illusions ne peut vous faire voir le monde tel qu'il est. Ses brillants dehors, ses fraîches apparences doivent tromper vos yeux. Il faut avoir vécu pour savoir que là n'est pas le bonheur. Le bonheur, mademoiselle, c'est d'être réellement aimée. Si je ne m'étais pas senti la puissance de réaliser le vôtre, soyez sûre que je n'eusse jamais recherché votre main.

— Vous ?...

23

Lorsque ce mot, jeté par Marcelline avec une émotion que chaque parole du commandant avait rendue plus vive, rappela sur les traits de la jeune fille les regards qu'il avait baissés sur elle, rouge et tremblante, elle accusait par son agitation l'effort qu'elle faisait pour comprimer ses sanglots.

Le commandant, ne pouvant deviner la cause de ce changement subit, n'y vit que le trouble causé par la conversation sévère où il s'était laissé entraîner dans une première déclaration d'amour. Il voulut la calmer en s'accusant. Il se reprocha ce qu'il nomma ses sombres déclamations. Le colonel se joignit à lui pour combattre le trouble de sa fille, qui lui parut un enfantillage. Les relations commerciales qui, depuis quelque temps, semblaient unir plus étroitement les deux amis vinrent heureusement interrompre le flot de consolations que, comme une eau glacée, l'on versait sur son cœur.

Le colonel rentra après trois heures d'absence.

— Où est Marcelline?

— Mademoiselle n'est pas sortie du petit salon, — répondit Joseph, à qui la question avait été adressée.

Marcelline était en effet encore assise dans le fauteuil où elle était tombée après le départ de son père ; l'agitation dont une désillusion si brusque avait serré sa poitrine s'était épandue, après une longue angoisse, en larmes et en soupirs. Un accablement profond avait suivi cette crise.

Son père la trouva donc assez calme ; son abattement et la rougeur de ses yeux purent seuls faire deviner à monsieur Vauvert ce que sa fille avait souffert; il s'approcha d'elle d'un air inquiet, et lui dit avec douceur :

— Qu'as-tu donc, mon enfant? Pourquoi cette tristesse?

— Mon père, — répondit Marcelline éplorée, — je ne veux pas me séparer de vous.

— Mais ce n'est pas une séparation qu'un mariage, ma fille ; ce n'est point pour qu'il me prive de ta présence que je te confie à un époux. Crois-tu que, s'il en était ainsi, je pusse y consentir? Non, mon enfant, je serai toujours là, près de toi, veillant sur toi comme je l'ai fait toute ma vie. Avant comme après ton union, nous ne cesserons pas plus de nous voir que de nous aimer; seulement, il y aura un homme de plus à travailler à ton bonheur.

— Ce mariage m'effraye, je ne voudrais pas me marier.

Ces paroles semblèrent sortir du fond de son cœur.

— Allons donc, Marcelline, sois raisonnable, tu n'es plus un enfant ; le mariage, vois-tu, n'est pas seulement pour une femme un établissement de convenances, mais un devoir, une nécessité; c'est le mariage qui la produit et la complète. Qu'est, dis-moi, dans la société, une vieille fille? une herbe parasite, un lichen stérile, un être égoïste qu'aucune affection n'attache à la terre, nuisible à quelques-uns, inutile à tous, à charge à lui-même plus encore qu'aux autres. Il y a bien des douleurs, ma fille, dans son isolement et sa vie glacée. Dévorée de passions qu'elle ne peut satisfaire, elle ressemble souvent à la bête fauve atteinte d'un plomb mortel; elle mord et déchire elle-même, lorsque sa rage ne rencontre pas sur qui s'assouvir ; une vieille fille, c'est une vocation manquée, c'est un monstre !... La société, comme la nature, impose des obligations à une femme; elle ne peut s'y soustraire sans désordre pour le monde et sans malheur pour elle; ma fille, tu n'as pas encore vécu, tu n'as aimé que moi jusqu'à ce jour ; femme, tu vas connaître d'autres sentiments, d'autres bonheurs, d'autres devoirs.

— Cette vie me suffit ; je ne veux pas d'autre sentiment que vous aimer; mon bonheur à moi c'est le vôtre, et mes devoirs ce sont vos volontés.

— Ce sont là des folies, Marcelline ; faut-il te rappeler encore que tu n'es plus un enfant? Je crois bien que ce que tu me dis là est le vœu de ton cœur. Tu le désires aujourd'hui, mais demain tu le regretterais. Je ne doute point de ton amour, mais je dois te prouver le mien ; et je croirais ne pouvoir t'en donner une preuve plus efficace qu'en calmant ton cœur, qu'en éclairant ton esprit, qu'en conciliant enfin tes sentiments et tes pensées dans une sage et saine appréciation de ce mariage.

— Mais moi, — fit-elle en laissant éclater dans sa voix tout ce que souffrait son cœur, — je ne l'aime pas cet homme.

— Sans doute, — repartit froidement le colonel;—mais tu l'aimeras, car tu l'estimes. L'estime de celui à qui l'on se donne... voilà le point important, mon enfant, voilà la suprême condition du bonheur. Avec l'estime, l'amour vient toujours... sans l'estime, l'amour le plus violent s'évanouit... Écoute-moi bien, mon enfant; ce que je te dis peut t'étonner, mais l'expérience est là pour confirmer mes paroles. Vois-tu dans le monde beaucoup de mariages d'inclination réaliser les espérances de félicité sous lesquels ils se sont formés? — Et comme, à cette interpellation, une expression de doute se produisit dans les traits de Marcelline, il ajouta d'une inflexion de voix dogmatique : — Presque tous les mariages d'amour sont malheureux.—Le cœur de la jeune fille sembla se révolter contre cette assertion qui la frappait dans ses plus doux intincts, dans ses convictions les plus saintes. Monsieur Vauver, prévint ses objections en développant sa pensée. — Il n'y a pas d'illusions à se faire à cet égard. Ne regarde pas dans tes rêves, regarde dans la vie, songe à ceux que nous connaissons ; je n'ai pas besoin de te citer les noms; ils sont présents à ton esprit. Pour la plupart, et nous ignorons ce qui se passe dans le mystère des autres, le bonheur a été plus éphémère que les lunes de miel. La cause en est fort simple : l'amour est un enthousiasme qui exclut tout raisonnement; il fait voir la réalité à travers son prisme, et la réalité ainsi vue est un mensonge ; car ce n'est point elle qu'on aperçoit, c'est le prestige dont elle est parée et que le cœur entoure encore de ses illusions. Que la jouissance vienne à dissiper le mensonge, qu'arrive-t-il? la chimère s'évanouit; alors ce qu'on avait rêvé, ce qu'on avait aimé disparaît ; ce qui reste c'est la réalité, et cette réalité on ne l'avait pas aperçue, on ne l'avait pas soupçonnée. Qu'arrive-t-il alors ?... C'est que sa nudité s'attriste et s'assombrit de l'évanouissement même du rayonnement qui avait fasciné et éboui. La réalité alors, c'est le malheur.

— Oh ! mon père...

— Voilà presque toujours les conséquences de ces beaux mariages. Si au contraire on prend la raison pour règle de son choix, que l'on cède, non à un caprice, mais à des motifs d'estime, on peut marcher sans crainte dans la vie; pour la femme ainsi placée auprès d'un époux dont toutes actions et tous les vœux tendent à sa félicité, comme tout en elle-même tend au bonheur de son époux, l'amour devient une conséquence absolue de sa vie; non pas l'amour fiévreux et fantasque, mais une affection intime et profonde qui est à l'amour-passion ce que le rayon est à l'éclair, la sérénité à l'orage ; ce que la mélodie est au bruit. Ce n'est pas moi, ma fille, c'est la raison qui te parle ainsi. Moi j'accomplis un devoir pénible, un devoir rigoureux, en me faisant son organe. Jusqu'à ce jour j'ai été ton protecteur et ton guide, aujourd'hui tu as plus besoin de protection et de conseils que jamais. Fusses-tu rebelle à mes avis, à ma tendresse, ma fille, je devrais encore forcer tes résolutions par amour.

— Non, — dit-elle en sanglotant, — vous ne voudriez pas me rendre malheureuse ?

— Moi vouloir te rendre malheureuse ! --Le cri de Marcelline avait changé en émotion l'autorité que le colonel avait mise dans sa voix. — Moi, ma fille ! nos deux vies ne sont-elles pas solidaires? Toi malheureuse y aurait-il du bonheur pour moi; non, tu le sais, c'est au contraire ta position, ta tranquillité, que je veux assurer par ce mariage. L'homme que je t'ai choisi pour mari t'offre toutes les assurances de félicité que nous puissions désirer pour ton avenir ; tu le connais, il t'entourera dans ta maison de vertus ; dans le monde il t'environnera de l'estime publique. Est-ce donc vouloir faire ton malheur que d'imposer à ta raison un tel choix?

— Si vous me l'imposez, je ne résiste plus; je le subirai avec soumission, mon père.

On le pense bien, le dîner, après une telle scène, fut nécessairement silencieux et triste.

La première partie de la soirée s'écoula, comme d'habitude pour le père et la fille, dans la solitude du petit parloir où se resserrait leur vie commune.

Marcelline, penchée sur sa tapisserie, cherchait à dissimuler l'agitation et la douleur qui soulevaient sa poitrine par l'application qu'elle semblait apporter à son travail, mais l'inflammation de son visage indiquait les efforts par lesquels sa volonté tâchait d'étouffer ses émotions ; des soupirs trompaient par moments cette contrainte; les pleurs qu'elle eût voulu dévorer s'échappaient de ses paupières gonflées et couraient chaudes sur ses joues brûlantes. Ce n'était qu'avec peine alors qu'elle contenait les sanglots qui ébranlaient sa poitrine, mais, se raidissant contre l'angoisse, écartant ces sombres pensées, elle parvenait à comprimer l'explosion de sa douleur.

Les préoccupations de son père, moins tumultueuses, n'étaient pas moins sombres. Le domestique avait placé près de lui les journaux sans que leur vue lui eût donné l'idée d'en rompre les bandes; il ne pouvait se dissimuler en portant les yeux sur Marcelline, en songeant à son trouble et à leur conversation précédente, quelle était la cause de l'agitation dans laquelle sa fille était plongée; devant cette douleur muette et profonde, il sentait son cœur se briser, sa résolution s'ébranler, sa volonté fléchir, et, bien que cette fortune qu'il avait si laborieusement élevée dépendît de ce mariage, il calculait quelles pouvaient être les conséquences de sa rupture, décidé à affronter la crise qu'elle pouvait entraîner si son honneur n'avait aucun danger à courir dans cette extrémité désastreuse.

Une heure s'était écoulée ainsi, Marcelline n'interrompant son travail que par les distractions de la pensée, le colonel sortant à peine de sa méditation pour entretenir et alimenter le feu, lorsque Jacques vint lui annoncer que monsieur Emile le demandait au comptoir.

Emile Brière, que, malgré son âge déjà avancé, quarante à quarante-cinq ans, l'on ne désignait dans la maison que par son prénom, était le commis de confiance, le secrétaire en quelque sorte de monsieur Vauvert. Il était chargé, entre autres fonctions spéciales, du dépouillement de la correspondance. Il venait tous les soirs à six heures, moment de l'arrivée de la poste, faire le dépouillement du courrier; il en dressait un résumé qui était remis chaque soir au colonel avec les pièces les plus importantes de la correspondance du jour.

Monsieur Vauvert tressaillit. Quelle pièce assez importante pouvait donc être arrivée à son adresse que, contre l'usage formel de la maison, monsieur Emile crût devoir l'appeler immédiatement dans ses bureaux. Une nouvelle traite sans doute ; cela rentrait dans ses prévisions. Sa première impression s'effaça. Il songeait d'ailleurs à rentrer dans son cabinet pour calculer strictement sa situation, dans la douloureuse alternative où le plaçaient ses devoirs et ses sentiments, ses obligations de financier et ses sollicitudes paternelles.

Il se leva ; avant de s'éloigner il s'approcha de Marcelline pour lui déposer au front le baiser qu'il lui donnait toujours en la retrouvant ou en se séparant d'elle.

Elle leva vers lui un regard si suppliant et si désolé qu'il sentit son cœur éclater sous cette brûlante projection de douleur et d'amour.

— Ne désespère pas, mon enfant... Rien n'est arrêté encore... S'il est possible de me rendre à tes vœux... Oh ! je le ferai avec bonheur...

— Mon père !...

Le banquier était vaincu.

V

ORMUZD ET AHRIMAN.

Monsieur Vauvert avait à peine pris place dans le petit fauteuil en acajou garni de maroquin vert placé devant son bureau, qu'Emile Brière entra dans le cabinet deux lettres à la main.

— Qu'y a-t-il de nouveau?— lui demanda froidement le banquier, frappé de l'air de consternation empreint dans ses traits.

— Voyez, colonel, — lui répondit le commis en lui remettant les deux lettres.

Monsieur Vauvert les prit, les ouvrit et les lut.

Emile Brière ne put méconnaître, à l'impression qui se trahit sur les traits du banquier, habituellement si impassibles, que ces lettres n'eussent la gravité capitale qu'il leur avait attribuée de prime abord lui-même. Sa pâleur ordinaire avait pris graduellement des teintes livides ; ses yeux démesurément ouverts exprimaient par leur lueur atone bien moins l'inquiétude et l'étonnement que la stupeur.

Une réaction aussi violente que subite suivit leur lecture. Le sang, qui s'était porté brusquement au cœur, reflua non moins brusquement au cerveau, et, dans la congestion brûlante, injecta jusqu'à les rompre tous les vaisseaux du visage et du front. Ses mains semblèrent tomber sur son pupitre sous le poids de ces lettres sinistres dont ne pouvaient se détacher ses regards.

L'une était du lieutenant-général baron Bouvet, l'autre était de madame la comtesse de Montval ; l'une et l'autre réclamaient, dans les délais de leurs actes, la remise des fonds qu'ils lui avaient confiés ; ces délais étaient, de dix jours pour les deux cent mille francs du lieutenant-général, et de cinq seulement pour les cent mille de la comtesse.

Il resta quelques instants plongé dans une absorption morale où sa pensée concentrait tous ses efforts pour s'élancer hors du cercle de difficultés formé autour d'elle, et qui lui apparaissait sans issue. Il en fut arraché par une résolution subite.

— C'est bien, mon ami, — dit-il au commis, — laissez-moi maintenant, vous pouvez vous retirer.

— Vous trouverez, colonel, le reste de la correspondance sur ma table de travail. Il n'y a, du reste, rien d'important.

— C'est bien ! c'est bien ! — Le commis comprit, au ton dont furent prononcés ces derniers mots, que le banquier désirait être seul, et sortit aussitôt. La porte du comptoir se fut à peine refermée sur lui, que monsieur Vauvert s'élança à ses livres, en prit plusieurs, et les feuilleta avec une ardeur fiévreuse. Ses écritures étaient tenues avec trop d'exactitude pour qu'il pût être longtemps à dresser sa situation. Il vérifia ensuite sa caisse et ses valeurs, calcula sur la cote du jour le chiffre de ses actions, et eut bientôt cette situation résumée en deux chiffres. A la balance, son actif tomba au-dessous de son passif de plus de cent mille francs. — Ainsi, — murmura-t-il avec accablement, — une liquidation, dans cette dépréciation des valeurs, ce n'est pas seulement la ruine..... — Il y a un an, reprit-il après une pause, — c'eût été la richesse... dans un an ce serait encore assurément l'opulence, aujourd'hui c'est....— Il n'osa pas prononcer le mot terrible; la faillite !... Ses yeux se levèrent vers le ciel, et il comprima son front dans sa main comme si il eût craint que la douleur qu'il éprouva à cette pensée ne le fît éclater. — Non, — dit-il, après un moment de méditation, — non, elle ne sera pas prononcée... Il y a un moyen de conjurer ce malheur... On ne peut la faire peser sur un cercueil. Le temps que me refuseraient les intérêts effrayés, à moi le réclamant, autant pour leur salut que pour celui de mon honneur il sera légalement acquis à ma Marcelline, et les délais nécessaires pour la liquidation de ma succession suffiront pour tout sauver... — Oui, tout ! — répéta-t-il en se levant, et il poursuivit en se promenant sombre et les bras croisés,— tout... les intérêts de mes commettants... mon honneur... et jusqu'à l'avenir de ma fille..... Oh ! oui... c'est bien là la vraie, l'unique solution.... Elle sauvegarde et concilie tout... bien mieux que ce mariage... devenu d'ailleurs impossible... Marcelline y retrouve dès aujourd'hui sa liberté ; et, dans un an, elle y aura retrouvé sa fortune.

Ces réflexions semblèrent l'avoir calmé ; il fit plusieurs tours dans son cabinet, agitant dans son esprit et mûrissant cette funèbre et salutaire résolution.

La gravité de l'influence que le commandant Arnauld devait exercer dans le réglement de ses affaires était trop évidente pour ne pas appeler sa pensée. La générosité de caractère du Suffren coutançais, comme l'appelaient ses amis, ne pouvait laisser aucun doute sur ses dispositions et sa conduite dans ces circonstances fatales ; il comprit toutefois les égards et les ménagements que leurs relations lui imposaient. Il regarda à la pendule ; il était huit heures et demie ; il était sûr de le trouver à cette heure chez lui, et fit ses dispositions pour sortir.

A l'instant même où monsieur Vauvert quitta son comptoir, monsieur Paul Dugué entrait dans le cabinet de monsieur Laurent Bazire, préoccupé des mêmes intérêts, mais sous l'empire d'impressions bien différentes.

— Ce soir, monsieur le substitut du procureur du roi,— dit-il en saluant ce dernier, et de son ton le plus insinuant et à la fois le plus gracieux, — je vous apporte de bonnes nouvelles.

— Prenez un siége, maître Dugué, et contez-nous cela.

— Quelques mots suffiront, — fit en s'asseyant l'expert-géomètre. Et, les jambes et les mains écartées, il ajouta, le buste porté en avant : — Comme vous avez très-prudemment pensé qu'une démarche de ma part auprès du commandant Arnauld n'était pas sans inconvénients, j'ai chargé de la commission son avoué même , maître Hurel.

— Vous êtes sûr de sa discrétion.

— Comme de la mienne.... un ami d'enfance... et un homme sérieux.....

— Bien ! continuez...

— Les nouveaux renseignements que je vous ai communiqués ce matin m'ont permis de le mettre au courant des affaires de la maison Vauvert de la manière la plus précise. La commission ne pouvait se présenter dans des circonstances plus favorables, maître Hurel devait avoir aujourd'hui même une conférence avec monsieur Arnauld; muni de mes instructions, il s'est rendu chez lui vers une heure. Le brave commandant rentrait justement à son hôtel, en grande toilette, en équipage, et dans la sécurité la plus complète sur ses intérêts. Maître Hurel a été reçu aussitôt. Il n'avait à lui faire part que d'un incident judiciaire sans gravité, mais, tout en lui exposant sa petite affaire, il lui a lancé adroitement quelques mots de la communication dont je l'avais chargé. Il était à craindre que le vieux marin ne fît la sourde oreille ; ces mots, au contraire, l'ont piqué au vif, et si profondément que maître Hurel n'a pas eu besoin d'y revenir ; c'est monsieur Arnauld, au contraire, qui est revenu à la rencontre avec l'ardeur de ses plus beaux jours, pressant son avoué de questions et lui arrachant, une à une les révélations que le digne procureur n'avait rien tant à cœur que de lui communiquer. Son édification a été par suite aussi rapide que complète.

— Ainsi il connaît...

— Tout, monsieur le substitut, tout ce dont vous désiriez qu'il fût informé : les traites aux mains de messieurs Delamarre, la demande de compte de la maison Haureau et fils, le retrait de fonds que doit opérer le baron Bouvet...

— Le courrier de ce soir a dû lui en apporter la deman-

de et une de même nature de madame la comtesse de Montval.

— Il en a été expressément informé... Tout enfin ce que nous avons pu découvrir, il le connaît... tout, monsieur le procureur du roi... tout !

— Et en définitive, son impression ?...

— Son impression, en définitive, est celle d'un capitaliste en présence de la ruine d'une maison où il vient d'ajouter cent mille francs aux deux cent mille qu'il avait déjà aventurés dans cette masure.

— En êtes-vous bien sûr...

— En voulez-vous une preuve ?

— Donnez. Une preuve ne peut que confirmer une conviction en lui donnant un plus haut degré de certitude.

— Eh bien ! monsieur le substitut, maître Hurel n'a pas eu plus tôt quitté le commandant, que celui-ci, sans se donner le temps de changer de toilette, se rejetait, en cravate blanche, en jabot et en manchettes, dans son landau, et brûlait toute l'après-midi les pavés de Coutances, courant de chez la duchesse de Montval chez son avocat ou son notaire, et vice versâ, jusqu'à l'instant même ; car il vient de rentrer chez lui plus inquiet encore que harassé, et plus harassé encore qu'après la fameuse campagne dans la mer australe.

— S'il en est ainsi, la crise est ouverte.

— Elle l'est donc assurément, monsieur le substitut ; n'en doutez pas.

Celui-ci se garda bien d'ajouter ce que, quelques minutes après, resté seul dans son cabinet, il répétait joyeusement en se frottant les mains :

— Et avant quinze jours j'en serai l'arbitre suprême.

On voit par cette conversation que le colonel n'avait plus de conciliation à faire à l'ancien commandant de la *Cybèle*, vers l'hôtel de qui il se dirigeait à travers les ruelles étroites et boueuses, dont les rares reverbères municipaux éclairaient seuls à cette heure et très-imparfaitement les épaisses ténèbres. Un brouillard de dégel, parvenu progressivement à l'état de bruine, était venu ajouter son obscurité à l'ombre d'une nuit sans lune.

L'habitation de monsieur Arnauld était un élégant pavillon bâti entre cour et jardin, et présentant à la rue du Courtil un mur à pilastres de granit percé d'une large porte cochère. « J'ai voulu avoir mon pavillon carré, qui m'était dû, » disait le brave commandant, en faisant allusion à la forme du guidon arboré par les contre-amiraux.

La porte cochère s'étant ouverte au bruit de la sonnette, le colonel traversa la cour d'honneur, entra dans le vestibule, éclairé par une lampe de bronze, où il trouva maître Antoine.

Maître Antoine était chez le commandant Arnauld ce qu'était chez le colonel Vauvert Jacques Roland, dit Bel-œil : un vieux serviteur d'ordonnance qui avait suivi son chef et maître dans sa retraite.

— Monsieur le commandant est-il ici ?

— Oui, mon colonel, il vient enfin de prendre son mouillage... après une croisière de cinq heures...

— Comment cela ! — demanda avec surprise monsieur Vauvert, à qui monsieur Arnauld avait dit en le quittant qu'il rentrait chez lui.

— Ma foi! mon colonel, — fit le vieux loup de mer, après avoir fait passer sa chique de sa joue droite sous la joue gauche, — je ne sais quel grain nous a rejetés au large, mais, à peine rentrés tantôt, il nous a fallu remettre en mer, et si subitement encore que, le timonier ou plutôt le cocher s'étant absenté un moment, c'est moi qui ai dû prendre la barre, c'est-à-dire le fouet. Avons-nous assez bouliné cette fois! ç'a été, jusqu'à sept heures du soir, un valingage sans fin dans les débouquements de Saint-Nicolas et de Saint-Pierre. Heureusement qu'on se patine sur les guibres d'un landau comme un gabier de frégate sur une vergue. Si bien que nous sommes rentrés en rade sans avarie... Voilà !

Et, après avoir fait passer sa chique de sa joue gauche sous sa joue droite, il se tourna légèrement de côté et lança victorieusement à trois pas de distance un jet de salive jaunâtre dont, par savoir-vivre, il cacha l'émission sifflante des quatre doigts de sa main droite rapprochés de sa bouche.

La surprise que l'annonce de ces courses inattendues avait causée à monsieur Vauvert n'était pas sansinquiétude.

— Et ton maître, où est-il maintenant?

— Affourché pour le quart d'heure sous de bonnes amarres, à l'abri des tisons et arrimant la victuaille dans la cambuse... Dois-je vous signaler, mon colonel...?

— Je viens pour le voir ; annonce-moi...

Monsieur Arnauld, qui venait de se mettre à table, comme on a pu le comprendre par les tropes salés et goudronnés de maître Antoine, n'eut pas plutôt entendu le nom de son vieil ami que, se levant avec empressement, il s'avança à sa rencontre.

— Soyez le bienvenu, colonel, et d'autant mieux que je songeais à aller moi-même vous faire une petite visite ce soir.

Le banquier attacha sur les traits du commandant un regard froid et triste, comme s'il y eût cherché la signification et l'objet de cette démarche insolite. Il n'y découvrit que l'expression d'un respectueux et bienveillant intérêt.

— Me ferez-vous l'amitié de partager mon dîner de garçon? — ajouta-t-il en lui présentant une chaise, — e pourrais dire mon souper.

— Cela m'est impossible ; vous savez que je dîne à quatre heures.

— Un verrre de porto alors et un biscuit.

— Rien, commandant. N'insistez pas, je vous prie... Vous me désobligeriez.

— Asseyez-vous toujours... — Le colonel prit place du côté de la cheminée faisant face à celui ou le commant dant était assis. — Eh bien ! colonel, — reprit monsieur Arnauld, — j'ai une grande nouvelle à vous apprendre.

— Et quelle est cette nouvelle...? Vous pouvez me l'annoncer en termes fermels, car je n'ai ni le droit ni la prétention de me poser en sphinx.

— Et bien ! J'ai vendu, cette après-midi, mon château et mes trois fermes de Montchaton.

— Cette magnifique propriété à laquelle vous teniez tant !...

— Tant ! tant ! tant !... n'est pas le mot... puisque tant est que je l'ai vendue... J'y tenais assurément... mais j'y tenais... sans y tenir. Ce n'était, après tout, qu'une propriété do dix mille livres de revenu. Or, j'ai réfléchi que j'avais fait une vraie folie en repoussant les offres de madame la comtesse de Montval, qui m'en avait fait proposer un demi-million. C'était vendre au denier cinquante... cela valait la peine d'y regarder à deux fois. Vingt-cinq mille livres de rente au lieu de dix ! Ma foi ! votre serviteur très-humble !... j'ai accepté. Le contrat a été signé ce soir, et demain on commencera à me verser... C'est-à-dire, mon cher beau-père, à vous verser le prix: deux cent mille francs d'abord et le reliquat en deux payements égaux, de quinze jours en quinze jours... C'est un mois pour payer cinq cent mille francs... Le délai, vous devez le reconnaître, n'a rien d'excessif.

— Assurément !...

— Je le lui ai accordé d'autant plus volontiers que cela vous donnera plus de latitude pour l'emploi des fonds, car c'est vous, cher beau-père espéré, que leur application regarde. Ils tombent à vos risques et périls..... C'est accepté... n'est-ce pas ?

— Commandant,—lui dit monsieur Vauvert, en lui tendant les mains et en serrant celle qu'y plaça le généreux marin, avec une émotion qui se peignit dans ses regards et dans ses traits, — vous avez cédé à une raison autre que la considération d'intérêt que vous me faisiez valoir à l'instant.

— Comment ! banquier que vous êtes, cette considération ne vous semble pas suffisante...

— Non, mon ami, car cette considération existait dans toute sa force il y a huit jours, et vous la repoussiez avec dédain...

— Que me parlez-vous de la première impression...? le premier mouvement est un étourdi... A quoi, diable ! servirait la raison si ce n'est à réparer ses sottises.

— Et comment ne'm'avez-vous pas parlé de cette résolution ce matin? Commandant, je vous le répète... vous avez obéi à un autre motif...

— Eh bien ! quand à ma première raison il s'en serait jointe un autre ; quand, en voyant la comtesse et ses cohobereaux retirer de la circulation leurs capitaux, dans l'espoir de provoquer une crise où s'abîmerait la révolution, notre mère à tous, j'aurais moi, voulu donner un exemple contraire et rendre au commerce et à l'industrie un peu de cette force vivifiante qu'ils lui enlèvent, qu'auriez-vous à dire colonel...?

— J'aurais encore à vous dire que cette considération politique ne constitue pas plus l'impulsion exclusive à laquelle vous avez obéi que le motif d'intérêt dont nous parlions d'abord... Votre décision a une autre cause... Votre conduite a une autre raison... et je vais vous la dire.

— Voyons, colonel... voyons !

— Ma maison de banque traverse une crise que je cherche en vain à m'expliquer. Il y a assurément dans cette complication de difficultés qui m'assaillissent l'influence mystérieuse, l'action hostile, d'un mauvais génie qui médite ma ruine... Il y a quelques jours, un concours de traites imprévues me mettait dans la nécessité de suspendre mes payements... vous m'apportez spontanément cent mille francs qui me placent au-dessus du danger. Aujourd'hui, ce sont mes principaux commettants qui, subitement et simultanément, me retirent leurs capitaux. Ce n'est plus cent mille francs seulement qu'il me faut : c'est trois cent mille... quatre cent mille... ce sera un demi-million peut-être, et spontanément, comme les premiers, vous, vous venez m'apporter ce demi-million qui consolide ma fortune croulante et sauve mon honneur... Ne dites pas que ce soit là du hasard... Mon commandant, vous êtes le bon génie de ma maison, l'ange gardien qui la protége et la sauvegarde.

— Oh! oh! oh! colonel, je n'ai pas un si beau rôle, moi ! Mettons qu'il y ait dans tout cela quelque chose de vrai... Quoi de plus simple que mon intervention spontanée dans vos affaires? En venant en aide à vos intérêts en périls, n'est-ce pas aussi la dot de ma femme que je défends? Et, quant à votre honneur, n'est-il pas aussi le mien, à moi qui vais devenir votre fils?... Est-il quelque chose de plus naturel, je dirai même est-il un devoir plus impérieux ?

— Merci ! commandant, merci !... Croyez bien que, si j'accepte, c'est que j'ai plus que la conviction, j'ai la certitude que vos intérêts ne courent aucun danger en sauvant les miens; car c'est de la prospérité même de ma maison que sont nés les embarras dont elle affronte en ce moment l'épreuve. Devant l'abondance des capitaux qui affluaient dans la caisse, j'eus la pensée de les consacrer au bien-être et à la richesse du pays, en secondant les grands travaux qui pouvaient assurer sa prospérité. Quel placement plus sûr et plus avantageux pouvais-je en faire? Je possède en portefeuille pour quinze cent mille francs d'actions des Canaux armoricains, cotées il y a un an plus de cent francs au-dessus de leur valeur initiale. Tombées aujourd'hui, comme la plupart des autres actions, leur vente immédiate eût été ma ruine. Que le calme renaisse, elles s'élèveront assurément à un prix supérieur à celui qu'elles ont jamais atteint, et vos versements me permettent d'attendre son retour... Merci donc, mon ami, merci ! pour tout ce que, ce soir, vous avez fait pour nous, vous avez fait pour moi.

VI

LES NUITS SE SUIVENT.

Monsieur Vauvert quitta, heureux et calme, l'hôtel de la rue du Courtil, où une heure auparavant il était entré le cœur navré et le désespoir dans l'âme. Il redressait avec un profond sentiment de bien-être sa tête affranchie du poids écrasant des pensées et des inquiétudes qui s'étaient appesanties sur elle.

Il lui semblait échapper aux obsessions et aux tortures d'un lourd cauchemar; il sentait avec bonheur l'impression réfrigérante du brouillard humide qui frappait ses traits, où quelques heures d'angoisses avaient allumé ces ardeurs fébricitantes que laissent à la peau une nuit de fièvre. Allègre et dispos, il franchissait d'un pas rapide ces rues fangeuses qu'il avait parcourues triste et sinistre comme les vieilles maisons qui les bordent.

Ce ne fut qu'aux approches de sa maison qu'il sentit ses pensées s'assombrir de nouveau et ses pas se ralentir. L'idée de Marceline, en se présentant à son esprit, lui avait rappelé la profondeur de sa désolation et la nécessité de son sacrifice.

Son mariage, dans l'état des choses, lui semblait tellement nécessaire que son esprit n'eût pu admettre un doute sur sa possibilité. Monsieur Arnauld ne venait-il pas, sur la foi en sa parole, d'engager une partie importante de sa fortune dans l'*alea* des événements, avec une générosité de dévouement qui attestait sa confiance et son amour? Il est des engagements que l'on ne rompt pas, et celui par lequel il avait disposé de la main de sa fille était du nombre.

— Marcelline? — demanda-t-il à Jacques, venu lui ouvrir, en lui remettant sa canne de jonc et son chapeau à larges bords.

— J'ai eu beau lui représenter, mon colonel, que vous étiez sorti trop tard pour ne pas vous donner la permission de dix heures, elle a voulu vous attendre.

Un nuage passa sur les traits de monsieur Vauvert.

— Et où est-elle? — reprit-il en ôtant ses gants de peau de daim.

— Dans le petit salon, mon colonel, où elle est restée de faction toute la soirée.

Il lui remit ses gants retournés l'un dans l'autre et se dirigea vers cette pièce.

Marcelline, à qui les derniers mots de son père avaient rendu quelque espoir, n'avait pas voulu monter à son appartement sans s'être assurée, dans ce brusque naufrage de ses rêves et de ses illusions, de la confiance qu'elle pouvait attacher à cette épave de son bonheur. Elle attendait.

Le bruit des pas du colonel sur les dalles de marbre du vestibule la fit tressaillir. Sa vue, quand il entra dans le petit salon, ranima toutes ses craintes. La pâleur des traits du vieux soldat financier, son air triste et austère, sa raideur militaire dans sa longue lévite bleu foncé, croisée sur la poitrine et boutonnée jusqu'en haut, en faisaient la froide et stoïque personnification du devoir.

Il se dirigea vers elle et la tint un instant enveloppée dans un regard triste et timide à la fois.

— J'ai bien réfléchi, mon enfant, — lui dit-il avec une douceur d'accent qui formait un contraste frappant avec sa tenue rigide, — à mariage que j'ai cru devoir accepter pour toi, et crois bien que, dans le brisement de cœur que m'ont causé tes protestations et tes larmes, j'ai consulté autant mes sentiments que mes devoirs. Eh bien! ma bonne Marcelline, quelque effort qu'il me coûte de résister à tes vœux, à tes prières, il me faut te déclarer que ce mariage doit s'accomplir.

— Mon père!...

— Je ne te répéterai pas ce que je t'ai dit sur la nature de la résolution que je te demande. Dépouille tes idées de la frivolité mondaine qui, dans l'esprit des jeunes filles, entoure trop souvent ce grand acte; élève ton caractère et ton cœur à l'austérité de pensées et à la dignité de sentiments qu'impose le titre de maîtresse de maison et de mère de famille dont tu vas recevoir les douces prérogatives, mais aussi contracter les saints et rigides devoirs. Tu n'aimes pas monsieur Arnauld, m'as-tu dit? En peut-il être autrement, dans l'ignorance où tu étais qu'il pût songer à toi?... Oh! que ce ne soit pas cela qui t'inquiète. Il y a trop de générosité dans ce noble cœur, trop de justesse et de délicatesse dans ton âme, ma fille, pour que l'amour tarde à venir consacrer votre bonheur.

— Mais, mon père, si j'en aimais un autre?

— Si vous en aimiez une autre! — Marcelline frissonna sous cette phrase dont l'accentuation et la lenteur trahirent la résolution profonde que cette déclaration avait subitement opérée dans les sentiments de son père. Le regard colère et indigné que d'abord il abaissa et tint attaché sur elle se releva douloureusement vers le ciel. Il fit ensuite quelques tours dans le petit salon, comme s'il eût eu besoin de se recueillir, s'arrêtant de nouveau devant Marcelline. — Si tu en aimais un autre, ma fille, — reprit-il avec l'accent de l'affliction la plus profonde, — je ne te dirai pas en père irrité : Marcelline, tu as mal agi, tu subiras les conséquences de ta conduite; tu as été coupable, tu seras malheureuse! Oui, coupable, car la jeune fille qui, élevée au milieu de tous les soins dont le cœur d'un père a pu entourer sa chaste enfance, au sein de toutes les sollicitudes dont il a entouré son innocence, livre clandestinement ce cœur à un étranger, foule aux pieds le sentiment le plus saint, celui de la famille; la jeune fille qui, auprès d'un père dont toute la vie lui a été dévouée, ouvre son cœur à une passion occulte, ravit sa confiance à ce père, et avec la confiance son œuvre: enfant ingrate, voilà son crime. Maintenant voilà quel sera son malheur : quelle estime pourra conserver pour elle l'homme qui lui aura fait briser tous ses liens, méconnaître ainsi tous ses devoirs? Celui qui déplace ainsi en secret l'âme d'un enfant, qui la dépouille de son plus précieux trésor, de son plus saint prestige, son innocence; qui lui fait violer les obligations les plus sacrées que la nature et la société lui imposent, peut-il être animé de sentiments honorables à son égard? Qu'il la délaisse, quels sentiments peut-il lui porter? Quelle confiance peut-il conserver en elle? Non, je ne te dirai pas cela, ma fille, car j'aurais l'âme trop brisée pour pouvoir te faire des reproches... — Et, après une pause : — Mais pourquoi ces suppositions? On ne joue pas avec de telles pensées. Si je ne connaissais la pureté de ton âme; une idée semblable suffirait pour détruire à jamais ma tranquillité. Mais non, ma fille, aucun soupçon ne peut s'approcher de ta conduite; je n'ai pas besoin de me rappeler ta réponse au commandant pour savoir que tu n'aurais jamais disposé de tes affections sans l'assentiment de ton père. S'il en a disposé, lui, aujourd'hui, en résistance à tes prières il n'a que quelques mots à te dire pour justifier sa résolution, et il te le dit, le cœur navré : Ce mariage est nécessaire; entends-tu, mon enfant, nécessaire!

En prononçant ces derniers mots, deux pleurs s'échappèrent de ses yeux. Marcelline se jeta dans ses bras en fondant en larmes.

Ils se séparèrent après cette scène de douloureuse tendresse, où cet élan de Marcelline put paraître à son père l'acceptation du sacrifice.

La jeune fille se retira alors dans sa chambre. Adèle, après l'avoir aidée dans ses dernières dispositions et dans les soins de sa toilette de nuit, alluma une veilleuse d'albâtre, la plaça sur un guéridon de laque du Japon, et sortit.

Libre enfin de se livrer sans contrainte au sentiment

de sa douleur, la jeune fille se jeta sur sa causeuse, et laissa déboorder ses sanglots et ses larmes.

Cette angoisse qu'elle avait comprimée dans sa poitrine la rongeait comme un poison subtil ronge le flacon dans lequel on l'enferme. Elle sentait le besoin de soulager son cœur, d'exhaler cette amertume corrosive qui faisait par instant monter dans sa tête le vertige, dans son âme le désespoir.

Une agitation convulsive, un bruit de dents grinçantes annoncèrent d'abord par un caractère névralgique, tous les efforts qu'elle avait faits pour dompter la souffrance; ces premiers symptômes s'évanouirent graduellement; les transports tombèrent. Des pleurs tièdes ruisselèrent de ses yeux. Elle se trouva insensiblement soulagée et sa douleur redevint calme.

A la voir en ce moment, sous le blanc vêtement de la nuit et ployée par la souffrance, on eût certes reconnu difficilement la jeune fille que cette chambre avait vue le matin même si fraîche, si riante et si pure. Ses joues satinées dont l'éclat du sang parait la transparence des teintes suaves de la jeunesse et de la santé, avaient déjà pris des tons maladifs. Si ses yeux brillaient encore, ce n'était plus de leur lumière sereine, leurs prunelles verdâtres avaient la lucidité de la fièvre.

Pauvre enfant! elle entendait encore la condamnation prononcée par son père retentir dans sa tête comme une menace, et dans son cœur comme un remords. Ingénue, ne soupçonnant pas le mal dans les entraînements de son âme, elle s'était abandonnée à leur fougue sans penser que le bonheur vers lequel ils la portaient était séparé d'elle par un abîme. Une voix sévère l'avait éclairée; elle avait perdu cette noble confiance que l'innocence trouve en soi. Elle n'osait reporter ses regards sur elle; sa pudeur, chaste voile de la jeune fille, qu'était-elle devenue? comme le premier couple de la Genèse, elle n'osait se regarder de peur de se trouver nue et d'être forcée de rougir.

Marcelline resta longtemps sous l'obsession de ces pensées; enfin sentant sa tête et ses veines brûler, elle crut, comme la veille, trouver du calme dans la froide impression de l'air de la nuit, elle ouvrit une croisée.

Elle recula devant le changement qui s'était opéré dans la nature. Le rapprochement qu'elle avait fait la veille entre son âme et le spectacle que lui présentait une belle nuit de gelée s'offrit plus vivement à son esprit en présence de cette orageuse nuit d'hiver.

Les congélations dont un froid serein avait brillanté tous les objets extérieurs s'en étaient allées en déliquescence; les broussailles avaient dégoutté comme des pleurs leur parure de cristaux; ce n'étaient plus maintenant partout que les cadavres de cette végétation si riche. Les arbres noirs semblaient frissonner sous le froid humide; les plantes se plaignaient aux efforts de la brise qui gémissait dans les acacias et les tilleuls. De sombres nuées traversaient rapidement le ciel et semblaient en passant sur la lune donner à cet astre paisible les ballottements d'un vaisseau dans la tempête.

Marcelline referma aussitôt la fenêtre et se dirigea faible et dolente vers son lit; comme le sommeil, qui chaque soir doux et calme venait se poser sur ses yeux dès que son oreiller supportait sa tête, ne descendit pas aussitôt sur sa paupière rougie, elle se prit à songer à son passé. Quelles qu'en fussent les conséquences, la jeune fille ne put s'empêcher de lui donner un regret. Cette belle existence qu'il lui avait promise, comme elle tranchait brillante sur l'avenir que lui montrait la réalité. Quelle fluctuation de pensées s'agita dans son esprit, quelle succession de sentiments divers épuisa son cœur; cent résolutions contraires y naquirent et s'y brisèrent tour à tour.

Elle voulait par moment se jeter aux pieds de son père; mais il était si rigide, lui vieux soldat, sur toute question d'honneur! Les paroles sévères dont, sans croire pourtant à sa culpabilité, il avait rappé et flétri sa conduite n'é-

taient-elles pas le présage de la malédiction que ferait éclater un aveu?

Si elle confessait tout à monsieur Arnauld, si elle lui disait : J'aime votre fils et votre fils m'aime, nous désunir c'est nous tuer; voulez-vous m'épouser maintenant ?

Cette idée lui avait à peine souri qu'elle sentit son sang se glacer sous l'impression de cette autre pensée: Confier à un autre ce qu'elle n'osait avouer à son père! Il faudrait qu'il le sût toujours; d'ailleurs ne lui avait-il pas dit avec larmes : Ce mariage est nécessaire.

Oh ! oui ce mariage est nécessaire, puisque sa douleur et son désespoir n'avaient pu désarmer celui qui s'était toujours dévoué pour elle. Il l'avait vue, il la savait malheureuse, lui vieux soldat, qui en lui prescrivant le sacrifice n'avait pu dévorer une larme.

Ses pensées se reportèrent alors vers Aurélien, qui le lendemain recevrait sa lettre. Ici nouvelle anxiété, nouvelle douleur; que devait-elle faire ? Il ne pouvait plus y avoir rien de commun entre eux qu'un regret, un remords.

Elle songea à lui écrire, mais elle pensa qu'elle serait forcée de parler de leur tendresse, de lui dire qu'elle était contrainte de renoncer à lui, qu'elle l'aimerait toujours, et maintenant c'eût été un crime; ou de le tromper, de lui dire qu'elle n'avait jamais éprouvé pour lui qu'un caprice, qu'elle mentait lorsqu'elle lui jurait de n'être jamais à nu autre qu'à lui; alors elle se rendait méprisable à ses yeux. Elle résolut de ne pas écrire.

Qui connaît d'ailleurs l'avenir ? les événements les plus probables changent souvent par des causes aussi soudaines qu'imprévues. Monsieur Arnauld ne pouvait-il lui-même renoncer à ce mariage. Elle avait trop de délicatesse pour le tromper en feignant un amour qu'elle ne ressentait pas; lui était trop généreux pour vouloir la main d'une femme dont il n'aurait pas le cœur.

L'espérance berçait son âme dans ces pensées, à chaque instant moins sombres, lorsque le sommeil vint l'assoupir.

VII

ALEA JACTA EST.

Le lendemain, une morne résignation avait succédé sur le visage de Marcelline au caractère d'égarement qu'y avait jeté la souffrance; l'éclat fiévreux de ses regards s'était éteint dans une transparence vitreuse; la tension spasmodique de ses traits s'était comme dissoute et avait été remplacée par une dolente expression d'abattement; cette expression de fatigue se trahissait également dans ses plus légers mouvements; sa démarche communiquait à tout son corps quelque chose de flottant qui, dans sa gracieuse mollesse, trahissait la prostration des forces; ses joues, dont la pâleur semblait rendre le tissu moins diaphane, annonçaient l'irritation du sang par des taches rosées semblables à celles qui animent le teint des poitrinaires.

La bienveillance qu'elle trouva dans son père la confirma dans sa résolution. Elle était résignée à son sacrifice, si l'espoir unique dont se nourrissait son cœur venait à s'évanouir, si la planche à laquelle elle s'était prise dans le naufrage venait à couler sous elle. C'était de monsieur Arnauld que dépendait désormais sa destinée.

Le commandant fut annoncé vers trois heures. Elle attendait cette visite. Loin de la redouter, elle la désirait. La douceur de son accueil surprit autant le digne marin que la complaisance avec laquelle elle se prêta à l'une de ces conversations personnelles, tendres causeries tête à tête où s'épanche le cœur.

Monsieur Arnauld, vivement épris de cette enfant, ne parvint pourtant qu'après avoir égaré ses désirs dans de nombreuses transitions à reprendre la conversation d'amour si tristement interrompue la veille. Marcelline l'arrêta au moment où il lui parlait du bonheur que l'avenir lui assurait auprès d'elle.

— Mais, monsieur, — lui dit-elle avec le ton d'une sollicitude inquiète, — si, bien que remplie pour vous de vénération et d'estime, pleine même d'une tendresse aussi vive que sincère, je n'éprouvais cependant aucun amour pour vous, si enfin je vous aimais bien comme un protecteur, comme un père, mais sans pouvoir vous aimer comme un mari.

Et en prononçant ces mots d'une voix émue et solennelle, elle avait fixé les yeux sur ses traits.

— Mademoiselle, — lui répondit-il avec un sourire dont frissonna la jeune fille, — je ne suis pas injuste; je sais et je comprends que vous ne pouvez ressentir pour moi cette fièvre des sens, cette exaltation de tête que jeune on nomme passion, mais que plus tard on appelle folie. Je serais insensé si je vous demandais un pareil amour. Vous avez bien compris et traduit mes vœux : aimez-moi comme une fille aime son père, comme une amie son ami. C'est cette affection calme que vous demande mon cœur. — Marcelline baissa les yeux avec une profonde tristesse. Monsieur Arnauld, après une courte interruption, poursuivit : — Vous aurez pour moi l'intérêt du jeune âge pour la saison mûre, cette tendresse qui échauffe en échange de l'affection qui éclaire. Nous formerons, voyez-vous, une existence commune; je l'enrichirai de mon expérience, vous la parerez de vos illusions; j'y déposerai mon âme, vous y apporterez votre cœur; et puis, si l'avenir ne nous garde point d'autres sentiments, j'ai un fils, mon Aurel, vous l'aimerez, n'est-ce pas ?

Ce nom, qui fit monter le rouge aux joues de Marcelline, lui fit aussi tout oublier, hors l'espoir de vivre auprès d'Aurélien.

— Oh oui! — répondit mademoiselle Vauvert en élevant ses yeux au ciel.

— Je le savais, — poursuivit-il aussitôt en lui prenant la main, — je vous en aimerai plus vivement. Je ne suis pas un Othello en cheveux blancs, mais j'ai encore toutes les sources d'affection dans mon âme; je les épuiserai toutes sur vous. Je vous aimerai comme une fille, comme une sœur, une amie et une épouse; je vous aimerai encore comme un ange, car qui ressemble mieux à un ange que la jeune fille qui sort du tumulte et vient s'asseoir auprès d'un vieillard pour le consoler et l'aimer! Que sais-je, enfin, je vous aimerai comme ce bonheur que je regrettais et que votre amour fait reluire sur ma vie. Grâce à vous, je l'aurai connu; vous rendez à mon soir la sérénité et l'éclat qu'ont enlevé à mon matin ces grands orages sociaux qu'on appelle les révolutions et les guerres. — Ils restèrent un moment silencieux, elle triste, le commandant ému; il reprit : — Il faut avoir longtemps vécu pour aimer profondément, longtemps vécu pour apprécier l'amour. On ne connaît le prix de la tendresse, comme celui de tous les biens, que lorsqu'on sent qu'elle menace de vous fuir, de vous échapper. Et puis mon fils aussi viendra m'aider à vous aimer.

Ainsi, il associait toujours à sa vie l'enfant placé sous sa tendresse par le legs le plus sacré.

— Vous êtes bien bon, — lui dit Marcelline avec un soupir, — et j'en suis reconnaissante.

— De la reconnaissance, — reprit vivement monsieur Arnauld, — c'est moi qui vous en dois. Comment pourrais-je vous rendre tout le bonheur que je tiens de vous? La vie que je vous offrirai, mademoiselle, ne sera pas la vie bruyante et animée d'un jeune homme; mais elle n'aura pas aussi ses orages, ses inconstances et ses passions. Ce sera le calme du foyer, une affection douce, mais sans intermittence, toujours attentive à vos vœux, ambitieuse de les prévenir, un dévouement...

— Savez-vous, — dit monsieur Vauvert en l'interrompant, — que vous faites oublier à Marcelline l'heure du dîner?

On se leva. Le commandant offrit son bras à la jeune fille, qui l'accepta en baissant les yeux.

VIII

OU LE DÉ S'ARRÊTE.

Ce fut dans la soirée qui suivit cet entretien que l'époque du mariage fut arrêtée par le colonel et le commandant; les motifs pressants qui avaient fait accueillir par monsieur Vauvert la pensée de cette union le forcèrent par leur instance d'abréger le plus possible le temps qui, d'après l'usage, doit s'écouler entre la demande de la main et la cérémonie nuptiale.

Monsieur Vauvert devait se sentir plus libre d'appliquer les capitaux de monsieur Arnauld à la consolidation de sa fortune dès que cette fortune était devenue ou du moins allait devenir leur fortune commune. Les graves considérations sous la pression desquelles s'étaient formées les premières relations de ce mariage s'appesantissaient donc encore sur les dispositions du colonel à en précipiter la réalisation.

La résignation de Marcelline ne l'avait point armée contre le coup que devait porter à son cœur cette annonce imprévue. L'espérance, que fait briller le malheur, comme la nuit fait rayonner les étoiles, n'avait pas cessé de jeter quelques lueurs sur son avenir.

Elle avait, dans sa soumission même, conservé la pensée qu'elle pouvait être soustraite par quelque accident à l'infortune, suite inévitable, pour elle, de cette union; et cette brusque nouvelle lui ravissait son dernier espoir; et ce sacrifice, dont l'éloignement lui avait adouci la rigueur devenu immédiat lui apparut plus déchirant et plus cruel. Ce fut un nouveau brisement pour son cœur; sa douleur redevint ce qu'elle avait été d'abord : c'étaient tantôt les désespoirs de l'âme en délire, tantôt des révoltes du cœur qui brave toute autorité sous l'aiguillon de l'égarement et de l'amour; puis des lamentations, des plaintes, de l'abattement et des larmes.

Cette douleur était le secret de ses nuits et de ses heures d'isolement; ses habitudes s'étaient soudainement changées comme l'état de son cœur. Elle ne recherchait plus que la solitude.

Elle avait cessé de recevoir les visites, qu'elle accueillait auparavant avec une affable politesse, comme de douce distractions au calme de sa vie. Les promenades que fréquemment elle faisait avec son père, sur le déclin du jour, avaient été également suspendues; on ne la voyait ni sur les cours, ni dans les salons, ni dans son hôtel. Si les exercices religieux ne l'eussent appelée le dimanche à la cathédrale, la ville entière eût pu croire à son absence.

Son existence intérieure, ses habitudes personnelles, ses goûts propres, avaient également subi un changement complet; sa vigilance avait cessé d'être permanente et toujours active; la direction de la maison était elle-même négligée; c'était dans sa chambre que tendait à se concentrer sa vie; on était fréquemment obligé d'aller l'appeler à l'heure des repas.

Monsieur Vauvert semblait deviner et ressentir lui-même tout ce qui se passait dans l'âme de sa fille; sa tendresse pour elle en devenait plus attentive et plus prévenante. L'empreinte que sa profession ancienne avait laissée sur toutes ses manifestations extérieures s'était complètement effacée; il avait dépouillé avec elle jusqu'aux dernières traces de la brusquerie et de l'âpreté, dont ses efforts n'avaient pu auparavant l'affranchir : on eût dit qu'il voulait prendre le caractère plein de mansuétude de sa fille, pour se mettre en rapport plus intime avec elle.

Marcelline, malgré ses douleurs, en éprouvait une reconnaissance infinie; c'était en le voyant sombre de sa tristesse, souffrant de ses peines, à elle, qu'elle comprenait l'impossibilité de combattre la fatalité qui dominait irrésistiblement son mariage; cette union était une nécessité, sans nul doute, puisque c'était le cœur brisé que son père lui-même semblait la subir. L'aspect seul du colonel lui révélait une tendresse si dévouée, qu'elle réunissait toute son énergie pour lui dérober la vue de ses souffrances et les comprimer toutes dans son cœur.

Alors, exaltant sa tendresse filiale de l'émotion profonde que soulevait en son cœur la douleur et le dévouement de son père, non-seulement elle acceptait d'un cœur soumis le fardeau de sa destinée, mais elle se créait encore un rôle d'abnégation et de dévouement.

Semblable à ces âmes enthousiastes que l'ascétisme de la vie claustrale fait se complaire dans les austérités et les macérations, que les exaltations de la vie contemplative, ses pieux ravissements et ses extases font sourire sous le cilice et la ceinture aux pointes de fer, elle s'éprenait de ferveur pour le sort qui la frappait et la brisait. La pensée de souffrir pour son père adoucissait ses peines et lui faisait par moment trouver dans ses angoisses mêmes des impressions de bonheur.

Le temps s'écoulait ainsi : les visites assidues de monsieur Arnauld, ses conversations même, contribuaient également à adoucir l'amertume dont cette âme était noyée.

Marcelline connaissait bien les vertus qui avaient entouré le nom du père adoptif d'Aurélien de l'estime et de la vénération publiques; cependant, prévenue par quelques ridicules extérieurs, elle était étonnée de découvrir chaque jour de nouvelles qualités dans cette belle âme, comme le mineur, en creusant le sol déchiré du Potose, est surpris de trouver sans cesse de nouveaux filons d'argent et d'or; le respect et l'admiration la rapprochaient insensiblement de lui. Mais ce qui avait exercé le plus d'influence sur ce rapprochement, ce qui éclairait quelquefois d'un rayon de bonheur le cœur et le visage de la jeune fille, assise près de monsieur Arnauld, c'était le nom que celui-ci faisait vibrer dans leurs conversations, pour l'associer à leur bonheur; souvent, en effet, après lui avoir parlé d'elle, de son avenir, sa pensée se reportait avec effusion du cœur sur son fils, sur son Aurélien, qu'il nommait déjà le leur, et la jeune fille, sous le charme duquel on l'invoquait, se prenait alors à l'aimer.

Chaque jour rendait donc sa résignation plus calme; elle commençait à ne plus redouter autant le moment où elle abdiquerait tous ses sentiments et consacrerait ses affections à celui qu'on lui donnait pour époux. Un autre changement s'était opéré dans ses appréciations et dans ses vœux; la longueur du temps des formalités et des préparatifs, qui se traînait si lourd et si glacé sur sa vie, lui faisait même désirer franchir le terme dans l'espoir de trouver, du moins au delà, le calme d'une grande détermination accomplie.

Ce serait pourtant se tromper que de croire que cette fixité de résolution n'eût point encore ses retours. Souvent son esprit, emporté par le cours involontaire que prenaient ses pensées, tombait dans une sombre absorption; son front se voilait de tristesse, ses yeux prenaient une hagarde fixité, sa poitrine s'agitait comme la houle sous le souffle croissant de la tempête; enfin l'émotion dont s'emplissait lentement son cœur éclatait en sanglots; une crise nerveuse se déclarant souvent alors, la pauvre enfant se lamentait avec désespoir, puis perdait le sentiment et la connaissance. C'était alors un râle, des grincements de dents et les torsions du spasme, accès violent qui ne se terminait que par d'abondantes larmes.

Il devait en être ainsi; on ne renonce point sans lui payer de longs regrets à un bonheur d'autant plus vivement senti que l'imagination l'a embelli de ses plus enivrantes séductions, alors surtout que la jouissance, en l'effeuillant, n'a pas montré si, comme dans la fleur, quelque insecte ne ronge point son calice.

Le désir est tout puissant pour parer l'objet vers lequel il s'élance; il en devine les charmes, il les multiplie, il les exagère; il l'entoure de tant de prestiges, que le désillusionnement suit presque toujours la jouissance.

Aussi ne regrette-t-on aucun bonheur plus que celui que l'on n'a point goûté; car le désir est l'idéal, la jouissance est le réel.

Un esprit froid et exact a dit que l'expérience ne vaut pas ce qu'elle coûte. Je le crois bien : le prix en est tout l'or des illusions.

On a sondé le lac que le jour parait de son azur, à qui la nuit faisait rouler, comme un gravier d'or, l'image des étoiles, et l'on n'a trouvé qu'un fond de vase et de rochers.

Il en est souvent de même de l'amour; sa surface brillante et sereine cache quelquefois un lit de limon ou des abîmes. Et la jeune fille n'avait aperçu que la surface.

C'était surtout durant les heures que Marcelline, couchée à demi sur sa causeuse, passait seule dans sa chambre, quelquefois le matin, plus souvent le soir, que sa pensée se détachait du présent, sous lequel elle était courbée, pour se replayer sur son passé; alors tous ces vœux, tous ces rêves, tous ces instincts, à travers lesquels elle avait pressenti et admiré la vie, revolaient aussitôt vers elle comme un essaim d'abeilles et de papillons vers une fleur.

Puis sa pensée se reportait tour à tour sur les points les plus heureux de sa vie; elle en évoquait les plus doux moments : ces heures passées avec Aurélien, durant lesquelles, délicieusement émue, elle l'écoutait avec tant d'ivresse qu'il lui semblait ne l'entendre qu'avec son cœur; ces heures plus enivrantes encore où les yeux du jeune écolier, par leur feu humide, ses lèvres par le tremblement de leur sourire plein de langueur, révélaient à l'âme des sentiments pour lesquels n'eût point trouvé d'expression la voix humaine; enfin ces instants d'émotion si vive, que le corps, par une sensation douloureuse, paraît en refuser l'excès de volupté.

Alors, semblable à l'alouette qui, par un beau matin, s'élançant des blés en herbe ou de la tremaine en fleurs, monte, monte en chantant, monte toujours dans le ciel bleu du printemps, puis, planant sous le soleil dont les rayons font miroiter ses ailes grises, semble secouer dans l'azur ses chants comme une poussière d'or, son âme s'élançait et montait dans son passé au milieu de ces doux souvenirs; mais elle en retombait bientôt sous le coup de quelque sombre pensée, comme le jeune oiseau qu'eût atteint un plomb mortel.

Ainsi s'écoulait pour cette enfant ses derniers jours de liberté; ainsi se fanaient en bouton tous les sentiments de son âme; ainsi s'éteignaient dans les larmes toutes les illusions de son cœur, premiers rayons de son enfance et à la fois dernières clartés de son avenir.

IX

LA CORBEILLE DE NOCE.

Tout ce que peut la richesse pour combler les vœux d'une jeune fille avait été déployé dans la corbeille dont monsieur Arnauld fit hommage à sa fiancée. Cette corbeille est encore placée au nombre des merveilles don le souvenir est resté dans la mémoire des Coutançais.

Les tissus qu'elle renfermait, velours, soieries, cachemires des Indes, point d'Angleterre, dentelles des Flandres, blondes normandes, n'étaient point les objets les plus précieux. L'écrin, où les diamants s'offraient sous vingt formes, là ruisselant en rivières, là groupés en

diadème, se prêtant partout aux combinaisons les plus
gracieuses, pendants d'oreilles, bagues, ferronnière, épis,
était d'un luxe vraiment royal.

Monsieur Vauvert avait voulu lui-même que tout répon-
dît à la magnificence de ces présents : six ouvrières étaient
occupées depuis longtemps à marquer les toiles fines et
damassées qui devaient former le trousseau de Marcelline;
les plus habiles ouvrières de Paris avaient été chargées de
confectionner les robes.

Les deux anciens officiers, sentant que la jeune fille ne
devait point trouver dans cette union les conditions de
bonheur qu'avaient pu lui présenter dans le mariage les
initiations de son cœur, s'efforçaient de donner le change
à ses désirs. Ils tâchaient de l'éblouir pour qu'elle n'aper-
çût aucun vide dans sa vie, ils voulaient réunir autour
d'elle tous les éléments de félicité que donne la richesse,
impuissants à lui assurer ceux que réclamait le plus vivement son cœur.

Marcelline voyait avec indifférence le déploiement de
toutes ces richesses dont naguère elle eût été si heureuse.
Elle voulait en vain se le dissimuler, si ces atours n'étaient
rien pour elle, c'est que ce n'étaient pas aux yeux d'Aurélien qu'ils devaient l'embellir.

Telle est l'influence du cœur sur les goûts, que cette
jeune fille, si désireuse de tout ce qui touchait au luxe
extérieur, avide de tout ce qui était parure, pleine de
goût dans le moindre objet de sa toilette, avait pris en
pitié ce qui avait toujours été la plus grave préoccupa-
tion de sa vie. Cet instinct de jeune fille devenu presque
une passion pour elle, elle ne le comprenait déjà plus.

La magnificence de tout ce dont elle était entourée n'a-
vait pas plus de prix à ses yeux que n'a un suaire aux
yeux de celui qui va mourir.

Cependant à travers ces mornes impressions approchait
le jour du mariage; on était au 12 avril; c'était le lendemain qu'il devait s'accomplir. Le contrat allait en être
dressé le soir même.

Vers une heure de l'après-midi, Marcelline et son père
se trouvaient dans le petit salon où quelques ouvrières
mettaient la dernière main aux objets du trousseau, lorsque Jacques annonça monsieur Arnauld; son arrivée surprit, il ne devait venir que vers trois heures pour rédiger
avec le colonel les stipulations du contrat.

— Je viens vous annoncer, — dit-il en entrant, la figure
radieuse, — l'arrivée d'un nouveau convive.

— Aurélien, je gage ? — fit le colonel en lui présentant
la main.

— Juste, — reprit monsieur Arnauld en la lui serrant
dans les deux siennes.

Marcelline en ce moment poussa un cri; un flacon d'essence qu'elle tenait à la main s'échappa et se brisa sur le
parquet; tous les yeux se portèrent sur elle, elle était
rouge et tremblante.

— C'est un léger malheur, ma chère enfant, — dit son
père, — je tenais, il est vrai, à ce flacon, mais que veux-tu !
n'y pensons plus; seulement prends garde de marcher
sur ses débris.

— En effet, mademoiselle, — reprit le commandant, —
les blessures faites par le cristal sont dangereuses. — Le
colonel sonna, Jacques fit disparaître les traces du petit
accident, que l'on érigea en cause de l'émotion dont il n'a-
vait été que la manifestation et la conséquence. — Imagi-
nez-vous, — reprit le commandant Arnauld, — que le
drôle avait résisté à toutes mes instances; c'étaient ses
cours, ses examens, ses professeurs, que sais-je ! des im-
possibilités sans fin ! J'avais discuté, prié, je m'étais fâché;
monsieur avait fini par avoir raison; si bien que je ne
comptais plus sur lui.

— Et il est arrivé ?

— Comme une bombe; sans annonce, sans lettre, sans
rien. — Puis, s'adressant à Marcelline : — J'ai voulu vous
prévenir, mademoiselle, que cet après-midi même je vais
vous présenter un frère. — Puis avec un sourire : — Quel-

ques années qu'il a plus que vous m'empêchent de vous
dire un fils.

— Ce sont de vieilles connaissances, — dit le colonel à
monsieur Arnauld, que Marcelline, visiblement émue, saluait en baissant les yeux.

X

LE TÊTE-A-TÊTE.

Vers trois heures de l'après-midi, un léger cabriolet
de couleur olive s'arrêta devant le perron de la maison
Vauvert. A peine le cheval, auquel un trot allongé avait
fait parcourir en un clin d'œil la rue entière, eut-il suspendu sa course par une halte où se révéla toute sa
puissance nerveuse, qu'un groom, jeune enfant dont le
costume n'avait aucun des signes flétrissants de la domes-
ticité, s'élança de l'arrière de la voiture à la bride du
noble animal.

Monsieur Arnauld en descendit avec précaution; un
jeune homme, âgé de vingt-deux à vingt-quatre ans,
d'après sa figure, déposa au hasard le fouet et les rênes
dont le cuir verni se terminait par un ruban de fil blanc
liséré de rouge, et sauta légèrement sur ses pas. La porte
s'ouvrit si rapidement, après avoir été frappée, que l'on
eût cru le cordon tiré moins sur le retentissement du
heurtoir que sur celui de la voiture.

— Monsieur et mademoiselle ?... — dit le commandant
d'une voix sonore au domestique, qui se trouvait sous le
vestibule.

— Veuillez monter au salon, — répondit-il en leur indiquant un escalier sur les marches en granit duquel un
tapis vert-pomme traçait une sente étroite, — monsieur et
mademoiselle vont s'y rendre à l'instant.

Le commandant monta, non sans faire observer en
riant au jeune homme que sa présence lui faisait subir
un droit de cérémonial dont l'avait affranchi son titre de
futur époux.

L'appartement dont le domestique leur ouvrit la porte
était une pièce vaste et d'un beau jour; l'ameublement
contrastait complétement avec la décoration de toutes les
autres parties de l'hôtel; c'était l'intérieur obligé de tous
les salons : un canapé, des fauteuils et des bergères en
drap rouge à rosaces noires, des rideaux de soie ponceau
et de mousseline à fleurs.

Cependant, en sacrifiant à l'ameublement imposé par
l'usage l'élégant et artistique comfort dont il partageait
le goût avec Marcelline, le colonel avait su imprimer un
cachet de distinction à l'ensemble de cette pièce; elle le
devait à la fois à la richesse des objets principaux qui la
décoraient, et au choix excellent des ornements accessoires.

Sur le parquet était étendu un épais tapis; sa couleur
foncée faisait ressortir la guirlande qui reproduisait à la
bordure les fleurs dont était formé le bouquet du milieu;
quelques tableaux, estimables compositions de l'école
flamande, se détachaient sur la tenture ponceau. La cheminée présentait entre deux beaux candélabres en bronze
et deux vases en porcelaine de forme cylindrique, une
pendule de haute dimension, surmontée du groupe des
Grâces, d'après le chef-d'œuvre de Canova; cette pendule,
moins sans nul doute à cause de l'élégance de ses lignes
qu'à cause de son prix, partageait avec le beau lampadère
suspendu à la rosace du plafond l'admiration de ceux qui
fréquentaient la maison Vauvert; les deux trumeaux,
formées par trois fenêtres s'ouvrant sur un balcon,
étaient ornées de jolies consoles, et, comme la cheminée
de hautes glaces et de girandoles en cuivre doré.

Le jeune homme devint pâle en entendant un bruit de

pas retentir sur le pallier ; la porte s'ouvrit devant monsieur Vauvert et Marcelline.

— Mademoiselle, — dit le commandant en la saluant et en lui indiquant de la main son jeune compagnon, — je vous présente le rebelle.

La taille d'Aurélien était moins remarquable par son élévation que par la régularité de ses proportions. Son visage, où tous les traits se dessinaient avec force, avait une noble expression de dignité et de douceur ; le front surtout, d'une élévation et d'une coupe qu'eût admirées un phrénologue statuaire, produisait d'une manière frappante ce double caractère ; ses cheveux châtains, retombant à gauche à la Perrinet tandis qu'ils se bouclaient naturellement sur la tempe droite, en laissaient voir toute la largeur. On ne pouvait que deviner la grandeur et la nuance de ses yeux ; des lunettes d'écaille, dont le travail des nuits avait depuis longtemps forcé Aurélien de se servir, ne permettaient de reconnaître que la douceur de ses regards. Son costume était un pantalon de casimir noir exact de forme, un habit bleu à boutons de métal guillochés et boutonné en frac ; l'extrémité des manches d'une fine chemise de batiste se détachait sur des gants couleur paille, qui saisissaient la main sans former un pli.

Marcelline, tremblante, les joues rouges et les yeux baissés, fit une révérence dont l'embarras révéla moins encore sa gêne que le vague et douloureux sourire immobile sur ses lèvres.

Malgré l'éclat que la congestion du sang à sa figure avait répandu sur ses traits, Aurélien remarqua, du premier regard qu'il porta sur elle, les traces profondes que la douleur avait imprimées sur sa figure. Le vague cercle qu'une teinte de bistre lavait sous ses yeux avait pris, par l'effet de cette inflammation subite, une couleur plus sombre ; la délicatesse de ses paupières trahissait par une légère irritation l'effet corrosif des larmes ; mais le symptôme le plus frappant était dans la maigreur qui avait déjà succédé à cette jeunesse florissante qui resplendissait naguère en fraîcheur sur son visage.

Elle se posa sur le canapé, où monsieur Arnauld s'assit auprès d'elle ; Aurélien et le colonel prirent place dans des fauteuils qu'approcha ce dernier.

La conversation s'ouvrit froide et embarrassante, le jeune étudiant fit tous ses efforts pour y prendre une part active. Les regards peu soupçonneux des deux officiers ne remarquèrent point ce que cette affectation révélait d'émotions, de tendresse et de souffrance.

Monsieur Arnauld, heureux du retour qui associait dans son bonheur toutes ses affections, ne cessait de recommander à son fils adoptif et à sa fiancée la confiance et l'intimité qu'il voulait voir régner entre eux.

Le motif principal de sa visite le força bientôt à les laisser seuls. Il passa avec monsieur Vauvert dans l'appartement de celui-ci, où devaient se régler les conventions que le soir même allait recevoir le notaire. La porte s'en referma naturellement sur monsieur Arnauld et le colonel.

Le hasard offrait ainsi au jeune orphelin, dès sa première entrevue avec Marcelline, le tête à tête pour lequel il avait quitté Paris, et qu'il redoutait en son âme de ne pouvoir assez tôt obtenir.

Le tumulte des sentiments qui fermentaient en lui eut pour première manifestation un instant de silence, ce moment pesa sur le cœur de Marcelline de tout le poids que donnaient à cette muette accusation ses propres douleurs.

Le trouble de cette pauvre enfant était devenu plus profond, le tremblement qui agitait son corps plus fiévreux, depuis qu'elle se trouvait seule face à face avec celui qui avait été son amant ; malgré l'excès de sa tendresse, elle eût désiré ne le jamais revoir. A la voix de son père, cette affection, auréole de sa jeunesse, aube sereine de son cœur, s'était colorée des lueurs du crime ; l'agitation qui soulevait son sein croissait à faire redouter une crise spasmodique, lorsque Aurélien lui dit :

— Ma présence a dû vous surprendre, mademoiselle.

— Et après une pause, d'une voix émue où se trahissait son embarras : — Vous aviez compris, vous, ma résistance aux ordres de monsieur Arnauld. — Marcelline leva sur lui ses prunelles humides ; le jeune homme, dont les phrases interrompues accusaient le désordre moral, poursuivit : — C'eût été assez pour moi ; quelque odieuses qu'eussent été les interprétations que l'envie pouvait donner à ma conduite, mon parti était pris ; j'eusse tout foulé aux pieds, la calomnie même ; j'eusse tout sacrifié, même ma réputation. Je ne vous eusse point revue ; mais un motif plus puissant m'a rappelé. — Un sentiment de crainte s'étant laissé deviner à ces derniers mots sur le visage de Marcelline, l'étudiant reprit avec un sourire d'amertume : — Ne craignez rien, mademoiselle ; ce n'est ni la haine ni la vengeance, ces dernières conséquences de l'amour ; c'est, j'ai cru vous le dire, un motif plus puissant, un devoir d'honneur. — Il s'arrêta de nouveau avant de continuer d'une voix plus solennelle. — Il est un homme à qui je dois tout, mille fois plus que la vie. Orphelin, abandonné de tous, la pitié et le mépris m'attendaient dans le monde, lui me recueillit au pied d'un échafaud ; mon père, juridiquement assassiné, me légua à son amitié. Il accepta le legs et l'accomplit ; il remplaça dans ma vie celui que m'avaient ravi la tyrannie et l'iniquité ; il prit soin de mon enfance, forma mon cœur. Le sang qui avait rejailli sur moi eût fait aux yeux des hommes ma honte, il en fit ma gloire ; il m'apprit, en me révélant les principes impérissables de la justice, à révérer dans mon père un de leurs martyrs. Il me rendit fier du baptême sanglant de mon enfance ; enfin, je n'étais rien qu'une pauvre créature à jeter à la porte d'un hôpital, il m'a fait ce que je suis. La reconnaissance, vous le voyez, m'impose des devoirs ; eh bien ! je n'ai pas voulu qu'il associât à sa vie une jeune femme qui pût rougir près de lui, qui pût le faire rougir.

— Aurélien !

Marcelline mit dans ce mot seul une expression indéfinissable de crainte, de reproche, mais surtout de fierté blessée, où brilla toute la noblesse de son âme.

— Je vous ai dit d'être sans crainte, — se hâta de reprendre le jeune homme ; — je me ferais un crime de vous offenser ; écoutez-moi donc sans vous alarmer de mes paroles. S'il m'en échappe une qui puisse vous blesser, je la désavoue, mademoiselle, je la désavoue au nom des sentiments que j'ai éprouvés, au nom de ceux que je conserve pour vous. — Il s'interrompit un instant et reprit avec plus de froideur : — J'ai des lettres de vous… j'ai votre portrait… j'ai de vos cheveux… cela ne doit pas être. J'eusse pu les détruire, mais qui vous en eût donné la certitude ? vous eussiez pu conserver des craintes ; il fallait que je vous les remisse, c'est à vous de les anéantir ; cela fait, il ne restera plus de traces d'un amour… pardon !… d'une liaison qui doit s'effacer de votre souvenir comme de votre cœur ; que ce passé soit pour vous comme s'il n'avait jamais existé, oubliez-le complétement ; aussi bien, — continua-t-il d'une voix plus émue et plus sinistre, — n'existera-t-il rien avant peu qui vous le rappelle.!..!

La jeune fille, qui n'avait cessé de tenir ses regards attachés au tapis, les releva effrayée sur Aurélien.

— Que voulez-vous dire ?

— Rien qui puisse vous compromettre. — Et, après une pause, — Soyez sans inquiétude, ce n'est ni bravade ni folie ; mon dévouement pour monsieur Arnauld doit vous être une garantie que votre honneur est en mains sûres ; ne craignez donc ni scandale, ni coups de théâtre, ni rien enfin dont il puisse s'élever un soupçon sur vous ; ma détermination est bien simple, elle est irrévocable.

— Aurélien, je ne vous comprends pas, — repartit-elle avec un effroi visiblement croissant,

— Calmez-vous, ma croix est encore un titre, non à la protection du gouvernement, mais à quelque emploi ; on se trouve heureux de se débarrasser par quelque place modeste d'hommes dont on redoute les principes ; je viens de passer mes examens de]docteur, je puis être utile, j'ai demandé une place d'aide-major.

— Vous ?...

— Le hasard fera le reste. La bassesse de nos gouvernants ne les sauvera pas ; on épargne quelquefois le serpent qui siffle, que l'on écrase le limaçon qui rampe ; la guerre éclatera tôt ou tard ; qu'elle sauve la France, mais la mort aura eu pitié de moi auparavant !

— Mon Dieu ! — dit la jeune enfant en levant au ciel ses yeux gros de larmes.

— Ce ne sont pas des reproches ; si je vous parle froidement, c'est que ma détermination est aussi froidement qu'irrévocablement arrêtée. Et pourquoi d'ailleurs vous en adresserais-je ? s'il y a quelqu'un de coupable, n'est-ce pas moi ? Pourquoi ai-je été vous aimer sans penser qu'une impossibilité nous séparait , ma misère ? Pourquoi ne vous ai-je aimée que pour vous, sans songer à la richesse de votre dot ; sans songer que votre père était un financier, un calculateur, et vous, mademoiselle, une fille soumise ? C'est ma faute ! — Sans observer les soupirs qui s'amassaient dans la poitrine de celle à qui il adressait ses plaintes, les pleurs qui gonflaient ses paupières et baignaient ses yeux, il poursuivit : — Mais, voyez-vous, comme votre amour eût suffi à mon bonheur, j'ai cru aussi que mon amour suffirait au vôtre ; j'ai si peu pensé à votre fortune, que je vous eusse voulu pauvre ouvrière... sans parents... sans rien !... rien que moi pour fortune et pour famille ! et j'eusse dans le travail brûlé mes yeux et mon sang, et je vous eusse nourrie de mes sueurs et de mon amour !... Et cela pour que vous eussiez été plus complétement à moi. — Aurélien, se livrant avec égarement à ses souvenirs, n'aperçut qu'en ce moment les larmes de la jeune fille qui lui demandaient grâce ; alors il s'arrêta et reprit d'une voix plus calme, mais pourtant où se révélait ce que lui avait fait souffrir sa passion : —Au reste, mademoiselle, ce qui dans tous cas doit nous consoler c'est que, lorsque je vous parlais d'amour, il existait un malentendu entre nous ; voyant tout avec mon imagination, jugeant tout avec mon cœur, je m'étais créé une femme qui n'avait d'existence qu'en moi seul, une chimère ; mon tort a été de regarder au delà de la nature, de me former follement un être avec tout l'idéal du sentiment, d'y joindre les poésies du cœur aux harmonies de l'âme, et de le placer ainsi sous vos traits ; c'était lui que j'aimais en vous ; c'était à lui que j'avais voué ma vie ; je croyais en lui comme je croyais à mon être ; à son amour profond, ardent, inextinguible, comme à celui que je sentais brûler en moi ! Que voulez-vous ? c'était un rêve. Vous m'avez éveillé en cessant de m'aimer. Vous m'avez...

— Oh ! pitié !... — s'écria Marcelline, vaincue par son désespoir et laissant déborder ses sanglots avec ses larmes. — Moi qui ai cessé de l'aimer !... — dit-elle avec angoisse.

Et elle se reprit à pleurer.

— Que signifient ces larmes ? pourquoi cette agitation ? —dit Aurélien hors de lui-même.—Marcelline, vous feriez-vous un jeu de me déchirer le cœur ? — Et poursuivant avec un sentiment de bonheur mêlé de défiance, il ajouta : — — M'aimeriez-vous toujours ?

En prononçant ces mots, il s'était placé auprès d'elle ; tous ses traits, où luttaient l'espoir et la crainte, révélaient par une expression indicible les incertitudes de son âme.

— Si je l'aime !... — s'écria-t-elle, — ô mon Dieu ! ayez pitié de moi !

Ses mains jointes convulsivement étaient tombées sur ses genoux, ses yeux s'étaient attachés au ciel avec égarement et ferveur. Aurélien, par un mouvement involontaire, avait pour la première fois saisi sa taille et la pres-

sait avec délire contre sa poitrine, comme le malheureux qui se noie le débris sauveur que lui avait arraché une lame.

— Elle m'aime !... — répétait-il avec ivresse. Puis une pensée étant venue le glacer au milieu de ce bonheur inespéré, il reprit avec frayeur : — Mais non, ce n'est pas possible : tous ces préparatifs...

Ces mots replongèrent Marcelline dans la réalité, dans le malheur.

— Qu'ai-je dit ? Oh ! de grâce... laissez-moi...! je suis coupable, je suis folle. — Aurélien, mon Aurél...

Egarée par le vertige, elle plongea en sanglotant sa tête dans ses deux mains.

Aurélien se leva, et, après avoir parcouru à grands pas le salon dans une confusion sombre, s'arrêta devant la jeune fille avec l'expression de la résolution la plus énergique. Ses devoirs s'étaient présentés à son esprit à travers son amour.

— Il ne s'agit plus de nous, Marcelline, il s'agit de mon bienfaiteur, de sa réputation, de son bonheur... ce mariage ne peut avoir lieu, ce mariage ne se fera pas.

La jeune fille attacha sur lui des regards d'étonnement et d'attente.

— Mais mon père ?

— Sait-il tout ?

— Non.

Marcelline prononça ce mot d'une voix faible et timide.

— Il faut le lui dire.

— Je n'oserai jamais.

— Oserez-vous plutôt vous donner à mon père quand vous êtes à moi, à moi ! vous donner à un époux le cœur plein d'un autre homme !

— Mais, Aurélien, il me maudira.

— Et pourquoi vous maudirait-il ?... Après tout, est-ce nous ou lui qui sommes coupables ? Si notre amour est un crime, qui nous a réunis ? qui l'a fait naître ? Ne devait-on pas être plus prudent que nous-mêmes ? Enfants, devions-nous donc mieux connaître notre cœur que nos pères ? Marcelline, il faut tomber à ses genoux, lui avouer tout, tout ! franchement, sans détour, comme à Dieu ! Alors, il ne voudra pas lui-même d'un mariage qui serait pour vous le malheur, Marcelline, et peut-être la honte. —La jeune fille l'écoutait avec joie ; avec ces paroles, l'espoir glissait dans son âme ; cependant un mot la glaçait encore ; le mot *nécessaire*, que son père lui avait laissé tomber avec douleur, vint errer sur ses lèvres. — Quelle nécessité, — objecta Aurélien, — peut contraindre un père à sacrifier sa fille ? Le vôtre vous aime, que peut-il vouloir ? votre bonheur ? il le voit dans le rang, la fortune, voilà ses nécessités ; mais si le bonheur n'est pas là pour vous, qui peut mieux en juger que votre cœur.

— Vous avez raison, — répondit la jeune fille, dont ces réflexions dissipaient les dernières craintes et fixaient la volonté. — J'aurais dû avoir du courage : pauvre enfant, sans appui, sans conseil, je me laissais rouler dans un abîme sans songer à me prendre aux bords ; mais vous m'éclairez, vous me donnez de l'énergie ; je ne savais que pleurer, j'élèverai la voix. — Et Aurélien s'était assis de nouveau près d'elle et avait pris dans ses mains les mains que la jeune fille n'avait point songé à dégager de leur tendre étreinte. — Aurélien, nous pourrions donc encore être heureux ?

A cette question, toutes les douleurs qu'ils avaient endurées se reflétèrent dans l'esprit des deux amants sur l'avenir qu'ils rêvaient alors ; et cet avenir leur apparut frais et rayonnant comme un ciel serein vu à travers une larme.

XI

PHYSIOLOGIE DU CONTRAT DE MARIAGE.

Le colonel et le commandant, assis devant la cheminée de la chambre à coucher de monsieur Vauvert, arrêtaient les stipulations où devaient s'unir les intérêts des époux futurs. Un guéridon, dont le tapis bleu à arabesques imprimés présentait un encrier et des papiers, séparait leurs deux fauteuils.

Une gravité solennelle présidait à cet acte ; ce n'était point, en effet, une de ces réunions où le sang est glacé par l'argent ; réunions d'intérêts opposés que mettent en jeu les passions les plus basses : l'égoïsme et l'orgueil des parents qui croient cacher à tous les yeux leur cupidité en clamant sans cesse leurs sacrifices ; des frères et des sœurs supputant tout et glaçant de leurs paroles et de leur présence comminatoire les mouvements de générosité qui pourraient emporter les premiers ; les époux enfin, subissant ces flétrissants débats, et sortant de leur sphère d'amour pour y prendre une part honteuse. Là, au contraire, des deux côtés tout était dévouement et amour.

Il faudrait la verve comique de Beaumarchais ou la brûlante indignation de Régnier pour attaquer les ridicules et les immoralités dont s'entourent presque toujours ces contrats si scandaleusement solennels. Si tous les usages auxquels s'est assujettie notre institution matrimoniale semblent n'avoir eu pour but que d'arracher un à un les voiles de pudeur dont la nature et l'éducation ont entouré l'âme d'une jeune fille, d'arracher d'avance feuille à feuille toutes ces illusions que devrait seule cueillir la main de l'époux, il n'en est aucun dont l'effet soit aussi flétrissant que celui du contrat, hormis toutefois la célébration même du mariage.

Si, dans l'un de ces actes, l'épouse encore vierge voit la chaste auréole de son front s'éteindre au milieu de cette publicité effrontée qui viole le secret mystère de sa tendresse, proclame l'heure et l'instant où l'hymen va obtenir comme échéance le prix que le cœur réserve à l'amour, écoute pour le saluer de ses cris le dernier soupir qu'en mourant jette la pudeur ; dans l'autre, l'enfant qui n'a vécu encore que sous les yeux de sa mère, entourée de sollicitude et de tendresse, éloignée de tout ce qui aurait pu altérer sa pureté, se trouve tout à coup transportée au milieu des discussions d'un bazar où l'on agite et débat, quoi ? son prix.

Le mariage, que lui ont montré son éducation et ses rêves comme la consécration religieuse de son cœur, se découvre à ses yeux tel que l'ont fait les froids calculs et les passions sordides.

Elle prend d'abord dans ce conflit de ruses qui se croisent sous ses yeux une leçon de fraude et de tromperie.

C'est l'instant de la réalisation des promesses, et ces promesses, bulles de savon brillantes et vides, crèvent dès qu'on vient à les saisir ou s'enfuient dans l'avenir comme les illusions d'un mirage. On a promis cent mille francs de dot, on a promis dix mille francs de rente, mais l'on ne veut pas se dépouiller ; l'on n'est pas pour léser ses enfants, et l'arc-en-ciel qui s'était courbé sur le lit nuptial va poser son pied chimérique sur une tombe.

Et ceux qui, prodiguant les promesses, ont cru assurer par un parti brillant, style de circonstance, l'avenir de celui ou de celle dont ils ont assis la position sociale sur un mensonge, ne réfléchissent pas que la jeune femme qui a espéré trouver dans l'hôtel de son mari le luxe de la maison paternelle, que le jeune homme qui a cru trouver dans son mariage le développement de son existence finissent un jour par regretter, devant un contrat fallacieux et un héritage stérile, l'avenir qu'ils ont abdiqué pour s'ac-

crocher à l'hameçon d'un vain leurre ; ils oublient qu'alors le regret de l'un des époux est toujours le malheur des deux.

Après la leçon de fraude vient la leçon d'immoralité.

Vous croyez peut être que dans un acte fait sous les prévisions d'un mariage, lien de tendresse qui doit multiplier la vie des époux dans celle des enfants de leur amour, trame de félicité conjugale que les joies paternelles doivent ourdir, vous croyez peut-être, disais-je, que l'on ne parle que de tendresse et de concorde, de vie et de bonheur. Belles pensées vraiment pour une discussion de négoce ! Amour, concorde, enfantillages que cela ! bonheur d'époux, bonheur de père, bagatelles! longue existence, brillant avenir, chimères ! On ne paraît pas plus y songer que si la famine allait épouser la peste.

Ce que l'on prévoit dans ce premier monument authentique de l'union de deux vies, c'est l'incompatibilité des caractères, les passions éversives, les vices honteux ; c'est l'adultère souillant la couche maritale, c'est la brutalité, l'œil en feu et les poings fermés, ces hideux acolytes de la séparation de corps ; c'est enfin la mort moissonnant la souche avant qu'elle ne se soit perpétuée dans ses rejetons ; si bien que les deux fiancés, dont les yeux en plongeant dans l'avenir n'y apercevaient que sérénité, voient l'alcôve nuptiale s'ouvrir devant eux comme la boîte de Pandore pour leur vomir tous les fléaux ; si bien qu'un étranger, d'après les stipulations, pourrait plutôt penser qu'il s'agit de deux forçats que l'on déporte à Cayenne ou en Salazie, que de deux jeunes amants dont la société va consacrer les liens.

Et la jeune femme, en jurant d'appartenir à celui à qui l'on donne sa main, connaît par ces étranges prévisions la possibilité de ces scandales dont on lui trace le sentier en lui en comblant l'abîme.

Qui pourrait soutenir que l'évocation de ces vices et de ces passions est sans effet sur cette jeune âme ; que ces mots de séparation prononcés alors devant elle n'auront pas plus tard de l'écho dans son cœur ; qu'on ne la pousse pas au malheur et à la honte en lui montrant de tels reflets dans les premières clartés de son amour.

Pourquoi les discussions que cet acte, nécessaire sans nul doute, fait si souvent naître, ne se vident-elles point entre les parents? C'est à eux qu'il appartient de stipuler les conditions matérielles de bonheur qu'ils jugent nécessaires pour l'avenir de leurs enfants ; c'est à eux de prémunir leurs destinées contre les malheurs et les abîmes où pourraient disparaître leur tranquillité et leur fortune ; cela serait de la prudence. Donner de la solennité à ces débats, y associer les époux, c'est de l'immoralité.

Le contrat de mariage n'a pas toujours ces traits flétrissants ; il a, comme le drame, des circonstances où le comique détrône l'odieux ; cela est presque toujours dans la consignation de la dot.

Nous avons vu de ces actes dont le grotesque dépassait les limites du vraisemblable ; les pages si satiriques jetées par notre illustre confrère Alphonse Karr, dans son beau livre le *Chemin le plus court*, pâlissent malgré leur piquante originalité devant l'un de ces contrats, dont un jour nous fut faite lecture et dont nous fut offerte la réalisation.

C'était un capharnaüm de vieilles commodes en bois de rose, de châlits vermoulus, de fauteuils éclopés et de tables boiteuses, un fouillis de tessons et de rouillasses,

Des casseroles dont on eût fait au besoin des écumoires,

Des chaudrons à la danaïde,

Des poêles et des casseroles jouant les passe-bouillon.

Puis :

Des pots à l'eau sans cuvettes et des cuvettes sans pots à l'eau,

Des porte-mouchettes bosselés et des mouchettes seules et inconsolables,

Des huiliers veufs de leurs flacons,

Des tasses qui cherchaient leurs soucoupes,

Des soupières en peine de leur couvercle,
Des porte-liqueurs pleurant leurs burettes;
Puis encore des vieux tableaux sans cadres, et pour compensation de vieux cadres sans glaces ni tableaux; Une foule d'autres engins dont la ci-devant destination était un problème; enfin un véritable hôpital de meubles impotents. On nous fit grâce du spectacle de la philanthropique lingerie, qui eût pu fournir de charpie le plus vaste hôpital de Londres.

Tout cela figurait sous des titres plus ou moins usurpés dans un inventaire estimatif dont le prix était porté à dix mille francs; l'ameublement assez modeste de quatre pièces avait à peine pu être exhumé du milieu de ce garde-meuble cimetière.

Tels sont les traits qui se reproduisent souvent épars, quelquefois réunis, dans ces actes notariés, mais dont aucun ne devait souiller le contrat dont les deux anciens officiers formulaient les dispositions. Là tout se faisait avec franchise et avec amour; c'était avec le dévouement qu'avait montré le commandant en jetant la partie la plus considérable de sa fortune pour assurer le crédit ébranlé de monsieur Vauvert que celui-ci constituait en dot à sa fille une richesse commerciale aussi loyalement que péniblement acquise; c'était des deux côtés la même générosité, générosité dont l'affectation n'amoindrissait pas la grandeur.

XII

ROMÉO ET JULIETTE.

Aurélien était toujours assis sur le canapé, auprès de Marcelline, la main de la jeune fille dans ses deux mains, leurs regards confondus, continuant avec un sourire de langueur et d'amour le langage de leurs soupirs.

La rougeur qui avait d'abord enflammé les traits de mademoiselle Vauvert s'était effacée; sa joue avait repris la pâleur que lui avait faite la souffrance, mais l'expression de douleur qui voilait auparavant et assombrissait son visage s'était évanouie; l'amour heureux l'éclairait en ce moment d'un rayonnement ineffable; ses yeux brillaient comme si la lumière se fût épanouie à leur surface; le sourire, qui en fronçant ses lèvres répandait une grâce infinie sur sa figure, y jetait par son immobilité, l'enivrement de l'extase. Tout son corps semblait se courber légèrement sous le poids du bonheur.

— Aurélien, — lui avait-elle dit en songeant au dernier mois qui s'était écoulé dans la pensée de leur séparation, — vous, isolé dans Paris, ignorant ce que j'endurais, moi, vous avez dû bien souffrir!

— Oh oui! cette nouvelle fatale avait complétement brisé mon cœur; orphelin, je n'avais trouvé dans le monde qu'un seul homme qui se fût attaché à moi, mais son âge l'avait empêché de me comprendre, il avait toujours été mon protecteur, il n'avait pu être mon ami. Avant de vous connaître, j'avais marché seul à travers le monde; sans épaule pour reposer ma tête lorsqu'elle était fatiguée, sans un cœur où verser mon cœur quand il était sombre et souffrant. Mais vous m'étiez apparue, nous nous étions compris et aussitôt aimés. Dès lors tout avait changé en moi; le bonheur s'était épandu de mon cœur sur le monde, sur la nature; l'avenir s'était déroulé magnifique. Votre amour, en plongeant dans ma vie, y avait produit l'effet d'un rayon qui tombe dans un appartement obscur, et qui révèle, là où tout était obscurité, des myriades d'atomes dorés, tourbillonnant dans la lumière. Alors tout cela s'était éteint, et j'étais retombé dans mes ténèbres. Comprenez-vous ce que j'avais dû souffrir alors, je m'étais retrouvé le cœur brisé et l'âme flétrie, non dans ma vie d'ignorance et d'impassibilité, mais dans une existence de douleur et de vide; dépouillé de ce qui pouvait auparavant en cacher la nudité, en faire ignorer la froideur; conservant dans mon cœur le souvenir de votre amour comme un point de comparaison, comme un tourment; vivant dans le passé comme d'autres dans l'avenir, mais sentant en mon cœur tous mes désirs morts et mes espérances noyées dans l'amertume de mes regrets. — L'émotion de Marcelline se développait à chaque accent de cette voix douloureuse et caressante; ses deux mains avaient saisi la main d'Aurélien; le sein agité, les regards humides et attachés sur les traits de son amant, elle l'écoutait heureuse et triste, en suivant des légers hochements de sa tête toutes les sensations que cet épanchement de tendresse versait dans son cœur, comme une nuée de printemps laisse tomber son ondée dans la corolle flottante d'un narcisse. Aurélien, s'apercevant que ses souvenirs attristaient et le front et le cœur de Marcelline, reprit en la serrant avec ivresse: — Oh! ne songeons plus à cela, vous m'aimez, tout est oublié, tout est effacé. Voyez! c'est dans mon cœur comme dans cette nature. Il y a quelques jours, tout était mort et deuil: les arbres dépouillés et noirs, la terre boueuse, l'herbe jaune, les oiseaux ternes et muets; quelques beaux soleils, et tout a repris vie, et tout respire, chante et verdit et brille.

Ces paroles glissaient dans l'âme de la jeune fille douces comme les parfums de lilas que, par les fenêtres ouvertes, leur apportait l'haleine de la brise; brillantes comme les rayons printaniers que leur versait le soleil.

Elle contemplait Aurélien avec fierté et bonheur; il y avait plus que de la passion dans ce regard, c'était cette ivresse qui, en exaltant l'âme, l'embrase et l'épure; c'était une pieuse ferveur, c'était un culte; car la religion est-elle autre chose que l'exaltation du cœur, son rayonnement vers le ciel et sur le monde.

Ceux qui ont parcouru les contrées méridionales de l'Europe, ceux qui ont observé le caractère exalté que dans le cœur des populations ardentes de ces pays prennent ces deux sentiments, comprendront les analogies qui les enchaînent.

Quelle émotion vibre dans ton âme, jeune Italienne, quand, à genoux devant une toile de Raphaël, image belle et pure où se joue le ciel et que dore la lumière, où le rayon divin s'incarne, où la virginité se divinise, ta prière n'est plus qu'un soupir: quand tes yeux errent luisants de larmes sur cet ensemble harmonieux où la matière se divinise, où la poésie révèle un Dieu; alors que, le sein palpitant, les narines gonflées, les lèvres entrouvertes, t'oubliant dans une extase de l'âme, ton cœur fervent n'a plus besoin de paroles pour communier avec le ciel?

Dis-moi encore, ma belle signorina, quel sentiment te domine près de ton jeune amant, aux heures où, les joues rouges de bonheur, la bouche souriante et humide, suspendue les mains jointes à son épaule, tu le regardes avec une si douce ivresse que tu sens tes yeux se mouiller de larmes?

Ton amour n'est-il pas une brûlante piété; comme ta pitié un brûlant amour?

— Ah! Ah! vous avez eu bientôt fait connaissance, mes enfants.

Ces paroles, prononcées par le commandant, au moment où il ouvrait la porte du salon, remplacèrent par un saisissement et un mouvement d'embarras les douces émotions où nageaient leurs deux cœurs.

XIII

LE SACRIFICE.

Marcelline est seule avec son père. Quelle que soit sa résolution, la jeune fille sent osciller ses volontés; son cœur bat avec violence, des lueurs bleuâtres passent devant ses yeux, elle veut et n'ose ; elle flotte incertaine, mais elle se rappelle le dernier regard qu'Aurélien en la quittant a posé sur elle, et, s'adressant au colonel,

— Mon père... — lui dit-elle d'une voix pénétrante, — j'ai besoin de tout votre amour.

— Que veux-tu dire, ma fille ?— reprit celui-ci en portant sur elle un œil effrayé ; et, lui prenant en suite le mains, il ajouta : — Que peux-tu avoir ?

— Ne m'accablez pas, ayez pitié de moi !

Ces paroles s'échappèrent de sa poitrine comme des sanglots.

— Tu m'effrayes, Marcelline, calme-toi ; qu'as-tu donc ?

Le colonel s'assit sur le canapé, sa fille, cédant sans résistance à l'attrait de sa main, se plaça auprès de lui.

— Oh ! voyez-vous, quand vous devriez m'écraser de votre colère, il faut que je vous le dise ; j'ai combattu trop longtemps : je me suis cru assez forte pour étouffer mon cœur. Je me suis trompée, et je vous ai trompé vous-même. — Glissant alors à ses pieds : — Grâce ! Je ne puis épouser monsieur Arnauld.

Marcelline était devant lui, à deux genoux, les yeux baissés, les mains jointes ; elle s'attendait que la colère de son père éclaterait sur elle ; elle se trompait. Il resta un instant silencieux, puis, avec accablement,

— C'est assez, — lui dit-il ; — levez-vous ! Marcelline, ce que vous me dites là, je l'avais deviné. Sans connaître celui qui avait inspiré l'amour que vous me sacrifiez, je connaissais le sacrifice ; j'en souffrais, Marcelline ; oh oui !... j'en souffrais ! je l'acceptais pourtant... comme une dette. Asseyez-vous. — Il s'était levé en prononçant les premières paroles, il se rassit lui-même. — Maintenant, écoutez-moi : Nous n'avons pas toujours été riches, ma fille. En 1814, je n'étais pas de ceux qui rapportèrent des trésors des pays conquis ; je n'en rapportai, moi, que des blessures. Ma pension de légionnaire et ma demi-solde formaient donc toute ma fortune ; elle me suffit : sa modicité ne m'empêcha pas de chercher, non de la richesse, mais une dot de vertus dans la femme qui fut votre mère ; je la perdis et restai seul avec vous. Alors une pensée qui ne m'était pas encore venue s'offrit à mon esprit : je songeai que je pouvais la suivre... Que fussiez-vous devenue ?... notre fortune reposait sur ma tête, elle tombait avec moi ; moi mort, quel eût été votre avenir ? Je tremblai... je songeai dès cet instant à vous créer une fortune indépendante ; j'ai réussi, nous sommes riches. Et pourtant, sans la fortune de monsieur Arnauld, nous serions ruinés, oui, ruinés, ma fille ! Des événements qu'il était impossible à la prudence humaine de prévoir allaient changer mes heureuses spéculations en désastres. Monsieur Arnauld m'a ouvert sa bourse pour en conjurer les conséquences sinistres. Tous les capitaux qu'il avait sur l'Etat et sur la banque du pays, il les a retirés pour les verser dans ma caisse. Sans cet argent notre maison était perdue ; j'étais forcé de déposer mon bilan, moi... et avec mon bilan... ma croix de légionnaire... J'étais déshonoré... Vous pensez bien que je n'eusse pas attendu cette honte... ma résolution était bien fermement arrêtée... C'était un soir... le baiser que je vous avais donné en vous quittant était le dernier que vous dussiez recevoir de mes lèvres...

— O mon père...! est-ce possible...?

— En pouvez-vous douter ?... Qu'est la vie auprès de l'honneur...! Tenez, savez-vous à quel prix j'ai obtenu ce ruban...? Ce fut sur un de ces champs de victoire qui, dans la guerre d'Espagne, précédèrent nos désastres. Capitaine de voltigeurs, j'avais été chargé de reconnaître avec quelques hommes une batterie de dix pièces dont la mitraille écrasait notre aile gauche... Pendant ce temps, mon bataillon reçoit l'ordre d'enlever cette batterie. J'apprends que ma compagnie est jetée en avant ; absent, je pouvais m'abstenir : c'était une compagnie sacrifiée, il était évident qu'elle marchait à la mort. Mais mon devoir m'appelait à sa tête ; je courus sous le feu me placer à mon poste. Nous arrivâmes sept sur les pièces ennemies, où je tombai percé de cinq blessures. Et la mort que j'ai af-

frontée ainsi pour gagner cette croix, je l'eusse redoutée quand elle pouvait l'empêcher de tomber de ma boutonnière sous la flétrissure d'un jugement... enfant...!

— Mon Dieu ! — soupira la jeune fille en voilant de ses mains sa figure éplorée.

— Monsieur Arnauld, informé du danger, avait vendu des terres pour un demi-million... Je pus faire face à toutes mes obligations... fortune, honneur, tout était sauvé. — Il se leva violemment, une larme dans les yeux, fit plusieurs fois le tour du salon à grands pas et, s'arrêtant devant Marcelline, — Mais ne parlons que de ma fortune... Cette fortune c'était pour vous que je l'avais acquise ; c'était pour vous seule qu'elle et mon nom se trouvaient et peuvent de nouveau se trouver compromis. Je me suis cru maître, toute autorité paternelle à part, de vous associer avec moi aux conséquences de ces travaux entrepris pour vous... voilà tout. Marcelline, vous êtes libre maintenant de rouvrir la crise.

Il sortit, laissant la jeune fille accablée sous le poids de cette déclaration.

— O mon Dieu ! — s'écria-t-elle en tombant à genoux, les mains jointes et les yeux brillants de larmes levés vers le ciel, — donnez-moi la force de ma résolution puisqu'il faut que j'épuise le calice.

DEUXIÈME PARTIE.

LES MARCHANDS DANS LE TEMPLE.

I

UNE RÉSOLUTION INUTILE.

Le lendemain, vers onze heures de la matinée, Aurélien, les bras croisés sur la poitrine, se promenait dans une salle à manger où la table, couverte de plats intacts, eût fait croire à son prochain déjeuner, si une assiette légèrement tachée n'eût dit qu'il s'était déjà levé de table.

Ses yeux par leur fixité, sa marche par sa lenteur, annonçaient, autant que l'expression attentive qui régnait sur son visage, la profondeur de la méditation dans laquelle son âme était plongée. Ses regards ne se levaient du parquet où il les tenait attachés que pour se porter sur la pendule, dont il ne reconnaissait jamais l'heure avancée sans qu'un mouvement d'impatience et de contrariété ne se produisît sur ses traits.

Depuis neuf heures il attendait ainsi monsieur Arnauld ; il voulait avoir une entrevue avec lui : cette détermination était le fruit d'une nuit de préoccupations fiévreuses ; mille projets avortés aussitôt qu'éclos s'étaient tour à tour disputé sa pensée ; il s'était arrêté à cette démarche. Mais monsieur Arnauld n'arrivait pas ; qu'était-il survenu ? une lueur commençait à briller dans son âme, d'où la voix de son protecteur avait la veille banni tout espoir.

Tandis que Marcelline luttait entre sa piété filiale et son amour, monsieur Arnauld et l'étudiant, emportés par leur cabriolet rapide, avaient eu une conversation dont la conséquence était pour Aurélien la nécessité de renoncer à son amour ; ce n'était point sans embarras qu'il était parvenu à porter l'entretien sur l'acte important aux chances duquel son bienfaiteur allait soumettre sa vie.

— Ce mariage, — lui avait dit le commandant, — a dû te surprendre, je n'en doute pas : cela devait être ; moi-même je l'eusse traité de chimère il y a six mois. Tu me suffisais, Aurélien ; mais il est dans ma vie de se modifier toujours à l'improviste, de se développer sous les mêmes causes ; le motif qui me fit père, mon fils, est celui qui va me faire époux : le dévouement à un ami. — Puis il lui raconta comment ce mariage, qui n'avait été d'abord qu'un moyen de faire accepter à monsieur Vauvert les sacrifices qui pouvaient seuls sauver sa fortune et son honneur, était devenu le rêve, la passion, le besoin de sa vieillesse. — Je n'avais regardé Marcelline que comme une enfant, — lui avait-il dit avec l'intimité d'un ami ; — depuis j'ai pu l'apprécier, j'ai pu reconnaître tous les trésors de cette âme céleste ; au milieu de la mélancolie profonde où l'a jetée la position critique de son père, j'ai découvert une à une toutes ses qualités, j'ai lu au fond de son cœur.

— Mais elle !...

Aurélien avait prononcé ces paroles avec un sentiment d'hésitation et de crainte qui n'avait pas empêché le vieillard de deviner toute sa pensée.

— Je ne te dirai pas qu'elle m'aime avec cette exaltation sans laquelle vous autres jeunes cavaliers vous ne concevez point d'amour ; non, je ne pense point d'ailleurs qu'un tel sentiment entre dans son caractère ; son affection pour moi, plus calme, n'en est pas moins réelle ; elle l'a déjà portée sur tout ce qui me touche, sur toi-même. Je voudrais que tu connusses avec quelle effusion de cœur elle s'associe à ma tendresse pour toi. — Le commandant, sans en soupçonner la cause, ayant remarqué l'effet que ses dernières paroles produisaient sur l'étudiant, continua aussitôt : — Ta position auprès de nous, mon fils, ne sera nullement changée ; ce qui m'a fait même adopter d'abord plus facilement la pensée de cette union, c'est que j'avais entrevu combien elle pouvait t'être avantageuse à toi-même. Tu vas entrer dans le monde, il te faut quelqu'un qui t'y présente ; moi, depuis que j'ai mis mon ancre à terre, je n'ai point cherché à m'y produire ; tu y paraîtras sous les auspices de madame Arnauld.

Le commandant écartait ainsi sans cesse et involontairement, par des paroles d'affection, la conversation du point où Aurélien désirait la fixer. L'étudiant, après ces irrécusables manifestations de tendresse, dut appréhender toute confession franche qui eût pu blesser le cœur de son père. L'arrivée de la voiture vis-à-vis un jardin au milieu duquel s'offrait, fraîche et gracieuse, une maison dont les jalousies vertes se détachaient sur une muraille jaune pâle surprit Aurélien au milieu de cet embarras. Plusieurs négociants, créanciers de monsieur Vauvert, reçurent le commandant au saut de la voiture. Un instant après il était ressorti avec eux.

Aurélien avait regagné sa chambre sous le poids de cette confidence ; sa position avec Marcelline s'en trouvait singulièrement compliquée.

Que devait-il arriver ? la volonté de cette jeune fille pouvait-elle ne pas ployer sous l'orage domestique qu'allait soulever sa voix ; lui-même que pouvait-il tenter auprès de son bienfaiteur ? détruire les illusions dont il voyait se parer ses dernières années, le faire rougir d'un amour qui ne rencontrait qu'indifférence ! Une rupture pouvait-elle d'ailleurs se faire sans scandale ; ne devait-elle pas infailliblement rejaillir sur les cheveux blancs de son père ?

Alors Aurélien, effrayé de la détermination qu'il avait inspirée à Marcelline, en redoutait le succès ; il se levait, parcourait sa chambre à grands pas ; il eût voulu voler près de mademoiselle Vauvert et la supplier à genoux de l'oublier.

Puis il se rasseyait ; impuissant à lutter contre les événements, il s'abandonnait à leur cours comme la barque qu'emporte la dérive cède au flot qui doit la jeter contre un écueil ou la pousser vers un port.

Un instant après, ingénieux à se tromper, il se disait qu'il ne pouvait laisser ce mariage s'accomplir ; qu'il ne pouvait se taire sans se rendre complice du malheur de son protecteur ; que monsieur Arnauld serait libre après, mais que préalablement c'était pour lui un devoir de tendresse et d'honneur de tout lui révéler.

Alors, comme dernier anneau de cette chaîne d'idées, il se demandait ce que cette déclaration allait produire. Quoi pour Marcelline et son père ? quoi pour monsieur Arnauld ? quoi dans le public ?

A la pensée des conséquences que devait entraîner cet aveu, il retombait dans des fluctuations nouvelles. Le dévouement filial triomphait de son amour, et il sacrifiait de nouveau son bonheur à celui de son père.

Rejeté dans ses premières pensées, son esprit bondissait de la sorte d'une extrémité à l'autre, comme le volant que se renvoient les raquettes de deux joueurs.

Ainsi s'était écoulée cette nuit agitée et brûlante : son amour, caché sous un masque de reconnaissance, avait enfin fixé ses résolutions. Il attendait monsieur Arnauld, déterminé à lui tout confesser. Le commandant était sorti dès le matin pour vaquer à plusieurs affaires et présider aux derniers préparatifs de l'appartement qu'il devait occuper chez monsieur Vauvert.

C'était une prévenance du commandant pour la piété filiale de Marcelline. Il n'avait point voulu la séparer de son père dès les premiers temps de leur union ; il eût craint de froisser le cœur de la jeune épouse en commençant leur vie commune sous d'aussi tristes auspices ; il était donc arrêté que les deux ménages, ou plutôt la famille augmentée du nouveau membre qu'y faisait entrer cette union, occuperaient la maison de monsieur Vauvert durant le temps que ce dernier y serait retenu par la liquidation de son négoce. Leur projet était d'aller ensuite habiter tous les trois le riche hôtel que faisait décorer le commandant.

Il devait être de retour à neuf heures ; il était quelques minutes moins de onze lorsqu'Aurélien, au bruit d'une voiture, écarta vivement les rideaux : le cabriolet de son père était arrêté devant la porte du jardin. Le jeune homme sentit tout son sang se précipiter vers son cœur, il passa la main dans ses cheveux, releva son col et rajusta son habit, comme s'il eût craint que le désordre de son esprit se fût répandu dans sa mise, et, après ce mouvement involontaire, naturel aux personnes qui se préparent à quelque grave entrevue, il attendit l'arrivée du commandant, non toutefois sans éprouver une sorte de vertige.

II

UN AMI DE COLLÉGE.

Un bruit de pas se fit entendre dans le corridor : Aurélien pâlit. Maître Antoine ouvrit la porte de la salle, et, après avoir porté d'un coup de langue sa chique d'une joue à l'autre :

— Le commandant, — dit-il en soulevant son chapeau de cuir bouilli, dont un ruban flottant ceignait la cuve surbaissée,—m'envoie vous prévenir que la noce va bientôt appareiller... Il y a tout une escadre de voitures embossée jusque sous la cathédrale, et mademoiselle Marcelline est descendue tout espalmée au salon.

— Déjà... !

— Laissez arriver, monsieur Aurel ; je vais vous conduire si grand largue qu'ils auront filé un bon loch si nous ne les rattrapons pas.

Ces paroles affranchirent la poitrine d'Aurélien du fardeau qui l'oppressait ; sa résolution s'était tellement affaiblie dans les réflexions de l'attente, qu'il l'avait sentie osciller et fléchir devant l'imminence du moment fatal. Que le commandant eût paru et elle se fût présumablement évanouie. Cependant il lui fût arrivé ce qui advient aux faux braves ; lorsque le danger qu'ils redoutent s'éloigne ou s'efface, ils le regrettent, ils l'appellent ; quelque appréhension que lui eût causé l'arrivée de monsieur Arnauld, cet incident l'eût contrarié si l'absence prolongée de son père adoptif et les paroles qu'il venait d'entendre ne lui eussent donné quelque espoir.

Il prit son chapeau et suivit le vieux loup de mer. A peine eut-il pris place dans le cabriolet que le cheval partit brusquement sous le cinglement du fouet.

Arrivé à la hauteur de la rue Saint-Maur, Aurélien fut frappé du mouvement de curieux qui avivait ce quartier ; c'étaient des ouvriers en costume de travail, quittant leurs ateliers et leurs boutiques ; des bonnes qui accouraient traînant des enfants ou les portant sur leurs bras ; c'étaient les élèves du collége ou du petit séminaire à qui l'attrait d'un spectacle insolite faisait sans doute négliger et leurs études et la crainte des pensums. Les uns se rendaient du côté de la cathédrale, les autres se pressaient aux portes de l'église Saint-Nicolas, les plus indifférents se promenaient en observateurs dans la rue boueuse.

Le vieux triton, pressé par Aurélien, excita de nouveau le cheval ; un instant après le cabriolet se trouvait près de la maison de monsieur Vauvert, dont les environs étaient obstrués d'équipages. Au moment où Aurélien descendait sur le perron, l'ordre d'un domestique mettait en mouvement cochers, chevaux et voitures. Il se hâta de franchir les marches. A son entrée sous le vestibule, un grand bruit de pas et de voix retentissait dans l'escalier. La première personne qu'il aperçut fut Marcelline au bras de son père.

Son beau visage était pâle comme celui d'une mourante, comme celui d'une mourante son corps fléchissait sous l'abattement de la douleur ; l'éclat de sa parure rendait plus frappante encore toute cette expression de souffrance.

Sa robe était de poult de soie blanc : l'ampleur en relevait la richesse, une large guirlande de chêne brochée y était séparée par une raie satinée d'un haut volant de blonde ; un double bouillon également de blonde en coupait les manches, courtes comme on les portait alors dans les circonstances solennelles. La ceinture qui serrait sa taille tombait en longs pans de la boucle pleine, en or ciselé, où brillaient trois gros diamants. Les diamants se reproduisaient dans toutes les parties de sa parure ; ils éclataient au collier, qui chatoyait sur la peau éblouissante de son cou, c'était leur éclat qui scintillait à ses oreilles et jetait des feux colorés dans sa coiffure à la grecque. Un voile de blonde tombait en arrière de la guirlande d'oranger fixée dans ses cheveux, et faisait ressembler cette candide figure à celle d'un ange nageant dans les vapeurs d'un nuage.

Les regards à terre, portée presque sur le bras de son père, elle passa devant Aurélien sans l'apercevoir ; lui resta interdit, écrasé, par cette apparition qui le foudroya, comme si tout n'eût pas dû l'y préparer et la lui faire prévoir. Le cortége s'écoula devant lui, brillant et joyeux, lui jetant des paroles d'amitié, des invitations et des saluts sans qu'il entendît ou remarquât ces mots d'affection ou ces signes de politesse. Les voitures mises par messieurs Arnauld et Vauvert à la disposition des invités s'étaient presque toutes éloignées lorsqu'il sortit de cette fascination douloureuse. Plusieurs jeunes gens se trouvaient encore dans le vestibule. Aurélien reconnut l'un d'eux pour un de ses meilleurs amis, il le croyait du moins ; il s'avança vers lui au moment où il allait franchir le seuil de la maison.

— Bazire, — lui dit-il en le saisissant par l'avant-bras, — un mot !...

— Tiens ! c'est toi, Aurélien...

— Il faut que je te parle,

— Vite donc ! car on part.

— J'ai un service à te demander, puis-je compter sur toi ?

— Comment donc, mon ami ?... — et il lui serra la main.

Aurélien regarda si personne n'était dans le vestibule ; puis, comme s'il eût encore craint, malgré sa solitude, la publicité de ce lieu et l'interruption des domestiques :

— Montons au salon.

Bazire le suivit.

Le lecteur connaît déjà assez ce personnage pour que quelques mots suffisent pour en arrêter complétement les traits.

C'était une de ces natures envieuses et hypocrites dont la première jeunesse se fait remarquer par sa câlinerie pour tout ce qui est force, influence ou pouvoir, et par son obstination au travail. Intelligence commune, mais rude piocheur, il avait été sur les bancs ce que l'on appelle un *fort en thème*. Il était devenu ce que sont ces sujets lorsque des désirs sans rapport avec leurs facultés intellectuelles les dominent ; ambitieux sans talent, suppléant par la finesse à la puissance ; présomptueuses médiocrités destinées à rester toujours des instruments secondaires dans la vertu comme dans le crime ; s'ils s'élèvent, ce n'est qu'en rampant ; jamais bons, quelquefois méchants, toujours mauvais.

Aurélien avait passé avec lui ses premières années sur les bancs du même collége ; là, quoique moins âgé que Laurent, il s'était fait son protecteur. Le souvenir qu'il avait conservé de cette vie commune était celui de l'esprit médiocre et de la complaisance pateline du futur magistrat, dont, par une erreur trop commune, il avait déduit la bonté de son cœur, comme si l'infériorité intellectuelle pouvait être un indice de supériorité morale, comme si de ces caractères inoffensifs on ne devait pas plus logiquement conclure de l'impuissance.

Il l'avait rencontré depuis dans la capitale, bien qu'il commençât son cours de médecine tandis que Laurent prenait ses dernières inscriptions à l'école de droit. Leur liaison de collége avait pris plus de force dans le rapprochement qui, loin de leur ville natale, s'opère entre des concitoyens. Laurent appartenait à une famille peu fortunée ; la richesse de monsieur Arnauld faisait au contraire une position large à Aurélien ; cette circonstance avait peut-être contribué à porter plus spécialement vers le jeune orphelin les prévenances affectueuses que le caractère servile de Laurent lui faisait témoigner à tous ses compagnons. Ces dehors affables avaient confirmé Aurélien dans sa croyance à sa bonhomie et à son amitié.

Dès qu'ils furent dans le salon, Aurélien en ferma la porte, et s'adressant à lui :

— Puis-je compter sur toi comme sur moi-même.

— Peux-tu en douter...? — et il ajouta d'un ton de reproche, — Aurélien !

— Eh bien ! c'est comme à un compagnon d'enfance, à un camarade de collége, à un ami d'école que je m'adresse à toi... ne m'interroge pas, ne raisonne pas, accomplis ce dont je vais te charger, et oublie tout après. Je m'en souviendrai, moi... Te sens-tu assez d'amitié pour me le promettre ?

— Je te le promets.

— Toi seul peux ici me rendre ce service ; parent de Marcelline, ami de sa famille, toi seul peux l'accomplir Voici : — Il prit un portefeuille dans son habit, — Il faut que tu remettes ce paquet à mademoiselle Vauvert ; tu le pourras, soit à son retour, soit avant ou après le bal ; mais surtout que personne n'en ait le soupçon. Personne, entends-tu ? personne !

Laurent réfléchit, prit le paquet, le mit dans sa poche, boutonna son habit, puis, prenant la main d'Aurélien, il la lui serra avec cordialité en lui disant :

— Mon ami, sois sans crainte.

— Si l'on te parle de moi ?

— Je dirai...

— Tu diras que je suis parti. Je ne vais pas tarder à l'être.

Aurélien avait arrêté son départ pour le lendemain ; la crainte d'éveiller les interprétations de la malveillance l'avait seule déterminé à paraître à la fête nuptiale ; il était résolu à ne plus tenter de voir Marcelline qu'en public, ou en présence de monsieur Arnauld ; mais il voulait être vu d'elle après qu'elle aurait reçu cet envoi d'adieu.

— C'est bien ! — reprit Bazire.

— Maintenant va à la cérémonie ; agis comme si je ne t'avais point parlé, que personne ne puisse concevoir la plus légère défiance ; tu me trouveras chez monsieur Arnauld.

— A ce soir donc.

— Adieu.

Il sortit. Aurélien attendit qu'il se fût éloigné pour quitter l'hôtel.

III

IAGO.

Il était midi. Le soleil de la fin de mars brillait dans un ciel de printemps à l'azur duquel une saison sereine avait déjà donné l'éclat des beaux jours ; les portes vitrées du salon était ouvertes ; Aurélien s'approcha du balcon d'où le jardin s'offrait aux yeux.

La nature avait déjà pris tout l'éclat de la jeunesse, le feuillage s'élançait de tous les bourgeons avec les tons les plus variés de la verdure. C'était le marronnier, dont les éventails à peine déployés laissaient déjà voir, au milieu de leur frondaison vert-monstre, le bouton de leurs cônes de fleurs ; le cytise vert-jaunâtre, où l'on devinait déjà ses grappes dorées ; les acacias, aux lobes plus foncés ; l'arbre de Judée, dont les rameaux montraient à peine quelques feuilles, lustrées comme des émeraudes, au milieu de la floraison hâtive qui empourprait déjà leur bois noir. Et au milieu de ces feuilles si variées de couleur et de forme, le cerisier déjà blanc, le pêcher déjà rose, le safran étalant son or vif auprès des améthystes dont la violette semait les plates-bandes ; et les premiers papillons, s'élançant des lilas comme des fleurs qu'en détacherait un souffle, et les lilas livrant à la brise l'encens printanier de leurs fleurs, et la brise douce et tiède jouant dans le feuillage au milieu des premiers chants des oiseaux.

Aurélien ne put refuser un dernier regard à ce jardin, qui ne s'était jamais présenté si frais et si beau à ses yeux qu'en ce moment où il le contemplait pour la dernière fois ; et pourtant les plus doux instants de sa vie s'étaient écoulés dans son étroite enceinte : ses jeux d'enfance, comme ses félicités de jeune homme ; les premiers sur le sable fin des allées, faisant bondir un cerceau ou poursuivant les papillons et les abeilles parmi les fleurs ; les autres dans ces bosquets, sur ces bancs de gazon, sous ces tentures de feuillage, et toujours avec Marcelline.

Il était resté immobile, les yeux humides et attachés sur ce spectacle.

Aucun trait distinct de cette nature ne l'avait peut-être frappé ; s'il l'admirait, peut-être n'était-ce qu'instinctivement, en pensant au bonheur si pur qu'il allait fuir en abandonnant ces lieux ; peut-être ne voyait-il dans cette nature pleine de chaleur et de vie, dont la séve s'épandait partout en feuilles, en fleurs, en fraîcheur, en éclat et en parfums, que cette existence active, large et pure que lui avait révélée son amour. Un bruit de voiture se fit entendre.

Il écouta surpris. Ce ne pouvaient être les conviés ; une demi-heure s'était à peine écoulée depuis le départ. Il se trompait.

Il ignorait que, selon une habitude qu'on ne saurait trop sévèrement condamner, le cortège n'était sorti qu'après avoir accompli les solennités préliminaires du mariage religieux ; le maire, comme le font la plupart des officiers municipaux des campagnes et des petites villes, avait eu la complaisance de venir unir les époux chez monsieur Vauvert ; ainsi l'on n'avait eu à assister qu'à la bénédiction du prêtre.

Lorsque Aurélien voulut sortir, la jeune épousée se trouvait déjà sous le vestibule ; il rentra dans le salon et passa sur le balcon, espérant que la retraite de tous les invités, venus selon l'usage seulement reconduire la nouvelle épouse, le rendrait bientôt maître de s'éloigner.

Une seule crainte l'agita dans cette retraite ; il redoutait que l'intervention opportune de quelque ami ne trahît sa présence et ne le forçât de subir une présentation à laquelle il n'était pas préparé. Appuyé sur la balustrade de fer dont était entouré le salon, il attendit avec trouble et inquiétude les incidents qui pouvaient survenir.

Ce qu'il avait prévu arriva ; la foule élégante qui en un instant remplit le salon le quitta presque aussitôt après avoir offert à la jeune épouse ses compliments et ses vœux. Elle s'écoula joyeuse et bruyante. Monsieur Vauvert et son gendre venaient de sortir pour reconduire jusqu'à la porte de l'hôtel le dernier groupe, où se trouvaient les sommités judiciaires et municipales de la ville, quand Laurent, à qui cette circonstance n'avait point échappé, remonta sous quelque prétexte, et entra dans le salon où Marcelline se trouvait seule.

Elle se leva étonnée.

— J'ai à vous parler, madame.

Marcelline répondit avec dignité et froideur :

— Si vous voulez parler à mademoiselle Vauvert, adressez-vous à mon père ; si c'est à madame Arnauld, asseyez-vous, mon mari va rentrer à l'instant.

Et, après lui avoir indiqué de la main un fauteuil, elle se dirigea vers la porte du salon.

Cette scène seule eût initié un étranger aux relations qui dans le passé avaient existé entre ces deux acteurs. L'œil faux du substitut, et l'expression méchante qui perçait à travers son masque de basse flatterie ; la noblesse, au contraire, qui régnait dans les traits, dans les paroles, et jusque dans le geste de la jeune femme, traduisaient aussi précisément ces rapports qu'ils révélaient les deux caractères.

— Ainsi, — reprit l'homme, — je dois vous trouver toujours la même ! Mais nos positions ont changé, madame Arnauld ; aujourd'hui, vous m'entendrez...— Marcelline lui jeta un regard de mépris. Il ajouta en saluant, avec un sourire satanique : — J'ai à vous parler de la part de monsieur Aurélien P...

Ce nom la glaça d'effroi : son secret dans un pareil cœur lui révélait tous les malheurs qui grondaient contre elle dans l'avenir ; elle ne put maîtriser son trouble ; son agitation et sa pâleur le révélèrent à l'œil perçant de Bazire, elle leva les yeux au ciel avec effroi et douleur.

— Aurélien ?...

— Oui, madame, il m'a confié un paquet à vous remettre.

— Où est-il ?..... que me voulez-vous ? Parlez !

— Ainsi, madame, ce n'est point l'amour, c'est la crainte.....

— Ce paquet ?

— Un moment, madame !

— On va rentrer ! vous allez me perdre ! — Et comme Laurent ne lui remettait pas le dépôt, un soupçon traversa son esprit. — Mais vous me trompez ; c'est un mensonge ; si monsieur Aurélien avait quelque chose à me remettre, il est...

— Parti, madame.

Son sourire mielleux et son clin d'œil caressant étaient pleins de jésuitiques menaces.

— Pas encore!—C'était Aurélien qui, écartant les rideaux, paraissait en prononçant ces mots d'une voix étouffée. Passant devant Laurent et lui jetant un regard de mépris, il fut présenter sa main à Marcelline.— Soyez sans crainte, — lui dit-il d'un ton rassurant et suppliant à la fois. Et, quand il l'eut reconduite à la porte : — Vous aurez ce paquet, mais il faut que je vous voie. — Marcelline parut étonnée de cette demande. — Il le faut, — reprit Aurélien, — le plus tôt possible. Quand ?

— Je vous le dirai ce soir.

Le procureur du roi parut attentif. Aurélien revint alors vers lui ; l'expression que prit la figure de l'étudiant fut effrayante.

— Misérable ! — lui dit-il, en le serrant dans ses deux mains, — si tu n'étais protégé par la nécessité du secret, je t'écraserais sous mes pieds comme un ver ; mais il ne faut pas d'esclandre ; tout n'est pourtant pas fini entre nous. Mon portefeuille ? — Laurent, à qui une pâleur bilieuse donnait à la figure une teinte verdâtre, tira de sa poche un paquet qu'Aurélien lui arracha brusquement des mains. — Sortons, maintenant.

— Monsieur, — lui dit-il avec un regard inquiet et une voix tremblante, — je n'ai refusé aucun combat d'honneur.

— Tu me connais trop pour oser un tel refus.

Ils sortirent après ces dernières paroles, qu'Aurélien prononça avec une ironie menaçante dont le substitut sentit un frisson.

IV

UN PREMIER DOUTE.

Il est des dispositions de l'âme où l'esprit le moins défiant, soudainement inquiété par un incident, voit les faits sur lesquels avaient glissé ses soupçons se dresser menaçants, et changer par leur concours des présomptions fugitives en accusations accablantes ; moments où pour l'homme des pressentiments inquiets s'élèvent de toutes les parties de sa vie, comme l'on voit quelquefois dans une journée sereine des vapeurs menaçantes monter de tous les points de l'horizon et obscurcir soudainement le ciel.

La brusque sortie d'Aurélien, son embarras et son trouble en passant près de son père, son absence de la cérémonie nuptiale, avaient placé monsieur Arnauld dans une position pleine d'anxiété.

Il interrogeait avec frayeur la conduite de celui qui lui avait toujours montré le cœur d'un fils et les sentiments d'une âme honnête ; il craignait de trouver le mot d'une énigme funeste dans une conduite pour lui jusqu'alors trouvée inexplicable ; il en recueillait les particularités les plus saillantes et les plus récentes ; et les conséquences de ces rapprochements lui jetaient un jour sinistre. Ces réflexions avaient tout d'un coup obscurci son front et son âme.

Passant d'une confiance illimitée aux excès d'un caractère soupçonneux et inquiet, il avait senti toutes les inductions pousser sa conviction au jugement le plus sévère contre le caractère d'un fils pour lequel son estime avait jusqu'à ce jour égalé sa tendresse.

Aurélien le trouva pourtant à son retour aussi affectueux que tendrement expansif. Que s'était-il donc passé ?

Ce qui avait eu lieu dans le salon était deviné, sinon connu, quelque fût le mystère dans lequel les acteurs de cette scène avaient voulu l'ensevelir ; les incidents qui en avaient percé le voile avaient fait remonter facilement au fait principal.

Les domestiques avaient remarqué l'émotion à laquelle Marcelline était en proie lorsqu'elle avait quitté le salon; la sortie presque immédiate d'Aurélien et de Laurent Bazire ne les avait pas moins vivement frappés ; quelques mots surpris entre eux avaient enfin donné assez d'éléments à leur esprit conjectural et devineur pour qu'ils eussent bientôt reconstruit la vérité.

La version émise d'abord comme une probabilité fut bientôt universellement affirmée comme une certitude. Mademoiselle Vauvert avait été insultée par monsieur Bazire, et monsieur Aurélien avait demandé à ce dernier une réparation au nom de son père adoptif.

Ces bruits étaient parvenus à monsieur Arnauld, et avaient excité en lui une réaction aussi violente que subite contre les soupçons dont son cœur s'était tourmenté. Il se les était reprochés comme une injustice, comme une ingratitude. Il s'était exagéré la noblesse des sentiments d'Aurélien pour effacer les traces profondes que ces doutes avaient laissées dans son esprit.

Aussi vers cinq heures, à peine Aurélien eut-il paru dans le salon de monsieur Vauvert, où de nombreux convives se pressaient en attendant qu'on annonçât la table servie, que monsieur Arnauld, malgré la contrainte à laquelle le condamnait le désir de dérober à tous les yeux l'expansion du sentiment qu'il voulait témoigner à son fils seul, l'attira dans l'embrasure d'une croisée, et, lui serrant cordialement la main :

— C'est bien, — lui dit-il ; — Aurélien, c'est bien ! ce que j'ai fait pour toi, tu me l'as payé aujourd'hui. Si j'ai été pour toi un père, tu t'es dignement montré mon fils, merci !—En prononçant ce dernier mot, il redoubla l'étreinte dans laquelle il tenait sa main affectueusement serrée, et comme Aurélien balbutiait quelques paroles avec embarras, il reprit : — Tu voudrais en vain me le cacher, je sais tout : on a insulté Marcelline, n'est-ce pas vrai ? tu as voulu venger cet outrage, n'est-ce pas vrai ? tu vois bien que je sais tout ; mais, mon fils, tu ne te battras point...—Et comme l'on était venu les inviter à descendre, il ajouta en le quittant. — Nous parlerons de cela durant le bal.

V

LE BAL.

Vers neuf heures du soir, tout était bruit, agitation et tumulte dans la rue habituellement si calme où l'hôte de monsieur Vauvert était tranquillement assis. Plusieurs gendarmes, dont les chevaux peu familiarisés avec cette foule bruyante piétinaient indocilement au milieu des voitures et des curieux, avaient peine à contenir devant la porte la multitude dont l'encombrement s'opposait à l'arrivée des conviés.

La toilette de chaque danseuse était accueillie par un murmure d'admiration ou de critique. Beaucoup, précédées d'un fanal, arrivaient à pied, moins soucieuses de leurs chaussons de satin blanc qu'un gros bas de laine protégeait contre les macules de la boue, qu'inquiètes de leurs robes de mousseline et de gaze qui, relevées avec une sollicitude exagérée, sacrifiaient à la coquetterie les scrupules de la pudeur. Celles que saluait le plus flatteur accueil de la foule étaient les jeunes dames qu'un équipage venait par intervalles déposer fraîches et brillantes sur les marches en granit du perron.

Toute la ville se portait à ce bal : l'aristocratie nobiliaire avait oublié devant les salons dorés que le nouveau couple ouvrait aux fêtes qu'aucune armoirie ne blasonnait leurs lambris ; la bourgeoisie, malgré l'envie qui la ronge contre tout ce qui s'élève par son industrie ou son talent, était avide de figurer sur le même carré où la déférence, tombant dans le pêle-mêle de la danse, sous le niveau du plaisir, ne laisse subsister d'autre privilége que la beauté, la parure et la grâce, cette trinité de l'amour.

Quelques considérations locales pouvaient également motiver cet empressement universel.

Ceux qui ont parcouru le département de la Manche ont remarqué l'aspect varié offert par ses villes, et principalement par ses villes méridionales; ceux qui ont observé ses populations, mieux encore ceux qui ont longtemps vécu au milieu d'elles, savent que la physionomie morale de ces cités diffère encore davantage.

C'est Avranches, sur son tertre de gazons verts, avec sa ceinture de boulevards et son diadème de pierres sanctifié par la religion et par l'art; Avranches, la Corinthe normande, coquette et voluptueuse, toujours parée pour le plaisir. Là, les formes sont polies, le langage s'épure, l'esprit s'assérène, le cœur s'amollit, le vice se dore.

Plus loin, c'est Granville, anse de dauphins, nid d'alcyons, ville laborieuse et guerrière, assise sur un roc avec son corset de murailles et ses pieds de granit dans la mer. Là, c'étaient les loisirs; ici, c'est le travail. Toute action se cote, toute pensée se traduit en chiffres; le dernier mot de tout, du plaisir même, est : Combien ? La vie s'y porte sur un registre. A Avranches, elle s'écrit sur un calepin.

Coutances enfin, que trahit de loin la fumée de ses cuisines et les flèches de sa cathédrale, la ville de la able, de la prostitution et des messes; Coutances, avec ses festins, ses filles perdues et son évêché, ville sale, luxurieuse comme un abbé, gourmande comme un chanoine, luxurieuse et gourmande comme une vieille marquise dévote.

A Avranches, on danse.

A Granville, on joue.

A Coutances, on mange.

C'est conséquent. Aspect matériel, occupations, mœurs, caractères, goûts, plaisirs, sont les produits d'une génération identique et forcée.

Un bal était donc une nouveauté pour les Coutançais; comme toutes les nouveautés, il devait attirer la foule.

La maison était tout illuminée, les lampions qui couvraient les fenêtres jetaient leurs clartés jusque dans 'ombre où la grande cathédrale dressait vers le ciel et son dôme merveilleux et ses deux hautes flèches déchiquetées à jour.

Ces clartés n'étaient qu'un reflet de la fête; les ombres dorées dansantes, que l'éclat des lustres projetait sur les rideaux de soie, annonçaient l'ouverture du bal.

L'orchestre exécutait en effet le deuxième quadrille. Aurélien était sur le carré avec la nouvelle épouse. La dernière figure allait commencer lorsque, rompant le silence embarrassé à travers lequel il n'avait encore que jeté quelques mots, il dit :

— Marcelline, et votre promesse ? — Elle rougit et répondit les yeux baissés :

— Je ne l'ai pas oubliée... Mais puis-je ce soir ?...

— Demain, il sera peut-être trop tard, — repartit Aurélien d'un ton sombre.

Une interruption affaiblit l'effet qu'aurait produit sur Marcelline ces paroles sinistres. C'était leur partner qui avertissait Aurélien de son tour de figurer. Il jeta dans la contredanse une confusion que Marcelline y apporta à son tour.

Les murmures que, durant l'après-midi, elle avait entendus bruire mystérieusement autour d'elle; les réponses embarrassées qu'avaient obtenues ses questions, tout lui avait fait pressentir le dénouement que devait avoir la scène aux chances de laquelle se trouvait soumis son honneur.

Elle concevait qu'Aurélien ferait tout pour étouffer le secret qu'il avait confié au cœur de Laurent; qu'aucune promesse, aucune protestation, que rien enfin, après l'infamie d'une trahison si basse et si récente, ne pourrait convaincre le jeune médecin de la discrétion du magistrat que la mort; qu'il fallait étouffer dans le cœur

de Laurent le secret qu'il lui avait confié, et qu'il ne pouvait l'atteindre dans le cœur de ce misérable qu'avec la balle d'un pistolet ou la lame d'une épée.

Ces idées de mort troublèrent la tête de la jeune femme; elle frémit et trembla pour celui dont l'amour n'avait obtenu d'elle qu'un retour de douleur, de danger, de désespoir; elle s'oublia elle-même pour ne penser qu'à celui dont l'amour dévoué avait survécu à tous les espoirs de bonheur; elle se reprocha de subir au milieu de l'éclat d'une fête les vœux et les hommages de tous, tandis que lui se préparait à courir, sur un gazon glacé, assurer la tranquillité de l'existence nouvelle que pour elle ouvrait ce mariage, en la scellant de son sang, en lui donnant sa vie pour adieu et pour dernier gage d'amour.

Elle regardait, au bras de son danseur, la place où durant la soirée elle avait été assise, lorsqu'elle lui dit d'un accent tremblant :

— Aurélien, je vous verrai ce soir.

— Quand ?

— Je l'ignore encore. Je trouverai le moyen de sortir. Suivez-moi, je vous attendrai dans ma chambre.

Lorsqu'elle prononça ces mots, ce fut d'une voix si faible qu'ils ne purent être entendus d'une personne qui les suivait alors qu'autant qu'elle leur prêtait une oreille attentive.

Le furent-ils ?

Cet homme, d'un extérieur tiré, était d'une physionomie qui eût révélé un officieux plus ennuyeux que nuisible, si on n'eût point examiné attentivement son masque. Mais un œil quelque peu observateur ne pouvait s'y reposer longtemps sans y découvrir, sous un masque de fausse bonhomie, autant d'astuce que de fausseté. C'était cet agent d'affaires, cumulant avec la profession d'arbitre une commission occulte ressortant du parquet, semant les procès, envenimant les haines dans l'exercice de sa quasi-magistrature, épiant les actions, sondant les sentiments et les opinions, contrôlant les indiscrétions et les paroles dans la sphère d'observation de son agence secrète, Paul Dugué enfin.

Il n'avait point perdu de vue un seul instant la mariée. L'absence de tout intérêt n'eût pu cependant faire croire à Aurélien ou à tout autre que ce bas officier judiciaire songeât à épier madame Arnault.

Cependant, vers onze heures, lorsque cet obscur personnage prit à part monsieur Laurent Bazire à son entrée dans le salon, celui qui eût eu connaissance de ces deux circonstances eût pu, à tort ou à raison, lui soupçonner un rôle infâme; s'il eût connu le caractère machiavélique du substitut du procureur du roi, ses craintes eussent peut-être encore été plus positives et plus vives.

Laurent Bazire avait surpris le secret qui existait entre Marcelline et Aurélien. Il le savait détenteur de lettres qui pouvaient compromettre l'honneur de cette femme. Ils devaient se battre tous les deux le lendemain. Aurélien ne chercherait-il pas à soustraire ces lettres à la publicité que leur eût donnée sa mort, en les remettant à celle dont elles étaient émanées ? Leur conversation du matin lui faisait présumer qu'il ne se dégagerait point des embarras de ce dépôt en détruisant lui-même cette correspondance.

Dans le doute des événements, il voulait les épier, les suivre, pour les dominer et en profiter au besoin.

Il pouvait se trouver dans cette soirée quelques circonstances qui le dérobassent à la nécessité de ce duel, ou du moins lui assurassent le moyen de se venger. Le substitut du procureur du roi n'était pas homme à laisser s'évanouir cet espoir sans chercher à le saisir.

Celui dont ces faits eussent été connus n'eût-il pas trouvé que ces réflexions donnaient un caractère plus instant à ces craintes ?

VI

MIEL ET POISON.

Il était une heure après minuit, le bal n'avait repris qu'incomplétement dans l'excitation d'un banquet l'éclat et la joie que lui donnent les mille sentiments, trouble, désirs, impatience, confondus d'abord pour tous les cœurs dans un brûlant instinct de plaisir.

Ce n'était plus ce pudique rayonnement, pur comme ces légers parfums qu'exhalent les toilettes, intact comme ces gazes et ces satins que n'a point encore froissés la danse, autour desquels n'a point encore volé la poussière subtile des parquets, cette fraîcheur universelle, reflet de ces jeunes femmes, fraîches elles-mêmes comme les camellias de leurs bouquets.

C'était un entraînement plus joyeux, une agitation plus bruyante ; les mille petits liens de l'étiquette étaient rompus, les conversations s'animaient jusque sur les carrés ; les jeunes dames, l'œil brillant, permettaient au sourire de laisser entrevoir leurs dents de perle ; leur démarche avait plus d'abandon, leur désinvolture plus de liberté, plus de grâce.

La danse avait perdu de la régularité symétrique de ses pas pour prendre plus d'élan et plus d'ardeur ; le posé des fleurs variait dans les coiffures en désordre ; mais sous les frisures tombées les figures luisantes de sueur n'en étaient que plus ravissantes, les mitaines et les gants déchirés permettaient d'admirer la blancheur de la main et parfois de sentir son tiède contact ; l'épaule produisait plus librement sa rondeur satinée, la gorge ondulait plus émue, les danseuses avaient cessé de penser à leur toilette pour se livrer à la fête ; oublieuses d'elles-mêmes, elles semblaient plus belles de ne plus songer à le paraître.

C'était enfin cette heure où, pour le spectateur de ces ardents plaisirs, à travers les phases nuancées de la fête, la fatigue est venue ; où, las d'émotion, de bruit et de lumière, le cœur s'engourdit, la tête s'endort ; les accords bruyants de l'orchestre semblent à l'oreille une grande voix mélancolique, l'éclat des lustres glisse en lueurs sombres sur la prunelle éblouie.

Laurent, absent depuis quelques minutes, rentra dans le salon ; monsieur Arnauld avait en vain cherché plusieurs fois à l'entretenir pendant la soirée, le substitut était toujours parvenu à éviter sa rencontre, et partant un entretien avec lui ; calcul ou hasard, il ne fut pas un instant de retour au milieu de la fête sans se trouver en tête à tête, dans l'embrasure d'une fenêtre, avec le commandant.

— Monsieur, — lui dit celui-ci avec un accent de froid mépris, — je n'eusse pas supporté si longtemps ce soir votre présence dans ces salons si elle n'eût contribué à dissiper des soupçons que je veux détruire.

— Je ne vous comprends pas, monsieur, — répondit le substitut avec étonnement.

— Croyez-vous donc que j'ignore la scène qui s'est passée ici même entre vous et mon fils ?

— Si vous la connaissez, monsieur, votre remarque doit encore me surprendre davantage.

— Que voulez-vous dire ? — reprit le commandant avec un sentiment de menace qu'il ne put dissimuler.

— Mais, monsieur, vous me placez dans une position...

Monsieur Arnauld l'interrompit.

— Point de subterfuge, monsieur, point de biais !... voudriez-vous par hasard ?...

Le magistrat l'interrompit à son tour.

— Je n'accuse personne.

— Vous n'accusez personne, — reprit-il avec indignation, comme s'il eût apprécié tout le machiavélisme que distillait chacune des paroles de son interlocuteur.—Vous êtes un infâme !

— Monsieur, — reprit Laurent Bazire avec l'expression que donne le sentiment profond d'un outrage, — quelle qu'eût été la nature de vos interpellations, votre position délicate dans cette affaire m'imposait des devoirs que j'eusse respectés... — Le commandant croisa ses bras sur sa poitrine, et, fixant ses yeux sur la figure du substitut, le regarda en hochant légèrement la tête. Un sourire de rage révélait toute la violence qu'il se faisait pour contenir l'explosion de ses sentiments ; le magistrat poursuivit, en affectant le calme d'un cœur pur offensé dans son honneur :— Maintenant que vos injustes soupçons se traduisent en outrages, ma réputation me force à parler ; dût ma justification retomber en accusation sur un autre...

Le commandant ne put le laisser achever.

— Tu mens, misérable !— lui dit-il d'une voix étouffée, — tu mens !

Le substitut du procureur du roi le regarda froidement en face.

— Si je vous donnais des preuves de la sincérité de mes déclarations.

— Oh ! il faut que tu me les donnes ; on n'accuse pas ainsi sans avoir des preuves : tu me les donneras.

Et il lui serrait le bras avec une telle rage qu'il lui imprimait ses doigts dans la chair.

— Je suis heureux que le hasard me permette de me justifier à l'instant même. — Monsieur Arnauld sembla atterré sous le coup de ces paroles. — Me diriez-vous où est actuellement... votre fils ? — Le commandant porta ses yeux dans le bal. — Ne le cherchez point dans le salon ; il n'y est pas. — Personne ne pourrait définir ce qui se passait dans le cœur du vieillard sous l'œil fascinateur de Laurent et sous la froide conviction avec laquelle lui parlait cet homme de loi. Son regard était devenu stupide, les paroles suivantes y ramenèrent seules l'intelligence et la vie, mais ce fut dans un rayon de passion féroce. Bazire, remarquant l'ardente impatience du commandant, voulut, en simulant quelque retenue, donner plus de gravité à ses paroles. — Mais, monsieur, — poursuivit-il, — je sens que j'ai tort d'obéir à l'irritation d'un outrage, permettez-moi de garder un silence que m'impose plus qu'à tout autre la discrétion de mon état.

— Ah ! parlez !... parlez !... — dit monsieur Arnauld avec un accent de fureur, et en le retenant de ses deux mains.

— Mais enfin !

— Parlez ! vous dis-je. Vous en avez trop dit pour pouvoir vous arrêter maintenant. Parlez !

Sa voix était devenue impérative.

— Eh bien ! savez-vous où est maintenant madame Arnauld.

— Marcelline ! — Le commandant devint pâle, ses deux mains se portèrent à la hauteur de sa tête, tandis que, les yeux fixes, les prunelles dilatées et brillantes, il semblait, dans une agitation convulsive, réunir ses idées dispersées sous ces paroles terribles ; puis, revenant à lui. — Oh ! malheureux ! il y va maintenant de ta vie.

— Monsieur, rappelez-vous que c'est vous qui m'avez forcé de les accuser. Madame Marcelline Arnauld et monsieur Aurélien ont profité de ce moment de tumulte de la fête pour s'esquiver, cela est un fait... Où sont-ils maintenant ? ce n'est pas à moi de vous le dire.

L'air d'hypocrite discrétion avec lequel le magistrat prononça ces dernières paroles n'appelèrent sur lui qu'un regard de dégoût et de mépris.

L'agitation et l'inquiétude qui un instant auparavant bouleversaient sa figure s'étaient effacées ; ses traits avaient pris une immobilité fatale et sinistre.

VII

LE DERNIER RENDEZ-VOUS.

Marcelline avait en effet quitté la salle du bal ; la recrudescence bruyante qu'avait prise la fête lui avait permis de s'éloigner du salon sans être remarquée : une indisposition légère avait motivé son absence momentanée pour quelques personnes auxquelles elle n'avait pu cacher sa retraite.

Sa bonne, la messagère, partant la confidente obligée de son amour, l'avait conduite à la porte de sa chambre à coucher ; la jeune femme était entrée seule ; vaincue par les fatigues de ce jour et de cette nuit cruels, vaincue surtout par la démarche que la fièvre de son cerveau lui avait inspiré la force de concevoir et d'exécuter, Marcelline se laissa tomber d'épuisement dans une bergère.

Elle resta un instant presque sans sentiment et sans pensée dans cette chambre, où tout portait les traces de la confusion dont cette journée avait rempli son cœur et sa tête. Des robes, des fichus, vingt précieux objets de toilette étaient épars sur les meubles et sur les fauteuils.

La régularité et l'élégance qui lustraient ce gracieux appartement s'étaient évanouies et avaient été remplacées par la négligence et le désordre. Son lit même, son lit de jeune fille, sur lequel, durant la journée, elle avait goûté pendant quelques heures, les dernières, un virginal sommeil, était lui-même froissé et défait, comme cette pièce qu'elle allait quitter et à laquelle elle allait dire adieu, non sans regret, mais sans espoir de retour.

Et pourtant sortir de cette pièce c'était pour elle sortir de sa vie passée, calme et pure, rose et dorée, de sa douce jeunesse, pour entrer dans une autre existence où elle ne pressentait que douleurs.

En venant au rendez-vous qu'elle avait donné à Aurélien, elle ne s'était pas dissimulé la gravité de sa conduite ; elle avait entrevu toutes les conséquences renfermées dans cet acte, les sources de malheur qu'il pouvait ouvrir pour elle.

Ces réflexions n'avaient pu l'arrêter ; sa position vis-à-vis Aurélien, le caractère que leur dernière entrevue avait imprimé à leur amour, les dangers sous lesquels il s'était placé pour défendre son honneur, dangers qui ne pouvaient que la compromettre et que peut-être elle pourrait prévenir, lui avaient donné le courage de franchir ces obstacles.

Et d'ailleurs si la veille encore elle eût pu se marier, passer au bras d'un autre sans le voir, après les protestations par lesquelles leurs cœurs avaient uni leur avenir, elle ne le pouvait plus sans être obligée de rougir sous chacun des regards qu'il eût portés sur elle ; l'unique moyen qui lui restait de conjurer son mépris était de lui dire la vérité, de lui dire :

— « Hier, il fallait sacrifier la volonté de mon père à votre amour, j'en ai trouvé la force dans ma tendresse ; aujourd'hui, il s'agissait de sa réputation de probité, je lui sacrifie mon bonheur, ma vie ; Aurélien, que devais-je faire ? »

Un léger bruit fait contre les carreaux d'une fenêtre la tira de son absorption douloureuse. Elle se redressa attentive, il lui sembla qu'une vapeur chaude lui teignait les joues ; un tintement aigu siffla dans ses oreilles : le bruit se produisit une seconde fois, elle s'élança vers la croisée qu'elle ouvrit aussitôt.

C'était Aurélien.

Il s'était rappelé qu'une échelle de service ordinaire était toujours couchée sous un hangar situé dans une arrière-cour, entre le jardin et l'aile de la maison où se trouvait au second étage l'appartement de mademoiselle Vauvert.

Ce côté de l'habitation était plongé dans les ténèbres, les domestiques se pressaient et s'agitaient de la cuisine aux portes des appartements de la fête. Aurélien eût craint, en montant l'escalier, d'appeler leurs regards ; la cour et le jardin étaient sombres et solitaires ; le mode qu'il avait choisi lui avait paru le plus prudent pour parvenir au rendez-vous donné par Marcelline ; il était auprès d'elle.

Une morne pâleur régnait sur sa figure et laissait seule deviner son émotion ; la jeune fille avait également réuni toutes ses forces pour dominer la sienne.

— Monsieur Aurélien, — lui dit-elle de l'accent le plus ferme qu'elle put donner à sa voix, — j'ai voulu vous voir, j'ai voulu vous expliquer...

— Je sais tout, — reprit-il en l'interrompant avec un doux sourire de tristesse, — et je vous admire ; c'est à moi seul de me justifier

— De quoi ?

— Tout m'accuse...

— Oh ! — reprit-elle, comme si la pensée des soupçons qu'Aurélien voulait combattre eût été un outrage pour lui et pour elle, — j'ai tout deviné : c'est un malheur.

Tels étaient ces deux amants, telle surtout était Marcelline ; la candeur de leur âme et la pureté de leur amour les entouraient d'une si vive confiance, d'une foi si profonde en eux-mêmes, qu'ils n'avaient eu besoin, pour la justification de leur conduite, que de consulter leurs cœurs.

— Merci ! — lui dit-il d'une voix profonde, et, poursuivant avec le ton de la conviction et du dévouement, il ajouta : — Mais soyez sans inquiétude, ce malheur n'aura pas de suite pour vous.— Marcelline le regarda avec anxiété, comme pour deviner d'après l'expression de sa physionomie le sens de ses paroles. Il prit le portefeuille qu'il portait sur son sein et le lui remit. — Maintenant, madame, tout avenir commun est fini pour nous ; prenez ces gages : tout est oublié.—Marcelline reçut le portefeuille, les yeux baissés, le cœur comprimé par un serrement inexprimable. Aurélien, après un moment de silence, ajouta d'un accent ému : — Tout ce qui pourrait être criminel ; car que je vous aie connue, qu'une jeune fille n'ayant de la femme que la tendresse et la beauté ait passé à travers mes premières années comme un météore du ciel pour les éclairer, pour les féconder, Marcelline, je ne l'oublierai jamais ; je me rappellerai toujours, moi, le sillon lumineux que vous avez laissé dans ma vie ; car il n'y a rien dans ce souvenir qui ne soit pureté comme il est amour ; et moi je suis libre de mon cœur, j'en suis le maître, je puis le conserver ces vases où l'on a déposé des objets précieux et révérés et que l'on craindrait ensuite de profaner par un usage vulgaire.—Et, comme à l'agitation du sein de la jeune fille il devina son émotion, il continua d'un ton triste et presque suppliant : — Vous, oubliez-moi... il le faut... je vous le demande ! Oui, Marcelline, c'est la seule grâce que je réclame de vous ; votre mari fut pour moi le père le plus tendre, ma vie entière n'eût point été assez, selon mon cœur, pour lui payer toute ma reconnaissance, et aujourd'hui je ne puis rien pour lui que de l'abandonner ; eh bien ! chargez-vous de ma dette, soyez-lui à la fois pour vous une épouse fidèle, pour moi une fille dévouée ; qu'ainsi, en vous souvenant de moi, ce soit pour me remplacer auprès de lui, pour l'entourer des soins que j'eusse rendus à sa vieillesse. Rappelez-vous alors combien il fut bon et tendre à l'orphelin qui n'a trouvé dans le monde que vous et lui pour l'aimer, et rendez-lui en tendresse l'amour profond que je ne cesserai jamais de ressentir pour vous. Marcelline ! me le promettez-vous ?

Il prononçait, des larmes dans les yeux, ces paroles qui palpitaient jusqu'au cœur de son amie, lorsqu'un bruit soudain retentit dans l'escalier. Les deux amants restèrent immobiles et attentifs : c'étaient des pas lourds et précipités. Un mouvement simultané porta Marcelline vers la porte, dont elle tira le verrou, et Aurélien vers la fenêtre où le glaça de terreur le fracas que la chute d'un objet pesant fit sur le pavé de la cour.

Au même instant on heurtait avec violence à la porte de la chambre ; l'on avait d'abord essayé de l'ouvrir.

— Marcelline ! — s'écria une voix âpre et forte, que malgré sa vibration passionnée les amants reconnurent être celle de monsieur Arnauld ; ils sentirent tous les deux leurs membres s'agiter dans un frisson de mort.

— L'échelle ! on vient de l'enlever...! — dit avec angoisse Aurélien en se retournant.

— Mon Dieu ! mon Dieu !

Marcelline laissa échapper ces mots avec un sanglot étouffé, et elle cacha sa figure dans ses mains.

— Madame ! — s'écria une seconde fois le commandant en ébranlant la porte avec rage, — ouvrirez-vous ?

Aurélien, qui était resté flottant dans l'épouvante, sembla avoir adopté un parti.

— Ouvrez, Marcelline, — lui dit-il d'un ton résolu, et, lui jetant un regard d'adieu, il s'élança vers la fenêtre.

— Ne le faites pas ! — s'écria-t-elle en s'attachant à lui, — vous allez vous tuer !

Ces paroles retentirent au dehors.

— Malédiction ! — s'écria le commandant à qui elles révélèrent la présence de madame Arnauld enfermée avec un complice. La porte ébranlée s'ouvrit avec fracas, Marcelline poussa un cri déchirant et tomba à la renverse.

.   .   .   .

A peine le commandant avait-il entendu les paroles perfides de Laurent, que tous les soupçons qu'il avait cru étouffés s'étaient ranimés dans son esprit avec la force de la certitude ; il était sorti du salon.

— Marcelline ?... — avait-il dit à la femme de chambre qu'il avait rencontrée sur ses pas.

— Madame est indisposée, — avait répondu celle-ci effrayée de l'expression et de l'accent du commandant.

— Où est-elle ?

— Ce ne sera rien, monsieur, c'est la chaleur du bal ; elle va redescendre à l'instant.

— Je vous demande où elle est ?

— Mais... elle est dans sa chambre.

Monsieur Arnauld avait couru à son appartement ; un secrétaire en palissandre, ouvert avec violence, lui avait présenté une paire de pistolets, armes superbes, récompense et trophée de l'un de ses plus beaux combats ; il les avait saisis et s'était élancé aussitôt à la chambre de mademoiselle Vauvert.

On sait sous quelle explosion de fureur la porte de cette pièce était tombée ; il s'était arrêtée un instant sur le seuil.

— Ah !... — Ce cri fut prononcé par monsieur Arnauld avec une intonation gutturale et traînante qui le fit ressembler au râle d'une bête féroce. Ses traits étaient pâles et tordus par une terrifiante expression de rage, ses prunelles semblaient s'être développées comme celles du tigre, dont elles avaient le jaune éclat. — C'est vous ! ajouta-t-il en s'avançant vers Aurélien.

L'orphelin était resté tremblant auprès du corps de Marcelline, étendue sur le tapis comme un cadavre dont son voile nuptial eût été le linceul ; ses yeux hagards attachés sur son bienfaiteur ne trouvaient pas la force de protester contre les accusations dont tout ce qui se trouvait autour de lui l'accablait, et pourtant, loin que la pensée du crime qui planait sur lui eût souillé son âme, il venait d'immoler sa vie au bonheur de celui qui se posait devant lui comme un accusateur et un juge ; il eut besoin de toute la conviction de son dévouement et de sa pureté pour prononcer ces paroles.

— Pourriez-vous croire...?

Sa voix expira sur ses lèvres

— Et que faisiez-vous ici, à cette heure ?

— Tout m'accable, mais je suis innocent.

— Innocent ! — reprit le commandant avec un sourire

de fureur, — et cette porte verrouillée ! et cette femme !
— Cette femme !

L'accusation, en tombant sur cette jeune fille que lui, son amant, avait toujours vue rayonner d'une céleste pureté, rendit à Aurélien son énergie.

— Vous l'accuseriez ! O monsieur, je ne vous demande plus grâce pour moi ; mais elle ! par le ciel ! elle est inno-

— Innocente ! — La voix du commandant eut une inflexion où luttaient tant de passions en désordre qu'on ne saurait la définir. — Et ce lit ?

Aurélien sentit son cœur brisé ; le lit tout défait était là comme une preuve que jetait à la plus fausse incrimination la malignité du hasard.

— Mon Dieu ! mon Dieu ! par quel serment le convaincre ; oh ! par le ciel ! par l'enfer ! elle est pure...

— Misérable ! des blasphèmes !

— Tenez ! je tombe à genoux ! me croirez-vous, je le jure par la tête de mon père.

— Maintenant un sacrilège !

— Ce n'est ni blasphème, ni sacrilège, c'est la vérité !... Mais il ne me croit pas ! que dire ? oh ! tuez-moi. Tenez ! vous avez des armes, frappez-moi ; vous ferez bien, je vous donne ma vie ; mais croyez aux paroles d'un homme qui vous le jure devant la mort : cette femme est la chasteté même. Me voilà ! s'il vous faut pour un soupçon une victime, vengez-vous ! tuez-moi !

— Te tuer ! — reprit-il avec une ironie qui éclaira sa figure d'une lueur infernale, — mais ce ne serait que la mort. Ce n'est pas assez ; j'en mourrai, moi, mais je mourrai ridicule, déshonoré, flétri ; donc, mort pour mort, honte pour honte. Debout ! tu mourras, mais ma vengeance sera complète, tu mourras infâme !— L'étudiant le regardait avec étonnement sans pourtant le comprendre, lorsque l'escalier vint à retentir d'un bruit confus de voix et de pas ; le commandant éleva la voix : — Au secours ! au secours !—Le bruit approcha.—A l'assassin !—Il tourna le canon de l'un des pistolets vers sa poitrine ; le coup partit : il tomba sur un fauteuil en jetant l'arme homicide aux pieds d'Aurélien. Au bruit de l'explosion, une foule effrayée envahit la chambre. Monsieur Arnauld réunit ses forces et indiquant Aurélien de la main : — Le monstre, — dit-il, — il me déshonorait ; j'ai voulu le forcer de se battre, il m'a assassiné.

VIII

UN PROCÈS-VERBAL.

L'orchestre s'était tu ; un pêle-mêle confus avait succédé aux mouvements cadencés de la danse, et la foule joyeuse, comme un flot à la crête de fleurs et de plumes, s'était portée vers les fauteuils et les banquettes, sur lesquelles durant les courts intermèdes reposait l'ardent essaim des jeunes femmes.

Le bruissement et les murmures de cet instant de tumulte avaient étouffé le bruit qu'avait produit dans l'hôtel l'explosion du pistolet.

Cependant un groupe s'était formé à la porte du salon ; vingt cavaliers, attirés par ce tumulte, le grossirent et le quittèrent aussitôt pour se répandre dans les diverses pièces où était déjà répandu un vague mouvement d'agitation inquiète.

Un instant après vingt autres groupes s'étaient formés sur divers points des salons de danse et de jeu ; les jeunes filles et les mères avaient quitté leurs places et accueillaient avec avidité les récits du crime qui venait de s'accomplir ; tandis que les cavaliers étaient envoyés aux informations, l'imagination prévenait les détails par les suppositions et les commentaires ; les renseignements arrivaient à chaque instant ; à chaque instant la salle de bal prenait une physionomie nouvelle.

L'aristocratie donna le signal de la retraite ; plusieurs jeunes gens, sortis pour avertir les laquais de faire approcher les équipages, rentrèrent avec les châles et les manteaux ; les fichus enveloppèrent soigneusement les figures moites ; les cachemires furent jetés sur les épaules où de plus légers tissus buvaient la sueur ; le trot des chevaux annonça successivement le départ des nobles conviés.

La bourgeoisie était plus âpre au plaisir ; les occasions en étaient trop rares dans l'épiscopale cité pour que les jeunes danseuses surtout ne vissent pas cette fête s'évanouir sitôt sans un impatient regret. Les mères avaient beau appeler l'attention de leurs filles sur l'absence de la haute société pour déterminer leur retraite, on n'obéissait qu'avec un sentiment visible de contrariété ; les jeunes gens étaient même envoyés hâter le signal de l'orchestre pour que l'on pût au moins danser encore un quadrille d'adieu ; la musique se fit entendre, ce fut un murmure et un mouvement de joie dans toute la jeune multitude. Les mamans se virent contraintes de capituler devant cet appel ; on s'élança gaiement sur les carrés. Vain espoir ! un ordre vint suspendre les préludes ; il fallut regagner tristement sa place ; un moment après tous les salons étaient vides.

Une scène de consternation et de douleur s'accomplissait dans la chambre à coucher de Marcelline.

Cet appartement si gracieux et si frais, cette pièce où se reflétait partout et dans tous les objets la vierge candeur de sa jeune habitante, était devenu le cadre du plus déchirant tableau.

Monsieur Vauvert, accouru au bruit d'un meurtre, s'arrêta hors de lui-même devant la scène qui s'offrit à ses regards ; Marcelline privée de sentiment et de connaissance était étendue sur son lit ; le commandant, pâle et couvert de sang, était placé sur une causeuse où il recevait les secours du docteur Aubert.

Ce ne furent pourtant pas ces deux épisodes de cette action sinistre qui frappèrent le plus violemment le colonel. Dans ce malheur qu'il ne pouvait comprendre, y avait-il encore de la honte ? Pourquoi Aurélien sombre et abattu se trouvait-il entre deux gendarmes ? Que lui révélait la présence du maire dans cette chambre ? Qui pouvait y avoir appelé le substitut du procureur du roi et ses agents ? Quelle enquête pouvait-il accomplir dans cet asile intime ? Telles furent les pensées qui à la fois assaillirent son esprit et déchirèrent son cœur.

Nous transcrirons ici le procès-verbal de meurtre que rédigeait le magistrat ; cette pièce fera connaître les divers incidents qui étaient survenus immédiatement après la catastrophe, et servira d'exposition à la seconde partie de ce récit.

« L'an 1831, le 24 du mois de mars, vers trois heures
» du matin :

» Nous, Laurent Bazire, substitut du procureur du roi
» près le tribunal de première instance siégeant en la ville
» de Coutances,
» Instruit par la détonation d'une arme à feu et aussi
» par la rumeur publique, qu'un meurtre venait d'être
» commis en la maison de monsieur Vauvert, sise rue du
» Parvis, en la susdite ville.

» Étant accompagné de monsieur Berthier, maire de
» cette commune, de monsieur le docteur Aubert, dont
» nous avons requis l'assistance, et appuyé par des agents
» de la force publique.
» Après avoir donné préalablement avis de ce crime à
» monsieur le juge d'instruction, dont, vu l'urgence, nous
» n'avons pas dû attendre le concours ;
» Nous nous sommes transporté dans la chambre qui
» avait été le théâtre du crime, où, étant arrivé, nous

» avons défendu que personne ne s'éloignât sans notre
» permission spéciale, jusqu'à ce que nous eussions terminé les opérations qui faisaient l'objet de notre trans-
» port.

» Plusieurs individus avaient envahi cette pièce. Madame Arnauld, née Vauvert, était déposée sans connaissance sur le lit ; monsieur Arnauld, placé sur un espèce
» de divan, était couvert de sang, et portait à sa poitrine
» une blessure faite par l'explosion d'une arme à feu :
» pistolet ou autre.

» Pendant que le docteur lui administrait les secours
» que réclamait le plus instamment sa position, nous
» nous sommes livré aux recherches et aux investiga-
» tions les plus scrupuleuses ; une paire de pistolets a été
» trouvée sur le tapis ; une de ces armes était encore
» chargée.

» Le médecin nous ayant déclaré, après un premier
» pansement, que monsieur Arnauld pouvait et désirait
» subir notre interrogatoire, nous l'avons interpellé sur
» la scène qui venait de s'accomplir dans cette chambre.

» Il est résulté de sa réponse que, sur l'avis que ma-
» dame Arnauld s'était retirée dans sa chambre à cou-
» cher avec monsieur Aurélien P..., il s'y était rendu
» plein d'indignation et de fureur ; qu'ayant trouvé la
» porte verrouillée, et n'ayant pu obtenir de réponse à son
» appel, il l'avait enfoncée ;
» Qu'effectivement il avait surpris son épouse et son fils
» adoptif dans un tête-à-tête criminel ; qu'enfin, ayant
» ayant voulu obtenir de cet enfant ingrat une réparation
» éclatante, celui-ci, à peine armé d'un pistolet, l'avait
» tiré sur son bienfaiteur, se dérobant ainsi aux chances
» d'un duel par un lâche assassinat.

» Le sieur Aurélien P..., sur notre sommation, a op-
» posé à cette incrimination une protestation d'innocence.
» Interrogé sur l'objet qui pouvait motiver sa présence
» dans ce lieu, il a gardé le silence.
» Interrogé également sur la cause qui avait pu le por-
» ter, lui ou madame Arnauld, à verrouiller la porte, il
» s'est renfermé dans le même système.

» Nous avons clos alors notre interrogatoire, qu'a con-
» senti à signer le prévenu.

» Or, attendu que de tous ces examens, questions et
» déclarations, il résulte :
» Primo, qu'il y a eu tentative de meurtre ;
» Secundo, que ce crime est de nature à mériter une
» peine afflictive et infamante.
» Tertio, que ledit Aurélien P... est fortement soup-
» çonné de s'en être rendu coupable ;

» Nous avons ordonné et ordonnons qu'il restera en
» état de mandat d'amener, et sera immédiatement con-
» duit devant monsieur le juge d'instruction.

» Et avons, de tout ce qui précède, dressé le présent
» procès-verbal. »

TROISIÈME PARTIE.

LA JUSTICE.

I

LA PETITE VILLE.

Un mois s'est écoulé, et les germes de malheur renfermés dans cette nuit funeste se sont tous développés et sont prêts à produire leurs fruits, fruits de honte et de mort.

Ce qui s'est passé dans la ville a été la reproduction de la scène qui a clos la fête nuptiale dans les salons de monsieur Vauvert, plus les mille incidents que lui ont donné, et la multitude des acteurs, et la nature et l'étendue du nouveau théâtre.

L'aristocratie nobiliaire, quoique honteuse d'avoir, par l'attrait du plaisir, offert la main à la classe bourgeoise, se réjouissait en son orgueil, et se vengeait par l'amertume de ses sarcasmes de la rivalité que l'or roturier avait établi un instant avec ses écussons armoriés.

La vengeance de la bourgeoisie ne s'était pas épandue en moins de fiel sur les débris de la réputation d'une femme qu'elle avait enviée, comme elle avait envié cette fortune croulante. « *Ce qui vient par flot s'en va par marée :* » cet adage du pays, adage de froide dureté, avait été commenté en cent manières, toutes injurieuses, par maints petits rentiers, et par tel négociant inepte, heureux de lancer sur les revers du colonel cet aphorisme comme une justification de leur paresse ou de leur nullité stérile.

Cette infortune n'entendait ainsi gronder autour d'elle que viles passions, là où elle eût dû ne rencontrer que sympathie et pitié ; c'étaient ceux-mêmes qui s'étaient trouvés les plus fiers d'être reçus dans les salons de l'hôtel Vauvert, ceux qui avaient vanté le plus haut le caractère et la munificence du colonel, les grâces et les talents de sa fille, qui s'exaltaient le plus vivement en accusations contre la probité du père et contre l'honneur de Marcelline.

Les hommes qui avaient le plus humblement salué cette fortune se redressaient devant ses ruines avec plus de raideur ; cette cour obséquieuse qui s'était pressée avec orgueil autour de la jeune reine qu'acclamait la société où elle entrait riche et brillante ; ces jeunes filles qui avaient trouvé les paroles les plus douces et les plus flatteuses pour lui parler, qui l'avaient caressée des regards les plus adulateurs, récriminaient contre elle avec le moins de vergogne.

Jamais circonstance n'avait donné l'essor à tant de petites passions, n'avait fait poser plus effrontément la petite ville.

Et par petite ville nous sommes loin d'entendre ces agglomérations plus ou moins nombreuses d'individus sur les points divers de nos départements, et dont la réunion forme la masse la plus industrieuse et la plus imposante du peuple français.

Le peuple est en chaque endroit ce qu'il est partout, bon, sensible, généreux, riche de vertus modestes, plein d'humbles dévouements, conservant toujours sa riche nature sous les vices des institutions et l'abrutissement des préjugés ; mais rompant au moindre mouvement ce maillot d'abrutissement et de vices, et se dressant libre et se posant tel que l'a fait le ciel.

Le peuple est comme la mer ; dans son mouvement continuel, il rejette toute corruption hors de lui, mais dans ses abîmes végètent les coraux et les madrépores, dans ses profondeurs éclosent les perles, et ces trésors, il les garde précieusement sous ses flots ; il est toujours pur ; on peut empoisonner un verre d'eau, on peut empoisonner un lac, mais corrompez la mer ! vous pourrez alors corrompre le peuple.

La petite ville est pour nous la personnification de tous les défauts d'une éducation manquée. C'est cette civilisation froide, égoïste, telle qu'elle existe dans le cercle d'une éducation incomplète, par le foissement continu, par le contact et la lutte de tous les intérêts.

Ceux qui ont longtemps habité Paris, ou l'un des autres grands foyers de la société française, sont frappés, au premier aspect des autres villes, par la petitesse de tous les objets extérieurs. Qu'est en effet la plus belle de nos rues départementales pour celui qui a circulé sous les arcades des rues de Rivoli ou de Castiglione, sur les trottoirs des rues Vivienne, Richelieu ou de la Paix, opulent bazar de toutes les industries du monde. Qu'est le plus beau cours de nos villes secondaires près de cette brillante écharpe de verdure que le boulevard des Italiens fixe autour de Paris par son agrafe d'or.

Eh bien ! comparé à cette différence matérielle, l'espace moral qui sépare la petite ville de la société parisienne est un abîme ; les places, les édifices, les rues, les maisons, vous ont semblé petites ; étudiez cette société, les maisons vous semblent des palais pour de tels êtres : mœurs, opinions, qualités, passions, vices, tout s'y amoindrit. Il faut prendre le contre-sens des mots pour arriver à ce qu'ils expriment. La société est la lutte de passions étiolées ; la famille, la lutte de mesquins intérêts. Ici règne l'égoïsme ; plus loin, l'envie ; la prospérité des autres attriste, on ne se réjouit que de leurs malheurs. Ce n'est point la convenance des caractères, des sympathies, des opinions, c'est celle des intérêts qui allie les hommes ; on s'assemble moins pour se livrer au plaisir que pour s'épier ; au jeu, l'on se dispute, l'on triche ; au bal, on se jalouse et on se noircit ; la toilette d'une danseuse jette des éblouissements à sa voisine ; les succès d'une rivale donnent à ce-lleci des vapeurs. Une ligue instinctive et multiple unit tous les individus contre chacun ; on n'est point aveugle sur les qualités des autres, on les examine pour découvrir si ces qualités ne jettent point quelque ombre, s'il n'y a point eu une paille dans le diamant ; en tout cas, une supériorité morale est un ridicule comme un avantage physique est un objet de haine ; on sait toujours interpréter le bien pour en faire découler le mal. On discute, on induit, on devine : Mademoiselle a les dents négligées, on conclut une haleine forte ; elle est colorée, donc elle a des passions vives ; elle est fraîche, donc elle a des infirmités ; elle est pâle, donc elle a des vices.

Nous sommes pourtant loin d'universaliser cette physionomie générale. Nous savons et nous proclamerions au besoin de nobles exceptions. Mais ces exceptions forment une minorité trop peu compacte pour que la critique fléchisse devant elles. Là, comme à Sodome, quelques justes ne peuvent changer la condamnation qui frappe la masse perverse.

Au milieu des insinuations perfides lancées de tous côtés sur le colonel et sa fille, sur Aurélien et le commandant, quelques voix généreuses osèrent encore opposer leur caractère et leur réputation à ces récriminations envieuses, mais aucune de ces rumeurs ne parvint à ceux qu'elle eût attristés ou consolés.

Nous allons suivre chacune de ces victimes dans la destinée qu'ouvrit pour elles cette nuit de fête et de deuil.

II

L'ANGE.

Le riche hôtel auquel la voix publique conservait le nom de maison Vauvert avait perdu à la fois son industrielle animation du matin et sa calme physionomie du soir. Son marteau s'oxydait immobile, sa porte restait muette, ses contrevents et ses jalousies constamment fermés lui donnaient l'aspect d'un logis où est descendue la mort.

Marcelline avait dit à son père, encore tout ému de l'interrogatoire subi par le jeune médecin :

— Je m'étais cru assez de force pour vous sacrifier mon amour. La présence d'Aurélien lui avait rendu une puissance qu'a pu seule dominer la voix de votre honneur ; mais je lui avais juré de n'être jamais qu'à lui. Pouvais-je sans rougir, le lendemain de ce serment, passer silencieusement au pouvoir d'un autre ? Le pouvais-je, alors surtout que mille bruits me menaçaient d'un malheur que ma voix pouvait prévenir ? J'ai voulu lui expliquer ma conduite, voilà tout mon crime.

Devant cet aveu naïf, la sévérité s'était effacée des traits du colonel, comme tous les soupçons s'étaient éloignés de son cœur.

Monsieur Vauvert s'était rendu près du lit où gisait mourant son ami devenu son gendre. Le sourire que la présence du colonel avait rappelé sur les lèvres de monsieur Arnauld s'était évanoui au nom seul de Marcelline. L'agitation nerveuse dont cet incident détermina l'accès dicta aux médecins alors assemblés l'ordre d'écarter du mourant toute cause d'émotions nouvelles. Monsieur Vauvert dut alors renoncer à l'espoir d'un rapprochement immédiat. Voulant enlever sa fille aux obsessions auxquelles devait l'exposer dans sa retraite l'incertitude de sa position vis à vis son mari, il se détermina à lui faire passer ce temps à la campagne.

Le lendemain, une chaise de poste emportait la nouvelle épouse dans une petite maison louée le jour même par monsieur Vauvert et cachée dans les terres, à trois quarts de lieue à peu près de la route de Saint-Lô.

Cette maison n'avait rien de remarquable à son extérieur que la teinte jaunâtre, assombrie par endroits, dont la colorait une abondante végétation de mousse rampante. Ces lichens, comme les lierres, qui s'étaient élancés jusqu'aux jets des cheminées, reportaient à une date éloignée la fondation de ce logis. Une avenue de vieux chênes conduisait de la route vicinale à sa principale façade ; on eût pu voir dans l'âge de ces arbres une irrécusable preuve de l'antiquité comme de la noblesse de son origine. Pour sa noblesse, elle était incontestable ; la vanité seigneuriale de ses anciens maîtres l'avaient attestée par trop d'écussons en granit, là mutilés par le temps, là cachés dans des touffes de pariétaires, là fendus par les racines de la ravenelle sauvage.

L'intérieur n'était pourtant point ce qu'aurait pu le faire croire cet extérieur désolé. L'ordre et l'état des pièces, comme ceux de leur ameublement, annonçaient un récent séjour. La cuisinière, Jacques et un vieux jardinier, formèrent avec Marcelline les habitants de cet agreste asile. Monsieur Vauvert retourna dès le lendemain à Coutances, où l'appelaient tous ses intérêts, ceux de sa fille comme ceux de son propre honneur.

Marcelline choisit pour elle une des pièces les moins spacieuses de la maison, mais dont la décoration annonçait la chambre privilégiée ; les lambris en cœur de chêne avaient reçu du temps plus que de la fumée une couleur brun foncé qui s'harmoniait merveilleusement avec les sculptures dont étaient ornés l'encadrement et le dessus des portes, comme le couronnement du trumeau et la boiserie de la cheminée. Quelques meubles du même caractère, recueillis dans les diverses pièces du logis, ornèrent bientôt cette chambre, dont l'arrivée du piano de Marcelline rendit pour elle l'ameublement complet.

La malheureuse sembla prendre une affection soudaine pour cette pièce, dans laquelle allait se renfermer sa vie.

Aucun appartement n'eût pu, il est vrai, la motiver plus justement. Les fenêtres, tournées au couchant, s'ouvraient sur une petite vallée dont les verts pâturages empruntaient au printemps un lustre de fraîcheur ; le plan le plus rapproché offrait, entre deux côteaux boisés, un jardin dont les murs disparaissaient sous les espaliers en fleurs.

Les massifs de verdure formés par ces futaies étaient alors veloutés comme le sont les premières frondaisons. Les arbres du jardin présentaient un tout autre aspect : leurs feuilles naissantes étaient tellement cachées par leurs fleurs épanouies que l'on eût dit qu'il avait neigé sur eux, si chaque souffle du vent n'en eût fait s'élever une brise de parfums. Une petite terrasse séparait ce jardin d'une longue et étroite prairie ; des rosiers du Bengale la couvraient de leurs buissons. La Roque, qui passait non loin de ce vieux manoir, semblait commencer à ces broussailles fleuries le cours qu'elle poursuivait à travers les aulnes et les osiers.

La seule visite que Marcelline reçut dans ce séjour fut celle d'une de ses compagnes d'enfance, la sœur Camille ; fille comme elle d'un officier de l'empire, la pauvre orpheline, après la mort de son père, s'était consacrée au soulagement des douleurs.

Le partage de la femme sur la terre est de consoler ou d'aimer. Elle avait choisi le lot le plus rude, elle avait épousé les douleurs des autres pour les guérir ou les calmer.

Cette détermination n'avait peut-être été plutôt que le reploiement de son âme sur elle-même.

Les premiers battements du cœur ne s'opèrent point sans une émotion de pitié ; avant de compatir à la douleur, il faut l'avoir éprouvée ; les premiers élans d'une âme religieuse ne sont point des soupirs de pénitence, les premiers vœux d'une sainte ferveur ne sont point l'abdication de ces penchants terrestres, de ces sentiments, de ces passions devant les abstractions éternelles. Il faut avoir vu tomber ses premières illusions, il faut s'être froissé, s'être déchiré à ce que l'on avait regardé comme les félicités de la vie, il faut enfin croire à l'inanité des rêves de bonheur qu'un sang jeune fait monter, comme une vapeur, du cœur dans la tête pour accomplir cette immolation. C'est lorsque, dans l'expérience que l'on a faite de la vie, on a perdu, en s'en approchant, les illusions dont l'éloignement, sous le prestige de l'imagination, avait paré les objets, que les regards quittent la terre pour se porter vers le ciel, que le cœur demande à Dieu la satisfaction de ses instincts, la réalisation de ses rêves, que l'âme enfin demande à l'éternité la solution du problème qu'elle n'a point trouvée dans la vie ; la terre n'est plus alors pour elle qu'un val de larmes, qu'un lieu d'exil, l'existence un temps d'expiation et d'épreuves, le sacrifice de son enveloppe mortelle à son âme impérissable, l'objet et la fin de son être.

Telle était peut-être la situation morale de cette jeune fille. Peut-être la mort de son père, quelque puissante qu'eût été pour elle cette perte, n'avait-elle pas été le coup le plus terrible dont eût été atteint son cœur.

Elevée près d'Aurélien, fille d'un officier sans fortune comme lui, comme lui orpheline, peut-être son cœur avait-il conçu l'espoir d'un bonheur terrestre qu'il avait vu s'évanouir avant d'avoir élevé ses aspirations de félicité vers le ciel.

Quoi qu'il en fût, la grande coiffe blanche cachait sa figure jeune et gracieuse, son cœur chaste et aimant battait sous la bure de la sœur de Charité.

Le premier instant de cette entrevue fut un embrassement dans lequel s'unirent leurs pleurs.

— Il y a bien longtemps, Camille, que je ne vous ai
vue, — dit Marcelline d'un ton de doux reproche.

— Vous étiez heureuse, — répondit la pieuse fille avec
tristesse et ingénuité. La jeune femme prit sa main
qu'elle serra sur son cœur.

— Oh ! vous pouvez venir maintenant. — Et ses larmes
ruisselèrent sur ses joues.

— Je sais tout ! mon amie. Vous souffrez, me voilà...
Je sais tout ! — Le regard de la sœur devint plus tendre
et plus consolant. — Je ne viens pas vous faire des
reproches, je viens partager vos douleurs ; d'autres ont
ri avec vous, vous êtes seule aujourd'hui, c'est à mon
tour ; vous aurez une amie avec qui pleurer.

— Camille !...

— C'est dans ces épreuves cruelles, ma sœur, qu'il faut
et de la résignation et de la foi ; c'est de là-haut, Marcelline, que descendent les pensées qui consolent. Quand
on a le cœur pur comme le vôtre, il ne faut pas craindre
de lever au ciel ses yeux mouillés.

— Oh ! vous ne m'accusez donc pas, vous ?

— Je vous l'ai dit, mon amie, je sais tout. — Et comme
Marcelline l'interrogeait du regard, elle ajouta : — J'eusse
peut-être encore laissé passer quelques jours sans venir
vous voir, si je ne devais ce soir prendre place près d'un
malade qui vous intéresse et pour qui j'ai voulu recevoir
vos recommandations. Voici ce qui est arrivé. — Sœur
Camille baissa les yeux. — Avant-hier, on me remit une
lettre d'un ami commun à nous deux, d'un ami d'enfance, de monsieur Aurélien. — La figure de Marcelline prit
une expression d'émotion et de trouble, et, à son tour,
elle écouta, les yeux tristement baissés. — Le malheureux, — poursuivit la religieuse, — songeait du fond de
sa prison que celui qui avait été pour lui un père souffrait, au milieu des soins mercenaires, sans le secours
d'une main amie, et, au nom de nos souvenirs d'enfance,
il me suppliait de faire tout pour arriver jusqu'à lui.
L'amitié que le commandant avait pour mon père a jus-
tifié mes démarches ; j'ai réussi ; c'est ce soir même que
je dois me rendre auprès de lui.

Plusieurs heures s'écoulèrent pour les deux jeunes
femmes dans une conversation où plus d'une fois se
confondirent leurs soupirs et s'unirent leurs larmes.
Camille ne quitta madame Arnauld que pour se rendre
auprès de son époux.

Le brusque changement qui avait attristé la maison
de monsieur Vauvert avait également assombri l'habitation de monsieur Arnauld, si riante entre son gai par-
terre entouré de bosquets et sa cour aux eaux jaillissantes,
si fraîche au milieu de ses pelouses et de ses bouquets
d'arbres en fleurs.

Deux fenêtres au premier annonçaient seules, par leurs
jalousies ouvertes, que cette maison était encore habitée.
Ces deux fenêtres éclairaient la chambre où se trouvait
le commandant.

La sœur Camille y avait été introduite vers sept heures
du soir. Monsieur Arnauld, dont l'état s'était d'abord
amélioré, se trouvait de nouveau dans une position alar-
mante. Cette seconde crise, que la gravité de sa blessure
pouvait rendre fatale, avait été, comme la première, la
suite d'un entretien avec le colonel Vauvert. Plusieurs
médecins et chirurgiens, réunis en consultation près de
son lit, agitaient et discutaient en ce moment les ressources qu'offrait la science pour lutter contre ces con-
vulsions de la mort.

La sœur de charité reçut les prescriptions, dont l'exécution fut exclusivement confiée à son intelligente adresse.
Un vieux domestique se mit à ses ordres.

Quelques heures après, l'agitation du malade s'était
calmée, la tension nerveuse s'était évanouie ; un sommeil
léthargique semblait avoir succédé aux spasmes de cette
crise.

La jeune sœur était restée seule, immobile et attentive
à son chevet, représentant les sentiments les plus dévoués.
Elle entourait cette couche de mort du respect d'un fils,
de la tendresse d'un époux et de toute l'effusion d'une
âme chrétienne.

La scène qui avait amené pour le commandant ce
paroxysme de souffrances ne tarda point à produire d'autres conséquences terribles. Monsieur Vauvert s'était con-
vaincu de l'impossibilité d'un rapprochement entre les
deux époux.

Leurs liens à peine formés, la fatalité les avait rompus
pour jamais. Quelle que fut sa position, il ne pouvait
conserver envers le commandant les obligations qu'il
avait contractées envers son gendre. Son parti fut arrêté
dès cet instant.

Plusieurs jours s'écoulèrent pour lui dans les travaux
d'une liquidation complète. Les affaires s'étaient rani-
mées, le crédit s'était raffermi. La comparaison de ses
charges et de ses ressources dissipa bientôt la crainte
qu'il avait conçue de ne pouvoir faire face à ses enga-
ments. Si sa fortune disparaissait presque entière dans
cette solution désastreuse, son nom du moins restait
honoré, sa réputation restait pure. C'était plus qu'il
n'avait espéré ; c'était tout ce que, dans ces circonstances
extrêmes, avait désiré son cœur.

Son vœu unique était de conserver son nom tellement
intact que toute insinuation malveillante pût glisser
dessus sans s'y attacher. Il appréciait combien il importait
à la réputation de sa fille qu'aucune incrimination,
quelque spécieuse qu'elle pût être, ne vînt compliquer la
trame de calomnies dans laquelle on voulait envelopper
et étouffer son honneur.

En effet, avec le caractère austère et irréprochable que
l'on était forcé de reconnaître au colonel, l'appui qu'il
donnait à sa fille, la défense et la protection dont il l'a
couvrait, étaient une grave et énergique protestation
contre les accusations que l'on faisait planer sur elle.

Si au contraire l'envie ou la haine eût pu attaquer à
la fois et le père et la fille dans leur honneur, ces deux
inculpations se fussent, malgré leur fausseté, prêté mu-
tuellement un caractère réel.

Ce vœu était rempli.

Il allait jeter un démenti formel à ces rumeurs de
honte qu'il entendait murmurer autour de lui. Il allait
souffleter de sa loyauté militaire cette société de jalousie
et de bassesses ; il ne forcerait peut-être aucune voix à
lui rendre hommage, mais il contraindrait à se taire celles
qui s'élèveraient pour l'accuser. C'était assez de vengeance
pour lui que de forcer tout ces semeurs de calomnies à ne
recueillir que de l'opprobre.

Cependant Aurélien voyait s'aggraver chaque jour les
traitements que faisait peser sur lui une basse vengeance.

C'avait été pour lui une vive torture que son rôle d'accusé vis à vis l'infâme qui avait tissé cette trame de douleur et de honte. L'interrogatoire de Laurent Bazire
n'avait d'abord trouvé dans le jeune prévenu que des
paroles d'étonnement ou le silence d'un froid mépris.

Pressé sans cesse par ce misérable en simarre, Aurélien
n'avait pu contenir sa colère dans une explosion d'indignation ; il lui avait craché à la face tout ce qu'il avait
de fiel sur le cœur.

C'était peut-être ce qu'attendait Bazire de ses obsessions provocatrices. Nous avons vu des exemples de
ce calcul infâme, où le magistrat, cachant sa haine et ses
passions perverses sous le voile inviolable de son ministère, est parvenu à motiver par d'odieuses provocations
les barbares traitements de sa vengeance. Bazire en avait
agi ainsi, spéculant sur l'exaltation du prévenu. Sa violence motiva, par une explosion d'indignation, la dureté
des sévices dont il fut victime ; chargé de fers, le malheureux fut jeté dans un cachot profond et humide, où il
attendit, dans l'obscurité et sur la paille, l'ouverture des
débats.

Laurent Bazire ne craignait aucun contrôle ; les hommes de Gand siégeaient dans le conseil du monarque

républicain ; son caractère et ses services lui avaient acquis des droits à la reconnaissance du pouvoir. Une ordonnance royale venait de l'élever au premier siége du parquet coutançais.

Ainsi s'accomplissait la destinée des acteurs de ce drame funeste.

III

UNE ÉCLAIRCIE.

Ces événements n'étaient encore que la menace des malheurs qui planaient sur ces deux familles ; chaque jour compliquait les incidents de ce drame sinistre, chaque jour les unissait plus étroitement en une intrigue que devait bientôt dénouer la mort.

Le machiavélisme d'un homme envenimait les traces que la fatalité avait imprimées sur ces nobles vies ; ce qu'un déplorable concours de faits avait rendu douloureux, son intervention l'avait rendu mortel, comme ces plaies qu'un contact venimeux enflamme et gangrène.

Cependant Marcelline sentait son cœur se calmer par l'expansion douloureuse où, durant les premiers jours, l'isolement l'avait jetée. Elle commençait à éprouver la tranquillité qui succède à toutes les crises de l'âme comme à toutes les souffrances du corps, comme à toutes les tourmentes de la nature ; sa douleur était devenue moins vive quoique aussi profonde, moins agitée quoique aussi intime ; son caractère ardent et fiévreux était tombé dans une sorte d'abattement et de marasme. Ceux qui partageaient sa retraite remarquaient de plus en plus dans ses ses habitudes les changements qui en dégradaient les sombres symptômes.

Elle avait passé les premières journées renfermée constamment dans sa chambre ; quelques soins d'ordre et de propreté y avaient été ses occupations uniques ; la longueur du temps s'était pourtant écoulée pour elle presque inaperçue, dans des rêves sans objet, funèbres absorptions dans lesquelles semblait s'endormir son âme.

Assise près d'une fenêtre, les yeux fixés au ciel, où un léger frais chassait les nuages blanchâtres du printemps, quelquefois aussi les regards posés sur une perspective où des coteaux endentés allaient à l'horizon noyer leurs teintes vertes dans la brume, elle s'oubliait sans émotion et sans pensées ; ni le ciel ni les frais paysages qui se reflétaient dans ses yeux ne pénétraient au delà de ses prunelles, elle les réflétait sans nulle perception intérieure, comme l'eût fait une glace.

L'aspect de cette nature n'éveillait pas plus de sentiments dans son cœur qu'elle ne jetait d'images dans son esprit. C'était une sorte de sommeil moral durant lequel les heures s'évanouissaient sans qu'elle eût conscience de leur fuite ; le corps seul était là, l'âme s'était envolée.

Les domestiques, que la reconnaissance avait remplis d'un dévouement aussi grand que leur tendresse pour leur jeune maîtresse était vive, s'alarmaient des suites que pouvait avoir cette vie retirée, lorsqu'un soir Marcelline descendit de sa chambre pour se promener sur la terrasse, dont les eaux de la Roque baignaient les murs mousseux.

La température était aussi douce que pouvait l'être celle d'une belle soirée de mai ; l'air aussi pur, la sérénité aussi profonde ; la jeune femme en reçut les impressions avec le sentiment de bien-être matériel qui fait redresser ses feuilles languissantes à l'arbuste resté sans air et sans lumière, lorsque par un premier beau jour on vient à l'exposer au soleil.

Bien qu'elle ne livrât volontairement ses sens à aucunes des douces émotions que la nature exhalait autour d'elle comme une émanation de vie, tout son corps semblait de lui-même s'imprégner de ce rayonnement de bonheur ; c'était une sensation involontaire et comme une perception matérielle et instinctive ; les aromes des plantes, les molles clartés du soleil couchant dans les vapeurs, le parfum de la végétation printanière, les vagues senteurs des bois et des prairies, tout cela s'était réuni pour elle dans une douce influence qui avait alangui son exaltation fiévreuse, qui avait ralenti et calmé son sang.

Lorsque le tomber du serein la fit rentrer au logis, sa tête était moins lourde et moins brûlante ; sa poitrine, qu'avaient échauffée les veilles et ulcérée la douleur, était elle-même beaucoup moins fréquemment agitée par la petite toux âpre et sèche qui sans cesse auparavant la déchirait, et cette amélioration dans son état matériel se révélait en elle par un sentiment de bien-être qui communiquait quelque sérénité à son esprit.

Ses promenades devinrent dès lors plus fréquentes. Son temps s'écoula moins sombre et plus occupé. Les suaves et tristes mélodies qui s'élevèrent par intervalles de son piano annoncèrent à la maison ces changements heureux. Plus tard même elle accompagna de sa voix les notes plaintives que ses doigts tiraient du clavier.

Son père, que le soir ramenait fréquemment auprès d'elle, avait remarqué avec bonheur, mais non sans crainte, la révolution qui s'opérait dans le cœur de Marcelline ; il redoutait après cette intermittence un ressaisissement de douleur plus terrible.

Il n'osait détruire ce calme inespéré en associant sa fille aux douleurs dont chaque jour, depuis quelque temps, brisait ses sentiments paternels. Il savait pourtant que son silence la trompait. En effet, ce qui avait exalté les angoisses de la malheureuse enfant, c'était la crainte des suites qui pouvaient sortir de son premier malheur.

Le temps s'était écoulé sans qu'aucun bruit alarmant eût retenti jusqu'à elle ; elle n'avait osé interroger personne ; personne ne lui avait parlé des faits qui pouvaient la rejeter, elle si pure, aux regards du public et aux outrages du monde.

Les espoirs que lui avait donnés la sœur Camille avaient dissipé l'inquiétude dont n'avait cessé de l'agiter la position d'Aurélien ; ses craintes s'étaient d'abord affaiblies, ensuite presque dissipées ; son esprit avait tout interprété pour rassurer son cœur. Monsieur Arnauld, avait-elle pensé, bon et généreux comme le lui révélait le passé, n'avait pu rester sans pitié sur son lit de souffrance ; elle s'était rappelée les résolutions d'Aurélien, les dangers et les travaux de la carrière qu'avait dû lui ouvrir sa profession et sa croix. Insensiblement la blessure de son amour et le souvenir de la nuit fatale ne s'étaient plus présentés dans ses pensées que comme le réveil de l'un de ces rêves affreux dont l'impression glace et navre encore.

Le colonel avait enfin éprouvé une émotion douce dans la succession de craintes et de peines où l'avait jeté l'amour de Marcelline.

Le sol européen, ébranlé par la révolution de 1830 et par le prolongement de cette grande secousse, se raffermissait chaque jour ; l'espoir du maintien de la paix rendait peu à peu la vie au commerce, l'activité à l'industrie et la confiance aux capitaux.

La situation de monsieur Vauvert en avait éprouvé le contre-coup heureux : la liquidation de ses opérations les plus difficultueuses lui avait donné la certitude que sa catastrophe financière n'avait compromis d'autres intérêts que les siens. Si sa fortune s'engloutissait dans le renversement de sa maison, son honneur, loin d'être atteint par ce désastre, n'apparaissait que plus grand et plus pur sur ces débris.

Il avait voulu donner cette nouvelle à sa fille comme une consolation de la dureté de son mari ; cette pensée, qui avait hâté son arrivée, le conduisit à l'appartement de Marcelline.

La jeune femme était assise devant son piano, dont les

accords soutenaient sa voix. Monsieur Vauvert ouvrit la porte sans troubler l'inspiration sous laquelle chantait la jeune musicienne. Marcelline n'avait une voix remarquable ni par son étendue ni par sa force ; elle était au contraire d'une faiblesse égale à sa suavité et sa douceur ; cependant, quand cette jeune femme venait à chanter quelques motifs qui par leur caractère tendre s'associaient au timbre de sa voix, elle trouvait une puissance d'expression qui surprenait dans les accents d'un si faible organe. Son émotion passa dans le cœur du vieux militaire avec toute la puissance qu'elle avait dans l'âme de son enfant. Il s'arrêta immobile.

Marcelline était devant lui, une feuille de musique sous les yeux ; c'était une romance bien connue d'elle sans doute, car ses regards la quittaient fréquemment pour se porter vers le ciel, sans que ses doigts cessassent de faire vibrer les touches et d'accompagner son chant ; son père ne la voyait pas, il l'écoutait.

Les doigts de la musicienne, courant sur le clavier d'ivoire, en tiraient un large et savant accompagnement de basses sur lequel se détachaient plus douces et plus suaves les notes qui coulaient de ses lèvres.

C'était un motif dans lequel sa voix s'épanouissait sans effort. Il y avait quelque chose de triste et de fatal dans cette flottante mélodie à laquelle des inflexions chromatiques donnaient parfois un saisissement étrange. La douleur et le deuil s'exhalaient du cœur brisé de cette enfant, comme d'une feuille de citronnelle, lorsque les doigts l'écrasent, s'exhalent plus riches les parfums.

La verve de l'exécution la maîtrisait plus complétement à chaque instant ; l'émotion que la musique communiquait à son âme débordait dans sa voix en une puissance mélodique que chaque note produisait avec une plus vibrante suavité sur les basses régulières où roulaient comme une houle d'harmonie les accords ondoyants du piano. C'était quelque chose de mélancolique, de suavement triste, d'aérien, de fluide ; c'était la plainte du goëland, au milieu du bruit des vagues battant les pieds de nos falaises.

Et les yeux et les joues de la jeune fille étaient baignés de larmes, comme ceux de son père, que sa voix et ses doigts chantaient toujours.

Ce n'était plus le papier ouvert sous ses yeux dont elle reproduisait le texte, c'était son âme tout entière, son amour sans espoir, sa douleur sans consolation, son bonheur évanoui, ses espoirs funèbres, qu'elle épandait dans son chant.

Telles étaient les paroles qui servaient de motif à cette improvisation ardente, canevas grossier d'une merveilleuse broderie, paroles simples comme la jeune religieuse à laquelle elles étaient adressées.

Tu dis vrai, la nature est belle...
Bien belle !... J'aime ces bois verts,
Ces prés sous une herbe nouvelle,
De pâquerettes tout couverts ;
Tu dis vrai, la nature est belle !

Mais c'est drôle ; au soleil j'ai froid...
Au soleil de juin !... En automne
Passe encor ! Cherchons un endroit
Plus au midi, car je frissonne ;
Que c'est drôle !... au soleil j'ai froid !

O ma sœur ! que la mort est dure
Quand se ranime l'univers !
Vois... tout est fleur dans la nature !
Sens... tout est parfum dans les airs !
Est-ce pas que la mort est dure ?

Pour d'autres les beaux jours ! Je meurs !
Le ciel est bleu, le lilas pousse,
Le bouvreuil, dans l'épine en fleurs,
Joyeux, bâtit son nid de mousse ;
Il aime, on l'aime ; et moi,... je meurs !

Ne pleure pas, ma sœur ; tes larmes
Tombent brûlantes sur mon cœur,
Tu sais si la vie a des charmes
Pour moi ; dans un monde meilleur
Je vais dormir... sèche tes larmes.

Non, je ne crains pas de mourir !
J'ai vu se dessécher la terre ;
J'ai vu le ruisseau se tarir ;
J'ai séché comme la bruyère ;
Non, je ne crains pas de mourir !

Dis... joindras-tu dans ta prière
Son nom à mon nom ?... Hélas ! oui,
Je l'aime encore !... Sur ma poussière
Bientôt le soleil aura lui :
Joins nos deux noms dans ta prière !

Lorsque Marcelline se leva épuisée par le transport de cette musique, surprise de se trouver face à face avec son père, elle poussa un cri en se jetant dans ses bras.

Cette scène, par les rapports dans lesquels elle avait mis la jeune femme et son père, les avait préparés à l'entretien qui devait avoir lieu entre eux.

Un instant après, le colonel, assis avec sa fille devant une des fenêtres de cette pièce, au lieu de répondre à ses questions sur son retour imprévu, lui dit d'un ton à la fois triste et solennel :

— Marcelline ! s'il ne te restait plus d'autre bien au monde que l'amour de ton père ? si notre fortune était anéantie ; si ton mari était mort pour toi ; si enfin tu n'avais plus que mon sein où verser des pleurs et ma voix pour te consoler... ?

Et le colonel resta les regards fixés sur sa fille, qui, les yeux pleins de larmes, ne lui répondit que par une exclamation de tendresse en lui jetant ses bras au cou.

— Mon père !...

— Eh bien ! — reprit celui-ci après cet embrassement, — cela est : je n'ai sauvé de notre fortune que notre honneur ; l'homme qui s'était placé entre nous se retire ; celui à qui je t'avais donnée te rend à moi. Nous ne nous quitterons plus, ma fille ! car ce monde où tu entrais fêtée maintenant te repousse ; c'est près de ton père qu'est ta place. Tu n'ambitionnais, disais-tu, qu'un bonheur, celui de vivre auprès de lui ; c'était ton vœu unique, maintenant c'est ton devoir. O ma fille ! pourra-t-il te prodiguer assez d'amour pour que tu lui pardonnes.

— Comment !...

Le vague sourire que la voix consolante de son père avait appelé sur ses lèvres s'était effacé, et ses traits avaient pris une expression de tendre reproche.

— Oui, Marcelline, je le sens maintenant, j'ai eu tort ; quoi qu'il dût advenir, je ne devais pas payer de ton bonheur...

— Mon père... que dites-vous ?... auprès de vous puis-je être malheureuse ?... les travaux que vous aviez entrepris pour moi seule sont retombés sur nous. Que voulez-vous... vos projets pour moi étaient des projets d'amour ; Dieu en fait sortir l'infortune ; qu'y faire ? nous résigner... ? Pourquoi se rendre plus malheureux par ses propres reproches ?

IV

UNE ÉGLOGUE.

Ainsi la vie nouvelle de Marcelline avait eu la durée d'un songe ; rapide et brillante comme l'éclair, elle s'était évanouie, comme lui, en un coup de foudre.

Elle se trouvait brusquement reportée dans l'existence calme et pure qui avait été celle de sa jeunesse. Cette vie dont les loisirs tranquilles étendaient tant de sénérité sur son passé allait-elle donc succéder aux agitations de l'esprit, aux serrements de cœur qui depuis quelques mois s'étaient abattus sur elle ? Que pouvait-elle regretter de ce monde qu'elle n'avait entrevu qu'à travers les larmes de ses yeux, dont elle n'avait connu les plaisirs qu'à travers les premières angoisses de son âme ; son éclat l'avait moins frappée que les mille petites passions qu'elle avait vues avec mépris et pitié s'agiter autour d'elle ; elle détournait donc sans regret les lèvres de ce calice dont les premières gouttes avaient eu pour elle tant d'amertume.

Parfois pourtant, dans ses promenades ou dans ses rêveries, elle sentait avec tristesse et effroi que ce passé ne s'était pas évanoui sans avoir laissé dans son âme des traces saignantes ; douces blessures aux tendres douleurs desquelles elle ne pouvait même se livrer sans crime.

L'aspect de cette nature féconde et luxuriante réveillait en elle des souvenirs de tendresse que ne pouvait toujours repousser son cœur. C'était de ces émotions indéfinissables dont on ne reconnaît les perceptions que lorsqu'elles s'envolent, de ces vagues pensées, idées à peine écloses, où se reflète involontairement l'image des objets extérieurs ; des rêveries qui berçaient son âme comme l'air tiède balançait sous son souffle les jets légers des tilleuls, ou les pyramides élancées des peupliers d'Italie ; de ces rêveries fugitives qui émanent d'un cœur jeune comme des parfums déliés se détachent d'une plate-bande d'hyacinthes, activité morale qui dans l'atmosphère du printemps semble éclore dans l'âme humaine comme la sève dans l'organisme des arbres et des plantes.

La jeune femme luttait contre ces souvenirs et ces impressions avec toute la puissance de sa volonté ; si l'image d'Aurélien venait à se produire malgré les devoirs dont, à la pensée de son amour, le respect rigide la glaçait, elle s'efforçait de la repousser avec remords. Elle voulait oublier tout son passé, ne conserver dans son cœur, de toutes ses affections, que celles qui pouvaient y régner sans le souiller.

Plusieurs jours s'écoulèrent ainsi sans qu'elle songeât à l'orage qui devait troubler cette paix. Tous ceux qui habitaient avec elle l'antique logis étaient heureux de la voir incessamment plus communicative. Jamais ses promenades n'avaient été si fréquentes qu'elles le devenaient dans cette retraite. Elle passait des heures entières dans le jardin, à lire sous un berceau que des rosiers multiflores, les jasmins et des chèvrefeuilles formaient à l'une des extrémités de la terrasse, ou bien à causer avec le jardinier.

Le bon vieillard se trouvait heureux et fier de déployer à sa jeune maîtresse toute son érudition floréale.

Un jour il lui faisait admirer ses variétés d'oreilles d'ours, disposées sur des gradins aux rayons du soleil levant ; un autre fois il lui apprenait à greffer en les rapprochant les branches de deux arbustes, ou à placer des écussons ; le jour même où le repos de sa vie d'oubli devait s'évanouir dans des douleurs nouvelles, c'était une rare et nombreuse collection d'anémones, la richesse végétale la plus précieuse qu'il eût trouvée dans ce jardin, dont il lui faisait d'un ton enthousiaste remarquer la magnificence, il fallait qu'elle subît l'examen de toutes les plus belles fleurs.

— Voyez cette Olinde, comme son manteau violet clair est élégamment bordé de blanc ; sa peluche d'un pourpre-foncé ne donne-t-elle pas plus d'effet encore à ces couleurs légères ? Peut-on voir une anémone plus volumineuse et mieux formée que cette Asthérie ? Et cette Brigide !... comme son beau rose est jaspé de blanc ! Le mérite de cette fleur n'est point seulement sa peluche si bien béquillonnée ; le lustre qui glace ses teintes est aussi durable que brillant.

Et le bon jardinier en faisait admirer vingt autres : celle-ci pour la droiture de sa tige, celle-là pour la frisure de sa fane, cette autre pour la couronne radiée qui formait son cordon, toutes pour l'éclat de leurs couleurs. Lorsque

le domestique vint l'arracher à l'inspection de ces légions brillantes, monsieur Vauvert était de retour.

Qui pouvait l'amener à cette heure, lui que le soir seul voyait habituellement arriver au logis ? Marcelline se hâta d'aller le rejoindre ; cette annonce l'avait glacée de pressentiments sinistres.

Les craintes légères que lui avait inspirées depuis la veille la longueur de l'absence de son père vinrent donner plus de saisissement à ses funestes appréhensions. Elle se rappela que jusqu'à ce jour l'éloignement prolongé de son père avait toujours été suivi de chagrins. Etait-il le présage de douleurs nouvelles ?

Le colonel était dans la chambre de Marcelline ; épuisé de fatigue, il s'était jeté dans un fauteuil. Son air d'abattement, plus encore que sa pâleur légèrement safranée, révélait ce qu'il avait souffert. Les deux mois qui venaient de s'écouler avaient plus changé ses traits que ne l'eussent fait deux campagnes.

Marcelline se sentit frissonner.

— Qu'avez-vous, mon père ? — dit-elle en se précipitant vers lui.

Il se leva, et après l'avoir baisée au front :

— Assieds-toi, ma fille.

Il l'attira doucement sur une méridienne, espèce de meuble tenant à la fois de la causeuse et du divan.

Dès que la jeune femme eut pris place auprès de lui :

— Qu'y a-t-il donc ?

— Si j'ai tardé cette fois-ci à venir te voir, c'est que j'avais une mauvaise nouvelle à t'apprendre. — Marcelline pâlit. — Je voulais te l'épargner, je ne l'ai pu. — Il s'arrêta un moment avant de reprendre d'un accent brisé : — Le cœur de ton mari est pour moi un mystère. Aurélien est accusé d'assassinat et c'est lui qui le sait innocent, lui son père, qui l'accuse !

— O mon Dieu !

Marcelline, en prononçant ces mots d'une voix déchirante, leva ses regards vers le ciel et laissa tomber ensuite sa tête sur sa poitrine avec un sanglot.

— C'est à s'y perdre ! mais, ma fille, il te faut de la force, il faut du calme. Ce n'est point de pleurer comme un enfant, de sangloter comme une femme qu'il s'agit maintenant. Il y va de notre bonheur, il y va de sa vie, de la vie d'Aurélien !...

La pauvre enfant, tremblante et hors d'elle-même, semblait ne point comprendre cet effrayant retour de l'infortune dont elle se croyait sortie, et dont elle eût voulu étouffer le souvenir.

— Tu dois paraître dans l'instruction.

— Moi !

— On demande ton témoignage ; j'ai fait tout ce qu'il m'a été possible pour te soustraire à ce malheur, je ne l'ai pu. Monsieur Bazire m'a vainement secondé lui-même ; ta présence est nécessaire, il me l'a déclaré hier. Tu es assignée pour paraître demain à neuf heures à son parquet.

L'hypocrisie de cet indigne magistrat avait environné son rôle dans cette déplorable affaire d'un voile si épais, que le colonel, loin de soupçonner la part qu'il y avait prise, ne voyait dans l'intérêt qu'il apportait à l'instruction qu'une preuve de son dévouement et de son amitié.

L'intervention de cet homme dans les débats fut au contraire pour Marcelline une révélation de leur issue sinistre.

Pourquoi la faisait-il paraître dans ce triste procès ? Lui fallait-il plusieurs victimes ? le coup dont sa vengeance menaçait Aurélien devrait-il aussi retomber sur elle ?

V

LE TENTATEUR.

Des qualités du fonctionnaire public, Laurent Bazire en possédait incontestablement une : c'était l'exactitude. L'activité de sa vie magistrale avait la régularité d'une pendule ; sa présence au parquet eût pu, comme les mouvements du balancier d'une machine à vapeur, se traduire d'avance en chiffres.

Une foule de personnes encombrait déjà son étroite antichambre, lorsque sur les dix heures du matin, Marcelline y parut appuyée sur le bras de son père.

Le colonel, en longue redingote boutonnée, avait la mise sévère que lui avaient fait adopter les goûts de sa première profession. La jeune femme portait au contraire une toilette qui n'était pas dans ses habitudes antérieures : une capote de gros de Naples bleu foncé laissait tomber sur sa figure un long voile noir, un long châle l'enveloppait si complétement que l'on ne pouvait apercevoir que la partie inférieure de sa robe.

Ce changement n'était pas le seul qui eût pu faire remarquer en elle celui de sa fortune ; quelques éclaboussures de boue sur la peau de chèvre de ses brodequins eussent révélé qu'un équipage ne l'avait point déposée sur le seuil extérieur.

Sa présence était sans doute attendue, car à peine fut-elle entrée dans le vestibule infect, ou tout semblait crime et vice autour d'elle, qu'un agent de service appela son nom.

Elle ressentit un instant de vertige en entendant ce nom prononcé hautement dans un tel lieu et par une telle voix ; elle s'avança, guidée par son père, vers la porte d'où s'était élevé le cri.

— Madame Arnauld seule… — reprit le même homme, quand le colonel se présenta avec sa fille.

Marcelline et son père échangèrent un regard d'inquiétude et de surprise.

— Entre donc, mon enfant, — lui dit-il aussitôt. La première impression qu'eût excitée en lui cette formalité inattendue était tombée devant la pensée que telles étaient sans doute les prescriptions de la loi. Quelques paroles de Marcelline l'avaient pourtant déjà éclairé : il commençait à soupçonner tout ce qu'il y avait de sentiments honteux dans l'âme du procureur royal, et ce soupçon, vague encore, l'avait empêché de solliciter une marque de déférence qui n'était pas dans les usages. Aussi, lorsque l'agent, après avoir fermé sur les pas de Marcelline la porte de la pièce où il l'avait introduite, dit à monsieur Vauvert qu'il était chargé de le conduire dans une salle d'attente plus convenable, celui-ci répondit : — Merci, monsieur, je ne veux pas de faveur ; j'attendrai ici.

Et le colonel resta debout à la place même où l'avait quitté sa fille, au milieu de la multitude qui se pressait sous la surveillance d'un commissaire de police, ou sous la garde d'un guichetier et de deux gendarmes.

Marcelline, toujours voilée, se trouvait en présence du procureur du roi. L'accueil froid et sévère de ce dernier l'avait rassurée, car ce qu'elle redoutait ce n'était pas le magistrat devant lequel elle allait comparaître, c'était l'homme dont elle connaissait l'amour brutal et la bassesse de sentiments.

Il lui avait offert une chaise, sur laquelle elle s'était assise ; lui avait pris place dans un fauteuil de noyer à cuir vert.

— Je ne vous dissimulerai point, madame, que la position dans laquelle vous vous trouvez placée soit très-grave. Je crains, ayant aussi long-temps ajourné votre audition, d'avoir fait céder la rigidité de mes devoirs à des considérations que j'eusse dû laisser tomber en oubli. — Il fit une pause sans que Marcelline pût prononcer une parole, il poursuivit : — Il a fallu toute la conviction de votre innocence, que me donnaient et votre réputation et la connaissance personnelle que j'avais de vos sentiments, pour que je ne vous fisse paraître que comme témoin dans cette déplorable affaire.

— Monsieur !… — dit en se redressant vivement la jeune femme offensée, mais plus effrayée encore de l'idée que l'accusation eût pu s'étendre sur elle.

Le procureur du roi continua avec le même ton de froide sévérité :

— Les apparences ne s'élevaient-elles point toutes contre vous ?

— Contre moi ?

— Quel a été le théâtre du crime ? quel motif a pu y appeler le meurtrier ? qui a pu l'y conduire ?

Ces questions, prononcées avec lenteur, furent posées avec une accentuation qui communiquait une nouvelle instance à ce qu'elles avaient de positif et de menaçant.

— O mon Dieu ! — murmura d'une voix étouffée Marcelline, en laissant tomber sa tête sur sa poitrine.

Laurent Bazire, après lui avoir adressé quelques nouvelles questions, d'une voix d'abord sévère, puis insensiblement plus tendre, la voyant émue et effrayée, se leva et s'approcha d'elle.

— Mais, madame, soyez sans crainte. Si j'ai déjà fait fléchir mes devoirs, ce n'est point pour vous perdre maintenant : une seule pensée m'a toujours dominé dans cette instruction pénible, celle de ne point vous compromettre. — Et comme à travers son voile elle porta sur lui des regards étonnés, il ajouta avec bienveillance et tristesse : — Oui, madame, c'est ainsi que je me suis vengé. Vous m'avez toujours accueilli avec froideur, vous m'avez traité avec dédain, vous m'avez repoussé avec outrage ; maintenant que les accusations du monde et de la loi vous poursuivent dans votre malheur, c'est moi qui veux protéger et sauver votre honneur.

— Monsieur !

— Croyez-vous à mon amour maintenant ? — Et après une pause : — Il est vif et profond, madame ; mais avant de vous sacrifier complétement et ma conscience, et mes devoirs, et ma place peut-être, j'ai voulu obtenir de vous une assurance. Je puis détruire tout ce qui vous accuse, lettres, enquêtes, tout ; je puis ouvrir les portes du cachot fermées sur Aurélien ; je puis étouffer la voix de votre époux, répondre au monde qui vous accuse par un renvoi qui vous justifie. Enfin, votre réputation détruite je puis la relever pure… — Sa voix perdit alors de l'élan que lui avait donné la passion, et redevint froide et presque menaçante : — Mais après ces sacrifices, puis-je compter sur votre amour.

Marcelline se leva devant l'homme de la loi, qui ne put sans baisser les regards supporter celui qu'elle lui jeta à travers son voile.

— Monsieur, m'avez-vous fait appeler pour m'insulter. J'ai subi vos questions et vos réquisitoires ; grâce de vos injures. Ceux que vous accusez avec tant de conscience n'attendent leur justification que de leur juge. Je vous demande la permission de me retirer.

— Vous êtes libre, — reprit-il, rouge de confusion et de colère. A peine Marcelline eut-elle refermé la porte, que la figure de Laurent, contractée de rage, perdit son inflammation dans une teinte cadavéreuse. — Encore ! — Levant avec menace les yeux au ciel, il ajouta après un instant de silence. — Oh ! tout n'est pas fini !

Et, après s'être promené un instant dans la pièce, le front soucieux, le ton dur, il reprit le cours de ses travaux.

VI

UNE SÉANCE DE COUR D'ASSISES.

L'agitation qui, le 3 juin 1834, avivait la petite ville de Coutances, habituellement si calme, annonçait qu'elle devait être ce jour-là le théâtre d'un événement marquant; les diverses classes de la population, et parmi toutes la turbulente race des écoliers, étaient dans un comble émoi.

Vers huit heures du matin, l'aigre cloche tintait vainement dans le belvédère du collége, les classes restaient désertes, comme, ce jour devaient l'être les boutiques et les ateliers; bourgeois, artisans, écoliers, tous se portaient dès neuf heures vers la partie septentrionale du boulevart.

La cour d'assises devait voir se continuer le drame dont nous avons suivi les développements. Une longue salle voûtée, ancienne écurie du palais épiscopal, avait servi, durant la Restauration, d'asile à la justice nationale. De tous les domaines ecclésiastiques et royaux envahis par le flot populaire, cet édifice était un des rares bâtiments qu'il eût conservé.

De toutes les libertés que la France républicaine avait conquises, le jury était également l'une des rares prérogatives que ne lui eût pas ravi l'Empire et la Restauration, cette contre-révolution en deux actes, tyrannique d'abord, mais glorieuse, puis oppressive et bigote ; ce débris de liberté siégeait ainsi en 1830 sur cette dernière conquête.

Juillet vint ; à ce magnifique triomphe du peuple, les conseillers municipaux coutançais se souvinrent qu'un bâtiment spacieux, ancien cloître, resté sans destination faute de moinaillons, étalait près du boulevard ses murs délabrés aux caprices des saisons, et ses fenêtres sans croisées au souffle de la bise. Des fonds furent votés d'enthousiasme pour donner à la Thémis du peuple un digne sanctuaire.

C'est dans ce nouveau palais que s'agitèrent les débats dont nous allons reproduire ici la dernière partie.

Vers une heure de l'après-midi, l'audition des témoins touchait à sa fin ; la salle était encombrée d'une foule silencieuse et attentive. Le peuple, debout, suivait avec intérêt et anxiété la physionomie que la déposition de chaque témoin imprimait à cette affaire, qui, malgré sa mystérieuse obscurité, portait toutes ses préventions sympathiques sur le prévenu.

Dans les tribunes, sur les premières banquettes, la bourgeoisie coutançaise, représentée par ses femmes les plus jolies et les plus riches, semblait beaucoup moins favorablement disposée pour l'accusé. De jeunes dames nobles et de vieilles mais de non moins nobles douairières, placées par privilége dans des fauteuils derrière la cour, dissimulaient mieux leurs sentiments et lui donnaient l'exemple de la décence.

Aurélien, en habit noir, et dont les cheveux faisaient ressortir par leur couleur foncée la pâleur des traits, écoutait avec abattement toutes les dépositions qui venaient confirmer les diverses parties de l'acte d'accusation, et appuyer ainsi les inductions capitales qu'on en avait tirées contre lui.

L'introduction du dernier témoin donna, vers deux heures, une physionomie plus animée à l'audience ; une agitation extrême éclata parmi tous les spectateurs, et surtout dans les tribunes, où chacun s'avança, se dressa, se leva pour voir la jeune femme vers laquelle la curiosité portait l'attention universelle.

C'était Marcelline.

Madame Arnauld s'était préparée par la prière à cette scène terrible ; elle avait compris la gravité de son témoi-gnage auprès de la justice pour sauver le malheureux jeune homme contre lequel tout élevait une voix de mort. C'était au ciel qu'elle avait demandé la force qu'elle craignait de ne pas trouver dans son âme ; une voix secrète lui dit en ce moment que le ciel l'avait entendue.

Elle descendit d'un pas lent, mais sûr, les gradins qui conduisaient au fauteuil placé devant la cour et le jury.

Malgré le voile et le cachemire qui l'enveloppaient tout entière, il y avait dans sa démarche une grâce inexprimable. Le léger abandon qui se trahissait dans ses draperies révélait toute la séduction qu'avait conservé dans son douloureux épuisement le corps de cette belle personne. La molle fluctuation de chaque pli attribuait aux yeux de tous un charme indicible à chacun de ses plus légers mouvements.

Elle s'assit dans le fauteuil, et, après avoir, sur l'observation du président de la cour, relevé le tulle noir de son voile sur la passe de sa capote, elle déganta sa blanche main et prêta le serment légal.

— Dites ce que vous savez.

— Ce que je sais, monsieur, ce que je vous affirme du fond de ma conscience, c'est que monsieur Aurélien est innocent.

Un murmure d'assentiment bruit dans la foule ; dans les tribunes des sourires ironiques contractèrent méchamment les lèvres de plusieurs jeunes femmes.

— Ce n'est point une assertion que je vous demande, madame, c'est l'exposition des faits connus de vous.

Marcelline éprouva un instant d'indécision ou d'embarras, puis dit :

— J'aurai besoin, messieurs, de faire précéder ma déposition de quelques mots sur les relations qui ont joint ma famille à celle de monsieur Arnauld, pour que vous puissiez plus complétement la comprendre. Des analogies de position qui avaient uni nos parents rapprochèrent nos enfances, comme elles rapprochèrent ensuite nos caractères et nos goûts. Nos premiers jeux furent les mêmes, plus tard nous partageâmes encore les mêmes plaisirs. Vous comprendrez, messieurs, que ces circonstances purent nous faire croire que nos pères nous destinaient à être dans l'avenir plus intimement unis; nous le crûmes aussi ; cependant la position commerciale de mon père le força d'accepter de monsieur Arnauld d'autres projets ; je combattis ses résolutions, mais je n'osai d'abord résister à ses ordres ; il fallut l'arrivée de monsieur Aurélien, la veille de mon mariage, et l'entrevue dans laquelle nous laissèrent seuls, ce jour même, mon père et monsieur Arnauld, pour changer mes résolutions. Monsieur Aurélien voulait renoncer à moi, mais sa présence m'avait donné une énergie que je ne croyais pas dans mon âme ; je lui jurai de ne point être à un autre qu'à lui, et le soir même je le déclarai à mon père. Mais mon mariage était devenu nécessaire; ce n'étaient point des préjugés ou des prédilections de mon père qui créaient cette nécessité, c'était son nom commercial, son honneur, que, malgré la supériorité de sa fortune à ses obligations, pouvait seule en ce moment sauver la dot que me constituait mon mari ; je ne pus préférer mon bonheur à la réputation de mon père, je me sacrifiai. Pouvais-je passer entre les bras d'un autre sans expliquer ma conduite à celui auquel m'arrachait la fatalité ; cette explication, je ne pus l'avoir que durant le bal ; dans ma chambre eut lieu cette entrevue ; c'est là, messieurs les jurés, que, me déliant de mes promesses, monsieur Aurélien confiait à mon dévouement le bonheur de celui qui avait été son père et qui était mon époux ; lorsque monsieur Arnauld, guidé par quelque avis perfide, poussé par quelque main ennemie, vint se jeter dans cet adieu. Ici, messieurs, s'arrêtent mes souvenirs.

— Voulez-vous me permettre, monsieur le président, — dit l'un des jurés, — d'adresser une question au témoin.

— Faites.

— Croyez-vous, madame, que monsieur Aurélien, lors

de votre entrevue, portât sur lui des armes? celle-ci, par exemple :

— Il ne pouvait en avoir, monsieur, et surtout ces longs pistolets que vous m'indiquez : il sortait comme moi de la salle de bal.

— Je demanderai, —reprit un second juré,—s'il est constant à qui appartiennent les instruments du crime.

— Ces pistolets, comme une plaque d'argent le constate, sont des armes d'honneur décernées au commandant Arnauld.

— Cette remarque n'est point sans importance, — ajouta un troisième juré, dont l'observation se perdit dans un murmure favorable au prévenu.

Le procureur du roi n'avait pas suivi sans anxiété le nouveau caractère que, au milieu des ténèbres où flottait l'opinion publique dans cette affaire, la déposition de madame Arnauld et les remarques du jury avaient imprimé aux débats ; le message dont il chargea un agent eût pu faire redouter, à ceux qui eussent connu les rapports du magistrat et de monsieur Arnauld depuis la nuit du meurtre, l'incident qui suivit le retour du commissionnaire.

Le président venait de donner la parole au procureur du roi.

— Monsieur le président, je demande une courte suspension d'audience ; la victime même de la tentative de meurtre, monsieur Arnauld, se fait transporter devant le tribunal ; la cour ne voudra sans doute point se priver des lumières qu'une semblable déposition jettera infailliblement sur les faits.

Aurélien se leva à ces mots, son œil, abattu jusqu'à cet instant, brilla d'un rayon d'espérance.

— S'il en est ainsi, monsieur le président, je sollicite de vous un acte de justice : je n'ai point été confronté une seule fois avec celui qui m'accuse. Si je ne puis obtenir seul un instant d'entretien avec lui, je demande qu'on me l'accorde en votre présence ou en celle de monsieur le procureur du roi, avant l'audition publique.

La cour fait droit à ces demandes. L'audience est suspendue.

VII

UNE VENGEANCE.

Les paroles du président furent suivies d'un sourd murmure, dont le bruissement croissant éclata dans toute sa force après la retraite de la cour et du jury.

L'agitation devint alors universelle, la foule s'agita, les groupes se mêlèrent comme les voix ; chacun réunissait au gré de ses passions ou de ses sympathies les divers incidents des débats ; on discutait avec chaleur pour ses opinions.

Le témoignage de madame Arnauld était surtout chargé de commentaires, quoique les interprétations de sa déposition s'égarassent dans moins de divergences. Rien n'avait échappé dans sa mise, dans son maintien, dans ses paroles ; les opinions les plus envieusement hostiles semblaient avoir perdu quelque chose de l'aigreur de leurs sentiments haineux depuis l'apparition de cette jeune femme. Sa tenue digne et modeste, sa voix douce et émouvante, son accent entraînant, posaient et résonnaient encore dans tous les souvenirs.

Bien des yeux la cherchaient au banc des témoins, où ils ne rencontraient que le visage pâle de son père ; vaincue par l'effort que cette comparution avait excité en elle, Marcelline avait demandé et obtenu la permission de s'éloigner du palais.

Ce qu'elle avait pu faire pour Aurélien devant les hom-

mes, elle s'en était acquittée aussi complétement que cela avait été dans ses forces.

Quelle qu'eût été la violence qu'avait souffert cette âme candide, elle avait ouvert aux yeux de tous sa conscience ; elle avait cherché la justification de son amant dans les plis les plus inviolables de son cœur. Il ne lui restait plus qu'à prier celui qui tient dans ses mains le cœur des hommes d'éclairer la conscience des juges et d'y faire descendre la vérité. C'était vers lui seul que pouvaient s'élever dignes et efficaces ses prières, c'était devant lui qu'elle était allée se prosterner.

Tandis que les noms d'Aurélien et de Marcelline se trouvaient ballottés dans la salle d'audience entre les inspirations de la bienveillance et les argumentations de la de haine, le jeune homme comparaissait, dans une pièce voisine, devant l'homme qui longtemps avait eu pour lui les sentiments d'un père.

Celui dont le regard eût en ce moment pénétré dans cette chambre n'eût pu contempler sans terreur le tableau qu'elle encadrait dans ses murailles froides et nues.

Le commandant, brisé par les douleurs d'une blessure presque sans espoir, était à demi couché dans un long fauteuil qui avait servi à le transporter dans ce lieu ; sa figure pâle et décharnée, ses cheveux tombés ou devenus blancs, dont un bonnet de soie noire laissait apercevoir quelques faibles mèches, son affaissement, tout eût annoncé en lui l'épuisement de la mort, si le rayon ardent qui s'échappait de ses yeux caves n'eût révélé toute la passion qui brûlait encore cette organisation mourante.

Ses regards étaient arrêtés sur Aurélien, debout devant lui ; les traits du jeune orphelin, pleins de calme, étaient voilés d'une expression de résignation et de souffrance.

Cette figure, où s'unissait l'abattement de la douleur et la dignité de l'innocence, était en contraste complet avec le visage de l'homme qui se tenait derrière le fauteuil du commandant : c'était le procureur du roi, unique témoin de la scène qui devait avoir lieu entre la victime et le prévenu. L'impassibilité froide dont cet homme voulait masquer sa face donnait à sa physionomie un air de bassesse et de fausseté qui rendait plus frappante encore l'obliquité de son regard.

Aurélien sentit un trouble inattendu s'éveiller en lui en présence de monsieur Arnauld ; toutes ses pensées s'évanouirent devant la vivacité fascinatrice de son regard ; il fit un effort pour dominer son agitation, un mot s'échappa de ses lèvres.

— Mon père !

— Monsieur,— dit le commandant avec un air plein de dureté,— je m'abstiendrai d'un titre qui me rappelle une déception ; abstenez-vous-en, vous, à qui il ne peut que rappeler un crime.

Ces paroles et l'accent qui en compléta l'expression, glacèrent l'émotion d'Aurélien et lui rendirent toute sa fermeté.

— Monsieur, — reprit-il avec une calme froideur, — je ne viens point vous demander justice, encore moins grâce ; je ne vous adresserai aucun reproche : vous croyez qu'on peut rompre d'un seul coup avec un passé sans tache par un crime sans pardon, que j'ai pu en vous déshonorant m'acquitter de vos bienfaits...

— Monsieur !

— Croyez-le, je ne vous accuse pas ; je vous respecte : douze ans de services vous donnent le droit d'être injuste un jour.

— Où voulez-vous en venir ?

— Je vous l'ai dit, je ne vous demande point de grâce... de grâce pour moi ; mais dans cette affaire, monsieur, trois honneurs sont solidaires de mon honneur : le vôtre... le sien, celui de son père.

— Ah !...

Aurélien poursuivit en couvrant cette interpellation d'une voix sévère et convaincue :

— Croyez que s'il ne s'agissait que du mien, qu

27

ma vie, je vous les eusse abandonnés sans les disputer plus longtemps à votre vengeance ; vous eussiez noyé vos soupçons dans mon sang ; mais vous ne pouvez le faire couler sans qu'il rejaillisse sur vous et sur deux autres ; la condamnation qui m'atteint vous flétrit ; ma mort vous est-elle nécessaire, est-elle utile à votre tranquillité ? reposez-vous en sur moi.

— Merci !... — reprit le commandant avec un ironique dédain, — ce n'était point aujourd'hui qu'il fallait attendre pour songer à mon honneur. — Un moment après il poursuivit avec indignation : — Mon honneur ! mais, misérable !... n'est-ce pas toi qui l'as souillé... détruit...? Si mon nom, honoré par vingt campagnes... et glorieuses... par des cheveux blanchis devant le canon... est tombé sous les brocards et le ridicule... qui l'a jeté?... et penses-tu bien me faire croire que mon intérêt ne soit pas uni à ma vengeance...? Il est des outrages dont le pardon est de la honte... Ta condamnation m'absoudra du ridicule... Le monde rit du vieillard qui laisse son honneur en hoche au premier fat.... mais que le sang coule pour cette injure... on ne rit plus alors : il était ridicule... il devient à plaindre... ou terrible ...Tu m'as montré comment l'on outrage... je te montrerai comment l'on se venge!

— Mais elle ?

— Elle !...—L'expression de mépris qui se refléta sur son visage compléta sa pensée.

— O mon Dieu ! — s'écria Aurélien désespéré de sentir toutes ses paroles se briser sans puissance sur l'esprit de son père, — que lui dire pour lui prouver notre innocence? sur quoi la lui jurer? Par le ciel? il me traite de sacrilége ; par le sang de mon père? il me traite de blasphémateur ; et je suis innocent et elle est innocente!—Ses yeux s'étant portés sur Laurent, un changement brusque se fit dans ses traits ; il ajouta, en indiquant le procureur du roi de ses deux mains. —Mais il le sait, lui! Malheureux, dis-le donc !

Le magistrat le regarda avec dédain ; le commandant ajouta :

. — Monsieur, finissons cette scène, elle m'épuise. — Il fit un effort pour prendre un objet que son habit serrait contre sa poitrine, il le tint un moment dans ses mains en fixant sur Aurélien un regard de flétrissante pitié ; le prévenu reconnut dans cet objet le paquet de lettres qu'il avait déposé dans la chambre de Marcelline. — Ton innocence !... Il fallait donc, — reprit-il après une pause, en le lui montrant, — détruire ces papiers accusateurs!

Aurélien pâlit et baissa la tête, et, un instant après, portant ses deux mains à son front :

— O mon Dieu !... — s'écria-t-il avec angoisse et désespoir.

— Monsieur Laurent, — reprit le vieillard, — puisqu'il faut des preuves, je vous rends cette correspondance et vos promesses ; faites-en tout usage maintenant, vous êtes libre,

VIII

L'ARRÊT DE LA JUSTICE.

La déposition de monsieur Arnauld rouvrit les débats; un silence plein d'émotion plana sur la salle entière.

Chacun, dans l'enceinte de la foule comme dans les tribunes, sur les fauteuils des juges comme sur les banquettes des jurés, écoutait avec un frémissement d'anxiété cette voix mourante qui devait rompre l'incertitude où flottaient les consciences, qui devait emporter sans discussion le plateau de la balance dans lequel elle allait tomber.

Cette déposition fut une accusation nette et précise, une accusation d'assassinat, une accusation de parricide.

—Je l'avais recueilli orphelin et sans autre fortune qu'un nom vénéré. Mon affection pour lui fut celle d'un père, mes soins ceux d'un père, mon dévouement celui d'un père. C'est connu. Voilà maintenant comme il m'en a récompensé. Diverses circonstances, le jour même du crime, m'avaient inspiré quelque défiance ; j'avais commencé à douter de ses sentiments. Un duel... passons... Le bal s'était déjà prolongé avant dans la nuit, lorsque la disparition de madame Arnauld me jeta dans quelque inquiétude. Je la cherchai dans les salons, où je remarquai également l'absence du prévenu. Tous mes soupçons, toutes mes craintes revinrent à ma pensée. Je sentis mon cœur se glacer. Je sortis. Où était Marcelline? La réponse de la femme de chambre confirma ma défiance. Je ne doutai plus de l'outrage ; je voulus m'en venger. Je m'élançai à mon appartement ; je saisis ces pistolets. Un instant après, j'étais à la porte de la chambre où s'étaient enfermés les coupables. Je voulus ouvrir, la porte était fermée. J'appelai, pas de réponse ; pardon, j'entendis le bruit confus de deux voix. La porte vola en éclats ; madame tomba sur le parquet en poussant un cri ; je me trouvai face à face avec cet homme. J'avais ces armes. Sans nul doute j'eusse pu le tuer ; mais il me répugna, à moi vieux marin, de frapper un homme sans défense. Aussi bien la mort me parut plus souhaitable que la vengeance. Je voulus qu'il se défendît ; je voulus non un meurtre, mais un combat. Le lâche ! à peine eut-il l'arme dans les mains qu'il me la déchargea dans la poitrine ; il m'assassina !

Il s'était tu que la salle entière l'écoutait, immobile et frémissante. Cette voix, épuisée par la souffrance, avait donné une puissance irrésistible à ses paroles. Toutes les consciences semblaient enchaînées par cette accusation qui s'élevait en quelque sorte du tombeau. Les regards se portèrent avec indignation et horreur sur la figure pâle et calme d'Aurélien. Lorsque le président lui demanda s'il n'avait rien à répondre à cette incrimination positive, il se leva :

— Monsieur, je ne puis que me référer à ma réponse première. Tout m'accuse, et cette déposition m'accable, je le sais ; et pourtant, à la face du ciel je proteste encore que je suis innocent. — Se retournant alors vers le commandant, il dit d'une voix palpitante : — Monsieur, tout ce que m'a inspiré mon cœur, je vous l'ai dit pour détruire vos préventions fausses. Je n'ai point réussi ; votre voix mourante vient de dicter mon arrêt. Quel que soit l'égarement qui a produit votre vengeance, je vous pardonne. Vous avez été pour moi sans miséricorde devant les hommes, je souhaite que le juge devant lequel nous paraîtrons bientôt tous deux ne soit point pour vous sans pitié.

La multitude écouta avec étonnement ce cri d'innocence et de pardon. Semblable à ces champs d'épis dont le souffle du vent couche un instant le chaume, qui rebondit, se redresse et se penche en un sens opposé dès la cessation de la brise ou sous un frais contraire, les opinions ondoyaient sous l'inconstance et le diversité de ces débats. Bien des convictions qui, à la voix du commandant, s'étaient cru fixées sans retour se sentirent ébranlées par cette protestation d'un cœur brisé et d'une âme résignée. Le président lui-même ne put s'empêcher de demander au témoin s'il persistait dans sa déclaration.

Monsieur Arnauld, dont cette scène violente avait épuisé les forces, répondit d'une voix tremblante et cassée :

— Je n'ai dit que la vérité.

—La cour, prenant en considération le danger de votre position, vous engage à vous retirer.

Quelques instants après, le procureur du roi avait la parole.

Son réquisitoire, où souvent la violence affectait perfidement des semblants de modération, reproduisait, en le grossissant, tout ce que l'instruction et les débats avaient présenté d'éléments accusateurs. Dans l'enchaînement auquel il avait soumis les faits, les circonstances les plus favorables revêtaient un caractère d'aggravation et de menace ; les circonstances les plus indifférentes, les incidents les plus atténuants, servaient de base à des inductions hostiles, que le ton affirmatif de l'orateur convertissait ensuite en accusations directes.

Ce n'était point cette recherche intelligente de la vérité à laquelle la loi soumet l'honneur et la fortune des citoyens comme les droits sacrés de la morale, cette enquête toute sociale au moyen de laquelle le magistra jette la lumière la plus complète sur les faits ténébreux, plus désireux de voir s'effacer les indices du crime que d'avoir à constater des infractions aux lois ;

C'était une de ces harangues où la science et le travail n'ont d'autre but que de former, avec un concours de faits naturellement inoffensifs, le fil tranchant d'une condamnation à mort. C'était l'art du réquisitoire tel que le font trop fréquemment, par nos jours de légalité monarchique, d'indignes endosseurs de simarres, qui ne devraient être que les défenseurs du droit et les vengeurs de la morale.

Ses paroles, froides et polies comme le couperet triangulaire, perfides comme l'œil de l'espion, eussent passé sans produire beaucoup d'effet sur cette foule encore émue des scènes qui l'avaient dominée avec tant de puissance, si l'accusateur n'eût profité de la liberté que lui avait rendue monsieur Arbauld.

— Au milieu de tant de témoignages positifs, sous le coup de tant d'inductions concluantes, en présence de l'irrésistible logique des circonstances et des événements, quelle base manque encore à l'accusation ? Des preuves matérielles ? Nous le disons avec douleur, il en existe, il en existe d'irrécusables.

Telles furent ses paroles.

Alors il jeta à l'audience étonnée la lecture d'une correspondance d'amour par fragments tronqués et par extraits perfides, et la signature était toujours MARCELLINE, et la suscription portait toujours AURÉLIEN P...

Le procureur du roi, haletant et couvert de sueur, ne reprit son siége qu'après avoir fait auprès de la cour des réserves pour les poursuites en adultère que lui imposait la rigidité de ses devoirs.

Monsieur Vauvert anéanti se dirigea vers lui pour prendre connaissance de ces lettres et surtout en constater l'identité. Il ne pouvait croire à cette révélation imprévue, lui qui, même en apprenant de Marcelline le secret de sa tendresse, n'avait pu concevoir le soupçon le plus fugitif sur son angélique pureté. Cependant l'assertion positive du magistrat, la preuve matérielle que la présence de la correspondance prêtait à cette accusation, l'incertitude et la défiance que tant de coups inopinés et terribles avaient introduites dans sa conscience l'empêchaient de rejeter cette idée de déshonneur que naguère il eut repoussée comme une impossibilité.

Les papiers furent quelques instants dans ses mains. Lorsqu'il quitta cette salle, où sa dernière consolation venait de s'évanouir, son cœur avait été brisé par le coup le plus terrible dont pût l'atteindre le malheur.

Il était six heures du soir lorsque le jury sortit de la salle de ses délibérations ; il gagna son banc au milieu du plus profond silence. Debout à sa place, la main levée, son président fit entendre cette déclaration :

— Sur mon honneur et ma conscience, devant Dieu et devant les hommes, la décision du jury est : Oui, l'accusé est coupable d'homicide.

— Sur mon honneur et sur ma conscience, devant Dieu et devant les hommes, je déclare, moi, qu'il n'y a d'homicide ici que votre verdict.

C'était Aurélien, debout en face du jury, qui, les yeux rayonnants de conviction et la main sur son cœur, avait prononcé avec solennité ces paroles.

Cette déclaration vibra dans tous les cœurs avec une puissance qui laissa cette multitude immobile et muette. Juges et spectateurs restèrent un instant inquiets et surpris, les yeux attachés sur la figure pâle et placide du condamné. Celui qui fût entré en ce moment dans la salle eût pu croire que si une sentence capitale venait d'être lancée, elle était sortie de la bouche du jeune homme pour frapper les juges et le jury, car ce corps judiciaire, comme la cour elle-même, n'avait pu supporter sans baisser les yeux ni le regard fascinateur du condamné, ni cette protestation de sa conscience.

Beaucoup de spectateurs, emportés par la foule, s'écoulèrent de cette enceinte sans avoir entendu l'arrêt de mort que prononça contre Aurélien le conseiller qui présidait le tribunal.

IX

DANS LE SANCTUAIRE.

Marcelline avait quitté la salle d'audience, brisée par la violence des sentiments dont son cœur avait subi la lutte ; les efforts qu'elle avait faits pour les contenir et les dominer avaient absorbé ses forces, ruinées déjà par la douleur.

Ce qu'elle éprouvait, ce n'était plus cette agitation fiévreuse qui brûle le sang et fait monter à la tête une chaude vapeur de vertige : c'était un épuisement complet dont le frisson annonce que la connaissance se retire, c'était une faiblesse infinie, un éblouissement glacé, sous lesquels elle se sentait prête à défaillir.

Elle sortit sans remarquer qu'elle n'était pas suivie de la femme de chambre à laquelle l'avait confiée son père.

L'impression fraîche de l'air extérieur lui rendit quelque énergie. Le désir de rencontrer le moins de monde possible son passage lui fit prendre instinctivement le boulevard. Elle s'avança d'un pas languissant sous la sombre allée que les arbres forment le long des jardins particuliers.

Il était trois heures. Le ciel, qui toute la journée avait été sombre et pluvieux, s'était depuis quelques instants débarrassé par espaces de son voile de vapeurs grisâtres. La nature semblait s'être soudainement illuminée de couleurs vivantes ; les rayons, en tombant à travers les échancrures des nuages sur le nouveau feuillage, lustré par la pluie, semblaient en satiner la fraîcheur.

La jeune femme, rafraîchie par la douce action de l'air et du soleil, sembla pourtant d'abord rester insensible à leurs sereines impressions, lors même que, cédant à l'influence irrésistible de cette belle nature, elle observa les changements qui s'étaient faits dans le ciel.

La tiède fraîcheur qu'exhalait la brise, le suave arome que lui donnait cette active végétation, cette lumière dorée s'épandant en vives couleurs sur tous les objets, les cris variés de tous ces petits oiseaux de passage qui reviennent avec les beaux jours, ces mille charmes du renouveau formaient autour d'elle une fête à laquelle il lui semblait que, seule, elle n'était point conviée ; elle contemplait tout sans désir et sans regret, avec indifférence et sans surprise.

Mais lorsqu'elle apercevait, près de leurs bonnes assises sur des bancs, de jeunes enfants, leurs blonds cheveux bouclés sur les épaules, roses et frais, le ciel dans les yeux, bondissant à la suite de leurs balles ou de leurs cerceaux, et, prête à tourner par une ruelle étroite, lorsqu'elle vit une jeune femme, en blanc peignoir d'été, se promenant sous les berceaux formés par les branchages verts, quand elle la vit languissamment appuyée sur le bras d'un jeune homme, son mari sans doute, dont les yeux ardents, sans les faire baisser, rencontraient ses yeux, Marcelline sentit les siens se mouiller de larmes.

Elle se hâta de prendre l'étroite rue, qui la conduisit après quelques minutes de marche à la porte de la cathédrale, où elle voulut prier un instant avant de rentrer chez son père.

La cathédrale de Coutances est une des plus majestueuses basiliques que le génie chrétien ait fait surgir du sol de notre France.

Bâtie dans le laps du onzième siècle, alors que l'influence du goût oriental n'avait pas encore fait s'épanouir l'art gothique dans la grâce et la magnificence qu'offrent les monuments du treizième, sa nef et ses bas côtés présentent, dans leur noble mais austère simplicité, le caractère évangélique de nos premiers temps.

L'ogive y conserve encore le souvenir du plein cintre; cependant les colonnettes dont les faisceaux forment ses piliers, la patiente et féconde ciselure de leurs chapiteaux, les voussures qui se croisent et s'unissent comme les rameaux de cette végétation granitique dont les colonnes et les piliers forment les troncs; les galeries déchiquetées à jour qui se déploient sur la muraille comme des rubans de dentelles de pierre, tout déjà révèle les merveilles d'ornementation que doivent en tirer quelques siècles plus tard les architectes catholiques, et dont son dôme est lui-même un admirable modèle.

Il en est de cette église comme de tous les temples qu'élevait dans le moyen âge la piété des populations; sa construction ne fut ni l'œuvre d'une année, ni même l'œuvre d'un siècle. Fondée par le onzième, elle a reçu des mains du treizième la thiare magnifique qui la couronne.

Un édifice n'était pas alors, comme de nos jours, le produit d'un mois, le résultat d'une année. On ne construisait pas une cathédrale comme l'on élève aujourd'hui ces bâtiments dont on fait indifféremment plus tard une église ou un théâtre, un palais ou une salle de concerts. Bien des générations s'en allaient en poussière autour d'elle, entre le jour où se posait la première pierre et celui où la dernière scellait l'édifice.

C'est peut-être là le mot et le secret de la différence qui existe entre cette architecture imposante et durable et les bâtisses que construisent nos maçons modernes. Dans cet art comme parmi les êtres, la durée est peut-être proportionnée au temps de la croissance et des développements. Il n'est peut-être pas dans la nature d'unir l'existence spontanée du champignon à la longévité du chêne.

L'aspect intérieur de la cathédrale répondait complétement aux dispositions morales sous lesquelles était ployée l'âme de Marcelline.

Ces asiles religieux, où les populations brisées par l'oppression se réfugiaient pour demander à la prière ces espérances qui les élevaient du sein du malheur vers les félicités du ciel, étaient l'expression matérielle de leur dogme consolateur; leur grandeur, les douces lueurs et les molles clartés que prenaient le jour en coulant à travers les mosaïques de leurs vitraux, répandaient une foi irrésistible et mystérieuse dans le cœur; leur majesté élevait l'âme et lui communiquait plus de ferveur.

Tout le corps de la jeune fille frissonna dans la froide atmosphère qui régnait sous les nefs sombres; elle ne put avancer, elle entra en chancelant dans l'une des chapelles qui bordent les allées latérales. L'image encore présente à ses souvenirs des scènes qui venaient de se passer sous ses yeux, l'aspect d'un bonheur qu'elle eût pu goûter et qu'avait détruit pour elle une infortune sans bornes, et aussi le saisissement dont avait glacé ses membres l'ombre froide de cette antique cathédrale, l'avaient rendue tout entière au sentiment de sa douleur. Toutes les souffrances et toutes ses appréhensions étaient à la fois retombées sur elle. En vain voulut-elle échapper aux épreuves d'un monde injuste en élevant son âme vers le ciel, faire monter sa prière vers celui qui console, elle glissa presque inanimée sur sa chaise, les genoux sur le prie-Dieu placé devant elle.

X

L'ABANDON.

Plus d'une heure s'écoula dans cet évanouissement; lorsqu'elle revint à elle, les hauts piliers de la basilique ne dessinaient plus que vaguement dans l'obscurité leurs jets profanés par le pinceau des badigeonneurs.

Marcelline porta avec étonnement ses yeux autour d'elle; ce ne fut qu'après un moment d'effroi que ses souvenirs revinrent à son esprit; elle se leva tremblante, et pourtant calmée un peu par les apparitions que lui avait jetées cette heure de léthargie; elle sortit de la cathédrale et se dirigea vers la maison occupée par son père.

Son absence prolongée avait causé de l'inquiétude; son retour y fut pourtant accueilli avec une tristesse si profonde, que la jeune femme comprit que le malheur lui gardait encore de nouvelles épreuves.

— Madame, — lui dit Jacques, — monsieur m'a chargé de vous dire, aussitôt votre retour, qu'il vous attendait dans son appartement.

Marcelline remit au bon domestique sa capote et son châle, et monta à la chambre de son père.

Le colonel, les bras joints en arrière, les traits tirés, se promenait dans cette pièce d'un air abattu, lorsque Marcelline frappa légèrement la porte.

— Entrez!

L'inflexion avec laquelle la voix de son père jeta ces mots la fit frissonner jusque dans son cœur. Elle ouvrit; le regard sombre qu'il porta sur elle la fixa sur le seuil.

— Eh bien! madame, — lui dit-il avec un ton d'indignation profonde, — vous m'aviez donc trompé aussi, moi! — Et la jeune femme le regardait avec stupeur, comme si elle n'eût point compris ces paroles; il reprit avec plus de force: — Vous m'avez trompé, vous dis-je! et ne niez point; assez de mensonges! je sais tout, j'ai tout vu.

Marcelline joignit ses deux mains, qu'elle serra contre sa poitrine, et, d'une voix déchirante, dit en s'avançant vers lui:

— Mon père!

A ce cri d'angoisse, monsieur Vauvert ne put maîtriser son cœur; sa morne froideur, son apparente dureté s'effacèrent de ses traits, que ce cri avait bouleversés comme ses entrailles.

— Ah! Marcelline! savez-vous ce que vous avez fait? J'ai éprouvé bien des malheurs dans ma vie; ballotté d'un bout de l'Europe à l'autre bout, j'ai traversé bien des calamités; j'ai perdu tout ce que j'aimais; tout ce qui m'aimait, je l'ai perdu: parens, amis; hors vous, rien ne m'est resté. Eh bien! tout ce que j'ai éprouvé d'infortune fondrait de nouveau et à la fois sur moi, non, ce ne serait rien auprès de ce que j'éprouve.

— Pardon!

— Oh! ne ressentez jamais ce qui s'est passé en moi quand j'ai entendu mon nom jeté honteusement à la foule. —Étendant alors la main vers le parquet, que semblait fouiller son regard, il poursuivit avec amertume et navrement: — Qu'il m'a fallu d'efforts pour ne pas m'écrier: C'est une calomnie! vous êtes un infâme! pour ne pas m'élancer sur l'homme et le fouler sous mes pieds! J'ai eu assez de force, j'en remercie le ciel; car ces lettres étaient vos lettres, écrites de votre main, signées de votre nom, Marcelline! de mon nom: Marcelline Vauvert!... Oh! c'est infâme! c'est infâme!

Son indignation et sa douleur éclatèrent dans ces derniers mots:

— Grâce!

Marcelline tomba à genoux.

— Il n'en est pas: ce que l'opprobre a souillé ne se

lave jamais; les liens que le déshonneur a rompus ne se rejoignent point. Ecoutez ce que je vais vous dire, c'est une résolution irrévocable : Ma pension, ma retraite et quelques actions portent ma fortune à sept mille francs annuels ; mes mesures sont prises, j'ai peu de besoins, quinze cents francs me suffisent, le reste à vous.

— Une séparation !...

— C'est vous qui l'avez faite.

— Oh ! la mort plutôt.

— Oh ! oui, plutôt la mort !... Marcelline, je vous ai aimée comme peut aimer un père; de ma vie, pas un instant qui n'ait été pour vous; pas un vœu de mon cœur qui n'ait eu pour objet votre bonheur. Le plus grand malheur que j'eusse redouté, c'eût été de vous perdre. Eh bien! à cette heure, je vous verrais morte, là, morte sous mes yeux, à mes pieds, mais morte honorée, morte honorable, je bénirais le ciel et je me trouverais heureux; je pourrais du moins vous associer à un autre être dans mon cœur, unir vos mémoires dans un seul souvenir, vous regretter toutes deux, vous rêver et vous pleurer; la mort, madame, ce n'est que la séparation ; le déshonneur... c'est la séparation et l'oubli !

— Mon Dieu !

— Croyez-vous donc que j'irai m'associer à votre déshonneur, que je n'aurai conservé durant ma vie mon nom sans tache que pour vous donner mes cheveux blancs à souiller. L'opinion publique est juste, l'opprobre que j'ai étendu sur le front d'un ami retomberait sur moi. Je partage votre déshonneur si je m'y associe. Vous quittant, je repousse toute solidarité honteuse. La honte change le sang, où elle a passé il n'y a plus de parenté, plus de tendresse; je vous ai donné un nom pur, votre nom déshonoré n'est plus mon nom, une fille déshonorée n'est plus ma fille. Adieu!...

— Oh ! non ! vous ne quitterez pas cette maison, vous ne la quitterez pas; si quelqu'un doit en sortir, c'est moi. Où dois-je aller? dans quelle campagne retirée, dans quel cloître m'ensevelir? Parlez !

— Ce n'est pas un cloître... ne vous l'ai-je donc pas dit? madame, ce n'est pas un cloître qui vous attend. Un cloître, c'est l'asile de la pénitence, mais non du crime ; et c'est celui du crime, la prison, que réclame contre vous l'homme du roi.

— La prison !...

Marcelline, qui s'était relevée hagarde à ces mots, comme un cadavre que l'on galvanise, tomba évanouie sur le parquet en poussant ce dernier cri.

XI

Le lendemain, il était neuf heures de la matinée que Marcelline n'avait pas encore repris connaissance.

La chambre dans laquelle elle se trouvait annonçait, par son ameublement incomplet et à la fois en désordre, la nouveauté de l'aménagement.

Des rideaux blancs avaient été appendus aux fenêtres et à la tulipe dorée fixée en couronne au-dessus du lit. Une commode, plusieurs malles et boîtes, une table de nuit sur laquelle était encore une veilleuse éteinte, un fauteuil et quelques chaises chargées de plusieurs objets de toilette, étaient placés au hasard dans cette pièce. Près de la couchette une garde se tenait attentive, c'était la femme de chambre de madame Arnauld, dont quelques légers mouvements de sa jeune maîtresse venaient d'appeler l'attention.

Marcelline commençait en effet à sortir de l'évanouissement dans lequel elle languissait depuis la veille.

Le soleil, dont les rayons plongeaient à travers les ri-

deaux blancs, la baignait d'une lumière trop vive pour ses yeux affaiblis. Dès qu'elle souleva ses paupières , le jour, en se répandant à travers les cils, inonda ses yeux d'un éclat qui les força de se refermer; alors le mouvement qui avait éveillé l'attention de la surveillante s'étant renouvelé, cette femme se leva et, avançant doucement la tête sur le lit de la jeune malade, elle lui dit d'une voix douce :

— Eh bien ! madame, comment vous trouvez-vous ?

Cette question dissipa complétement cette vague absorption dans laquelle l'esprit de Marcelline flottait encore. Elle fit entendre l'aspiration plaintive d'une personne que l'on arrache au sommeil, porta un instant de côté et d'autres des regards troublés, puis, après avoir recueilli un moment ses pensées, son premier mot fut :

— Mon père ?

— Ne vous inquiétez pas, madame...

L'indécision avec laquelle cette réponse évasive lui était donnée rappela à Marcelline la scène de la veille. Se dressant donc sur son séant, elle dit de nouveau à sa bonne, en fixant sur elle des regards d'effroi.

— Mon père ?...

— Ne vous faites pas de peine, il reviendra, madame.

— Il est donc parti ?

La domestique se tut. La jeune femme, comprenant cette affirmation muette, se jeta la figure sur son oreiller, haletante et étouffant de sanglots.

Le caractère spasmodique que prit cette crise causa à la bonne une inquiétude qui ne se calma que lorsque des larmes abondantes vinrent soulager et désoppresser le cœur de sa jeune maîtresse ; la tension nerveuse qui faisait par moments se crisper ses membres diminua et disparut complétement alors; sa respiration, qui s'échappait en sanglots, devint moins bruyante et moins saccadée, la jeune femme tomba dans une douleur calme et muette.

Une sombre rêverie succéda à ses pleurs et à ses soupirs ; les yeux fixes, les traits immobiles, elle resta plusieurs heures dans une absorption méditative, qui produisit une révolution complète dans ses pensées et dans ses sentiments; lorsqu'elle se leva, le calme dont est toujours suivie, dans les grandes crises de l'âme, l'adoption d'une résolution suprême, avait donné quelque apparence de tranquillité à son esprit.

Son premier soin fut de chercher dans l'une de ses malles la boîte qui renfermait les bijoux de sa mère; parmi ces joyaux précieusement conservés se trouvait un petit flacon ciselé dont le bouchon en argent se vissait dans une garniture du même métal. C'était un présent qui avait été fait à son père en Portugal, lorsque la division de Dupont, faite prisonnière, fut, malgré les clauses de la capitulation, dirigée sur Cadix, et plus tard sur l'île de Cabrera.

A peine ce flacon fut-il dans ses mains qu'elle le plaça entre ses yeux et la lumière; un sourire étrange se posa sur ses lèvres. Elle venait d'acquérir la certitude que la fermeture hermétique n'avait permis ni à la liqueur de se répandre ni à l'air de l'absorber.

Elle se livra ensuite aux soins de sa toilette. Il était cinq heures, elle ne pouvait sortir qu'à la chute du jour, deux grandes heures lui restaient donc encore.

La robe qu'elle portait la veille avait été déchirée dans l'empressement qu'on avait mis à l'en débarrasser ; elle en chercha une autre : la première que lui offrit une malle qu'elle ouvrit était un peignoir de mousseline, toilette aimée dans des jours heureux ; elle l'avait brodé elle-même. La journée était sereine, elle le prit.

Malgré la lenteur qu'elle avait voulu mettre à ses préparatifs, elle se trouva prête que le jour brillait encore.

La pensée de son père s'était présentée à son esprit. Que devait produire sur lui la détermination où l'avait poussée le désespoir ? Quelle émotion dans son cœur, quelle impression dans sa pensée ? Comprendrait-il que ce parti extrême était le seul refuge qui lui restât pour échapper aux persécutions et au déshonneur ? Comprendrait-il qu'elle eût pu demander aux sentiments de son cœur le calme et les consolations qu'elle n'avait pu obtenir en sacrifiant son amour à ses devoirs?

Elle résolut de lui écrire.

Elle éprouva un serrement de cœur qu'elle ne connaissait pas encore en ouvrant le petit tiroir de sa chiffonnière, discret confident de sa correspondance et dépositaire de ses lettres d'amour. Tous les souvenirs de son passé revolèrent vers elle à la vue de ces objets auxquels se rattachaient de si douces émotions, de si cuisants regrets.

Ses larmes coulèrent quelques instants sur le papier auquel elle confiait l'expression de ses derniers sentiments et de ses derniers vœux.

Cette tâche remplie, il lui en restait une non moins pénible à accomplir. Les lettres d'Aurélien ne pouvaient lui survivre; elle ne pouvait, sans donner de nouvelles bases aux bruits de honte dont elle tombait victime, laisser après elle les traces justificatives de ces accusations; elle se résolut à les brûler.

Elle accomplit elle-même ce sacrifice.

Ainsi tous les espoirs de bonheur, tous les rêves d'amour, qui pour elle émanaient naguère intarissables de ces feuilles, s'épurèrent dans les flammes de leur tache originelle, et, montant en fumée vers le ciel, y précédèrent la malheureuse qui devait bientôt y aller retrouver leurs ravissements.

Ces derniers actes ne s'accomplirent point sans exciter quelque fluctuation dans les résolutions de Marcelline. Plusieurs fois elle devint morne et pensive; l'expression sombre que prenait sa figure révélait par moments que des retours de volonté ébranlaient la détermination dans laquelle elle s'était jetée; son âme, livrée aux angoisses d'une lutte, devait pourtant se reporter à cette décision fatale.

En effet, à peine le crépuscule eut-il dégradé sous ses teintes rembrunies l'azur clair du ciel, qu'elle se leva, prit le flacon et une bourse d'or; puis sonna sa bonne.

XII

LE CERBÈRE.

Un instant après, voilée de noir et enveloppée dans un châle traînant, elle se glissait, suivie d'Adèle, par les rues étroites et peu fréquentées dont est sillonnée l'extrémité de la ville où surgit la prison neuve. Cette prison était le terme de sa course.

Ce bâtiment appartient à ce système de vastes maisons de détention dont la restauration, en ses derniers temps, dotait si généreusement la France. Son aspect lourd et menaçant n'indiquait pas moins positivement que sa spacieuse enceinte les projets qu'en leurs années d'agonie nourrissaient encore les Bourbons.

Arrivée sous de hautes murailles, sans autres jours que des meurtrières dont l'ouverture, large de deux pouces, haute de trois pieds, donne à peine assez d'air vital à ceux qui languissent dans cette cage de pierres, la suivante hâta le pas, tandis que sa jeune maîtresse ralentissait au contraire sa marche. Adèle tourna à l'angle de la rue et disparut.

Elle tarda un instant; Marcelline, effrayée de se trouver seule dans ce lieu perdu, s'impatientait déjà de son absence lorsqu'elle la vit reparaître avec le geôlier.

C'était un homme d'une carrure athlétique, un collier de gros favoris noirs ne contribuait pas moins que sa taille haute et trapue à donner une expression brutale à sa face ronde et rouge.

Bien qu'Adèle lui eût dit qu'une jeune dame désirait lui parler, il ne s'était décidé à se rendre à ce tête-à-tête insolite que suivi de deux énormes molosses et armé prudemment d'un trousseau de clefs dont il eût au besoin aussi facilement assommé un bœuf qu'ouvert une porte.

— Qu'y a-t-il pour votre service, madame? — dit-il en portant le revers de sa main à son chapeau.

Le grognement de ses féroces acolytes accompagna ces paroles prononcées d'un ton brusque et sourd.

— Voulez-vous gagner cette bourse d'or? — lui dit la jeune femme avec une expression suppliante et inquiète. Il fixa tour à tour sur elle et sur la suivante un regard défiant. — Voyez, — ajouta celle-ci, — il y a là-dedans de bons napoléons, en voulez-vous?

— C'est à savoir! que faut-il faire?

— Que je voie une heure l'un de vos prisonniers, et cette bourse est à vous. — Et, comme le guichetier avait l'air de réfléchir sur la portée de la demande qu'on lui faisait, madame Arnauld ajouta : — Dans sa prison, dans son cachot, n'importe où vous voudrez, où il sera.

— Et lequel?

— Monsieur Aurélien P...

— Diable! les ordres sont exprès, il n'a pas formé de pourvoi, la condamnation est exécutoire dans deux jours.

— Vous acceptez?

— C'est que, voyez-vous, je m'expose à perdre ma place. Monsieur le procureur du roi est encore venu lui-même ce matin défendre toute communication.

Malgré la rondeur de la somme, le cerbère flottait, pour l'honneur de sa conscience, dans une indécision qu'allait cependant rompre une acceptation immédiate, lorsque le grognement de ses compagnons lui annonça l'approche d'un quatrième acteur.

Tous les regards se portèrent vers l'importun; c'était l'agent même qui avait introduit madame Arnauld dans le cabinet de Laurent Bazire.

— Je n'ai pas besoin, monsieur Louchard, — lui dit-il du ton tranchant d'un homme qui commande, — de vous rappeler les prescriptions de monsieur le procureur du roi.

— Certainement, monsieur; je disais tout de suite à ces dames que les ordres du parquet sont positifs. Vous voyez madame, — reprit-il, — que je ne vous trompais pas; fâché de ne pouvoir vous servir.

Et il rompit ce pourparler, dans lequel il put voir une tentation perfide, par un mot : *impossible!* où passa, malgré sa dissimulation, toute la brutalité de l'argousin.

Marcelline resta atterrée de cet incident imprévu; il était évident que son projet avait été en partie deviné et prévenu. L'espérance qu'elle avait conçue était-elle complétement évanouie? Sa résolution se brisait-elle irrévocablement contre cet obstacle?

Une pensée soudaine saisit son esprit et l'illumina de a certitude du succès; quelque effort que lui imposât cette tentative, elle l'adopta et s'y résolut.

— Suivez-moi! — dit-elle à Adèle.

— Mais où donc allez-vous comme cela? — reprit cette fille, également étonnée de la rapidité et de la direction de sa marche.

— Suivez-moi! — lui répondit Marcelline avec froideur et dignité.

XIII

DEMAIN.

Adèle regarda sa jeune maîtresse avec surprise, lorsque celle-ci, se détournant, lui dit :

— Attendez-moi ici!

Son étonnement provenait surtout de l'aspect qu'offrait la maison devant laquelle elles s'étaient arrêtées. La lumière sombre et mouvante d'un réverbère laissait remarquer la cotière, dont une mousse lépreuse avait fait disparaître la maçonnerie sous une teinte sale. Marcelline entra dans l'allée, dont la porte était constamment ouverte, comme le sont dans nos petites villes celles de toutes les maisons occupées par plusieurs locataires.

Elle n'atteignit le palier du premier étage qu'après avoir maintes fois trébuché dans l'ombre. Il lui fallut quelques instants de recherche pour trouver la porte; elle s'offrit enfin à ses mains inquiètes. Elle la fit retentir de plusieurs petits coups. Après un appel plus bruyant, une vieille femme, dont tout l'extérieur annonçait une vie misérable, vint ouvrir la porte opposée.

— Que voulez-vous?

Ces mots furent la question qu'elle adressa à madame Arnauld; le ton répondait parfaitement au laconisme direct de l'interpellation.

La lampe noire qu'elle tenait à sa main permit à Marcelline de saisir son galbe. L'âge, qui se trahissait par la maigreur et la teinte olivâtre de sa figure, avait courbé sa tête sur sa poitrine; son regard s'échappait encore assez vif de ses paupières ridées et de leurs orbites rouges et chassieux; l'ensemble de cette figure, que complétait la coiffe du pays, sale et des lambeaux de laquelle s'échappait ébouriffée une mèche de cheveux blancs, s'unissait à son accoutrement misérable pour rendre l'image que fait naître la pensée des vieilles sorcières cachées encore au fond de nos campagnes.

— Monsieur Laurent Bazire?—dit Marcelline d'une voix incertaine.

— Monsieur le procureur du roi? — reprit la vieille d'un accent moins brusque.

Elle avait deviné à la toilette de cette femme que son rang pouvait mériter quelques égards.

— Monsieur le procureur du roi, — reprit affirmativement madame Arnauld.

— C'est ici.

— Pourrait-on lui parler?

— Si vous voulez attendre un moment, je vais aller le lui demander.

La vieille ouvrit la porte où Marcelline avait heurté, elle y entra en invitant l'étrangère à la suivre.

Elle l'introduisit dans une espèce de petit salon que monsieur Bazire avait ajouté à son appartement depuis la promotion qui l'avait placé à la tête du parquet coutançais.

Elle ressortit après avoir allumé une chandelle sur la cheminée.

Marcelline se trouva seule dans l'appartement de l'homme qui avait tissé tous ses malheurs, du misérable qui préparait contre elle de nouvelles persécutions, espérant que, à force de pressurer le cœur de cette femme par les souffrances et les angoisses, il en ferait sortir le déshonneur; car ce n'était pas de son amour qu'il espérait l'obtenir, c'était de son désespoir seul; et c'était lui que l'infortunée se voyait réduite à venir implorer!

La pièce dans laquelle elle se trouvait rappelait les chambres garnies de nos petites villes départementales, autant par l'ameublement que par la disposition des objets; l'un était mesquin, l'autre était de mauvais goût; quelques fauteuils de velours rouge, usés d'étoffe et passés de couleur, partageaient avec une console de bois de rose les honneurs de cet humble salon. Une pendule en albâtre encore neuve était malheureusement placée sur la cheminée pour faire ressortir la vétusté de tout ce qui concourait avec elle à former cette décoration surannée et chétive.

La vieille domestique reparut un moment après, tenant en ses mains deux tisons fumeux.

— Monsieur va venir dans l'instant.

Elle s'occupa à exciter le feu, qu'elle avait placé sous du bois préparé d'avance.

A peine était-elle sortie lorsque la porte s'ouvrit devant l'homme de loi.

Marcelline se leva; ses yeux, en rencontrant les regards de Laurent, se baissèrent aussitôt, et la rougeur envahit

son pâle visage; le procureur du roi remarqua son trouble sans en être ému.

Cette agitation le confirma dans la pensée qu'avait fait naître en lui une telle démarche; la menace qu'il avait jetée dans les dernières paroles de son réquisitoire avait atteint le but qu'il s'était proposé; la crainte de poursuites qu'il avait fait planer sur elle allait enfin lui livrer cette femme dont tous ses efforts n'avaient pu jusqu'à ce jour effleurer le cœur.

— Que désirez-vous de moi, madame?

Ces mots furent prononcés avec une froideur qui surprit Marcelline; la crainte qu'ils lui firent concevoir se laissa deviner dans l'accent dont elle prononça ces paroles:

— C'est une grâce, monsieur, que je viens implorer de vous.

Monsieur Bazire lui fit signe de s'asseoir, et prit lui-même un siége.

— Une grâce!... je crains vivement, madame, de me voir dans l'obligation de rejeter votre demande; ce que nous faisons n'est que l'exécution des lois et des règlements dont nous sommes les organes et les instruments. Chacun de nos actes est donc l'accomplissement d'un devoir.

— Monsieur, ce que je viens vous demander, vous pouvez me l'accorder sans manquer en rien à vos obligations: c'est une faveur en dehors de vos devoirs, et cette faveur dépend de vous seul. — Elle s'arrêta, le magistrat resta impassible. — Je voudrais voir monsieur Aurélien, ne fût-ce qu'une heure.

Laurent Bazire fixa un instant sur elle un regard pénétrant et sévère, puis il dit:

— C'est avec douleur que je me vois contraint de vous opposer un refus. — Marcelline pâlit. — Ma rigidité, — poursuivit-il, — ne doit pas vous étonner, madame; c'est vous qui m'avez rappelé à la sévérité de mes devoirs. — Devant l'agitation que révélèrent les traits et le maintien de Marcelline, il ajouta d'un ton moins froid et moins dur: — Je n'ai pas besoin de vous l'avouer, vous le savez, il n'en a pas toujours été ainsi. Ce fut le cœur brisé que je vous vis tombée dans cette déplorable affaire, qui commençait de si tristes rapports entre nous; lorsque vous comparûtes devant moi, j'oubliai tout pour ne songer qu'à l'avenir d'affection que j'avais rêvé près de vous et pour vous; les paroles d'accusation se changèrent sur mes lèvres en mots de tendresse; j'eusse été heureux de tout sacrifier, conscience et devoir, pour vous prouver ce que vous aviez excité de dévouement dans mon cœur. Que rencontrai-je en vous, moi? la froideur avec laquelle vous aviez toujours glacé mes prévenances et mes aveux.

— Mais, monsieur, ce que je vous demande aujourd'hui, vous l'accordez chaque jour à des étrangers; pouvez-vous me refuser de voir une heure le condamné? C'est là la seule faveur que je réclame de vous.

Et ses yeux luisaient de larmes, suppliant comme sa voix.

— Madame, en toute circonstance, une entrevue avec un homme qu'a frappé un arrêt de mort est une de ces permissions dont la magistrature est avare; dans les circonstances actuelles cette entrevue est impossible; après les réserves que m'a imposées la publicité des débats, je ne pourrais vous l'accorder sans m'exposer aux plus graves reproches.

— Ainsi, monsieur, ma prière est vaine, vous la refusez?

Sa voix palpitante traduisit par l'accent dont furent prononcées ces paroles le désespoir qui déchirait son cœur. Le procureur du roi avait prévu l'effet que devait produire le rejet de cette demande, dont il ne soupçonnait pas l'importance; cette prière n'était à ses yeux que l'acheminement à d'autres sollicitations: il avait cru seulement placer madame Arnauld par cet insuccès sous la terreur d'un autre refus. Cette dureté première était de sa part une tactique qui devait rendre plus puissant sur le cœur de Marcelline un retour d'indulgence.

— Si vous me trouvez impassible, madame, — reprit-il en attachant sur elle un regard indéfinissable, — ne vous en prenez qu'à vous-même; ai-je besoin de vous rappeler de nouveau que, loin de résister à vos supplications, j'eusse été heureux de prévenir vos désirs ; que, lois, conscience, devoirs, j'eusse tout jeté à vos pieds ; le magistrat s'effaçait devant l'homme ; j'eusse trouvé ma justification dans l'un de vos sourires, ma récompense dans un mot d'amour. Comment avez-vous répondu à ce dévouement, je vous le demande encore ?

— Monsieur !...

Les changements à travers lesquels la voix âpre et dure du magistrat avait graduellement passé à une expression presque tendre, avaient révélé à madame Arnauld la pensée de ce procureur royal ; l'exquise délicatesse de perception morale qu'une éducation libérale ne peut que développer dans une femme lui avait permis de saisir la réalité sous les hypocrisies du rôle de comédien que s'était imposé l'agent monarchique.

Elle avait senti avec une égale soudaineté qu'elle n'avait qu'un moyen de tromper ce machiavélisme, c'était d'opposer la ruse à la ruse ; de subir un instant, si elle le pouvait, l'outrage de cet amour; de jeter enfin à ces déclarations odieuses l'espoir de paroles évasives; elle ne l'avait pas tenté sans succès. Bazire fut trompé par l'émotion que la contrainte avait mise dans sa voix lorsqu'elle avait prononcé ce mot interjectif.

— Eh bien ! madame, si j'étais encore ce que j'étais alors, — Marcelline baissa les yeux, Laurent s'approcha d'elle ; — si je vous aimais toujours !... En pouvez-vous douter? Ma conduite n'en est-elle pas la preuve? L'amour, quand il s'éteint, laisse le cœur froid ; avez-vous trouvé le mien glacé? non, l'amour n'y est pas mort, il s'y est transformé; si vous n'y avez plus trouvé de dévouement, vous y avez trouvé de la vengeance. Eh bien ! Marcelline, cette vengeance était encore de l'amour. Ce que j'étais pour vous, je veux l'être toujours : un protecteur, un amant! Je puis vous accorder votre demande, je puis faire sortir votre justification de l'accusation lancée contre vous, je puis vous rendre votre réputation, votre nom, votre père... — Le procureur du roi s'arrêta, sa voix devint plus froide, son regard sembla interroger la figure de Marcelline. — Mais ce que je fais pour vous, le ferez-vous pour moi ? me sacrifierez-vous tout ce que je vous sacrifie? Songez aux obligations que vous contractez quand vous me faites fouler aux pieds tous mes devoirs. Je vous aime... — Marcelline porta sur lui un regard qu'elle eut peine à rendre suppliant . — Qui implorez-vous ? — reprit-il. — Est-ce le magistrat? est-ce l'amant ?

— Oh ! accordez-moi cette grâce !

— Eh bien ?...

— Demain !...

Ce mot fut prononcé avec trouble et égarement.

— Demain ?... — répéta le procureur du roi d'un ton de défiance.

— Que voulez-vous donc que je vous dise... une femme peut-elle en un moment déchirer... ?

— Je serais désolé de faire violence à vos sentiments; mais n'y a-t-il pas assez longtemps que j'implore de vous un mot de tendresse, un gage d'amour ? — Le procureur du roi avait approché son fauteuil de la chaise sur laquelle était assise la jeune femme, dont son bras avait pris la taille. Marcelline, que cette tendre familiarité avait mise hors d'elle-même, sentait tout son sang refluer vers sa poitrine et vers sa tête. — Un baiser ?

Ce mot, la pensée que sa figure pourrait être souillée par la bouche de cet homme odieux, la glacèrent d'épouvante.

— Grâce ! — s'écria-t-elle, — grâce... aujourd'hui !

— Et demain ?...

— Tout... demain !

— Vous ne me refuserez rien ?

— Je vous le jure.

Le fonctionnaire ne remarqua point ce qu'eut de sinistre l'accent avec lequel cette jeune femme prononça ce serment. Le regard calme qu'en prononçant ces paroles elle avait porté sur les traits du procureur du roi avait bouleversé ses idées et son sang.

— Marcelline !...

En jetant cette exclamation, il serra la malheureuse enfant dans une étreinte sous laquelle elle sentit son corps se raidir de dégoût et d'horreur.

Lorsque, malgré sa résistance et ses efforts, les lèvres du magistrat touchèrent son visage, elle crut y sentir le ventre suintant d'un reptile.

— Demain, vous ai-je dit ! — s'écria-t-elle avec effroi en se dégageant des bras de Laurent.

— Demain donc ! — reprit-il en la fixant avec méfiance.

Elle s'aperçut du doute qu'avaient jeté dans le cœur de cet homme sa résistance et l'accent dont elle avait prononcé ce dernier mot ; elle s'empressa d'ajouter avec un sourire

— Cette permission, maintenant ?

Ces mots et l'expression que leur imprima la voix de Marcelline dissipèrent l'étonnement et l'indécision qu'avait causés à Bazire l'effroi avec lequel elle s'était échappée de ses bras.

— Je vais vous la donner, madame. — Il prit un flambeau et sortit. Marcelline resta seule. Son esprit se sentit aussitôt assailli des craintes les plus vives. La contrainte qu'elle s'était imposée pour faire mentir les sentiments que lui inspirait ce Laurent Bazire avait-elle échappé à son regard scrutateur et défiant ? Habitué à lire dans la conscience des coupables, ce magistrat avait sans nul doute pénétré tout ce qui s'était passé dans son cœur; le regard qu'en sortant il lui avait jeté du seuil de la chambre en était, selon elle, une preuve complète. Comment d'ailleurs elle, si pleine d'inexpérience, si peu faite à se dominer et à se dissimuler, elle qu'égaraient un trouble et une agitation si profonds, aurait-elle pu cacher ses secrets à un homme dont les explorations habituelles allaient chercher dans les plis les plus secrets de la conscience des criminels les détails des forfaits que, malgré leurs hypocrisies ou leur ruse, ils ne parvenaient pas toujours à lui soustraire? Elle ignorait que presque toujours l'on se trompe où l'on s'éclaire soi-même; que dans le dédale des instructions criminelles le magistrat est souvent guidé par ses préventions vers un forfait qu'il soupçonne avant de le connaître; qu'en amour, au contraire, quelque stoïque ou cynique que l'homme puisse être, est toujours égaré par la vanité et la passion. Monsieur Bazire revint un instant après avec un billet revêtu de sa signature et de son cachet. — Demain, — lui dit-il avec un regard interrogatif et caressant, en lui présentant le papier, — je n'aurai plus rien à craindre, ni résistance ni refus?

— Ni résistance ni refus, — répondit la jeune femme d'une voix qui, malgré ses efforts, eut quelque chose de sinistre.

XIV

LE CACHOT.

Ce fut avec une inexprimable sensation de bonheur que Marcelline toucha le pavé de la rue ; elle avait donc trouvé dans son cœur assez de courage et assez de force pour implorer l'homme qu'elle méprisait ; pour subir les protestations, les caresses même de ce misérable, dont chaque mot d'amour lui inspirait un soulèvement de dégoût, dont chaque regard lui causait un saisissement d'horreur. Elle avait trompé ses calculs infâmes, déjoué ses espoirs odieux.

— Venez !

Ce mot fut le seul qu'elle adressa à sa bonne impatiente et inquiète de son retard, et elle s'élança rapide et légère vers les rues que cette visite lui avait déjà fait parcourir. Telle était la vivacité que son émotion communiquait à sa marche qu'Adèle avait peine à suivre la vitesse de ses pas.

Elle avait atteint et franchi l'extrémité du boulevart lorsqu'une vague pensée lui vint de vérifier la permission que monsieur Laurent venait de lui remettre.

Elle s'arrêta tout essoufflée.

Son premier saisissement fut la crainte d'avoir perdu ce précieux papier; il était dans sa robe où elle l'avait placée, elle le saisit et le déploya.

La lune, pleine en ce moment, inondait de sa douce et pâle lumière toute l'étendue du ciel alors sans nuages; la brise piquante des belles nuits de printemps soufflait dans l'air et semblait avoir donné plus de pureté à son azur rembruni par le soir; les étoiles scintillaient rouges ou verdâtres comme par un temps de gelée sereine.

Marcelline se trouvait sur un point de la rue où les maisons ne projetaient point leurs ombres épaisses. Les murs peu élevés d'un jardin permettaient aux rayons de la lune d'en éclairer presque toute la largeur.

Elle put lire le texte du permis. Par un des changements subits et indéfinissables de l'esprit, arrivée presque au terme de sa course, la vue de la signature et du cachet ne purent dissiper ses inquiétudes, à elle que l'aspect seul de ce papier n'avait un instant auparavant laissée accessible à aucun doute. Elle ne s'avança que d'un pas lent et, l'incertitude dans le cœur, elle se sentit frémir à l'aspect de la porte de la prison.

— Si je ne suis pas de retour dans quelques minutes, vous ne m'attendrez pas. — Sans remarquer la surprise que ces paroles causèrent à cette fille, elle s'avança vers la geôle. Au bruit du marteau, de sourds aboiements se firent entendre de l'intérieur, la porte s'ouvrit. — Le concierge?

— Que lui voulez-vous, madame?

— Il faut que je lui parle.

— Veuillez entrer.

Marcelline franchit le seuil et entra dans une salle placée à gauche.

C'était une pièce spacieuse et vaste, l'ameublement frappait le regard par un aspect général d'ordre et de propreté : une armoire en cœur de chêne était placée au pied d'un grand lit à colonnes et à baldaquin tel qu'en offrent presque toutes les salles de fermes dans le pays. Un dressoir, dont la partie supérieure servait de garde-manger, faisait face à la cheminée; mais la grandeur de cette salle, la voûte à laquelle pendait une lampe en fer, de nombreuses clefs, et un je ne sais quoi sortant de tous ces objets, donnait à cet appartement une physionomie singulière.

Une femme encore jeune, assise sur un tabouret près de l'âtre où brûlait un grand feu, préparait des légumes : deux gros enfants jouaient avec un chien énorme couché auprès d'elle.

Ce fut à cette femme que s'adressa l'introducteur de Marcelline.

— Voilà une dame qui voudrait parler à monsieur Louchard.

La femme se leva, et, avec une voix dont le timbre strident surprit autant la jeune femme que l'intérieur propre et régulier de cette tanière, où, comme le dit monsieur de Maistre, le geôlier vit avec sa femelle et ses petits, elle lui dit, en lui présentant une chaise :

— Asseyez-vous, madame, mon mari va venir de suite.

— Et s'adressant au garçon qui avait ouvert à Marcelline.

— Philippe, — reprit-elle, — sonnez!

Le geôlier parut un instant après : la vue de cette dame dont la tentative de corruption avait failli le compromettre, parut le surprendre.

— Qu'y a-t-il, madame? — Marcelline lui offrit le papier, qu'il prit; il l'approcha de la lampe, autant sans doute

pour s'assurer de son authenticité que de son contenu ; ses yeux se portèrent plusieurs fois avec défiance du permis au visage de celle qui le lui avait remis. —C'est exact.

— Il le présenta à sa femme. — Mets cela dans l'armoire. —Et s'adressant à madame Arnauld:—Si vous voulez me suivre, je vais vous conduire.—Il prit un faisceau de clefs et marcha devant elle. Plusieurs portes massives et ferrées s'ouvrirent lourdement devant eux; ils descendirent plusieurs marches, et arrivèrent enfin à un long couloir où deux personnes eussent difficilement marché de face; l'atmosphère était pesante et froide, les murs quoique neufs y suaient une humidité saumâtre dont les gouttes se cristallisaient en salpêtre, la lumière rougeâtre et terne de quelques quinquets semblait se répandre avec peine dans cet air opaque, leur flamme s'entourait de loin d'un cercle vaporeux comme la lune dans un ciel humide. Ce fut au bout de ce long corridor que le geôlier s'arrêta devant une porte basse, en disant à la jeune femme :—C'est ici.

QUATRIÈME PARTIE.

FIANÇAILLES D'UN CÉLESTE HYMEN.

I

LE CONDAMNÉ A MORT.

L'arrêt de mort qui avait frappé Aurélien n'avait laissé dans son cœur qu'une résignation morne et profonde; maintenant que la condamnation était portée, que son nom avait subi la flétrissure de la loi, il ne songeait plus à soumettre son avenir aux chances d'un pourvoi ni d'un appel; s'il eût formé un désir, c'eût été qu'on en finît avec lui le plus tôt possible.

Son cœur, fatigué par les agitations de crainte et d'espoir qui, depuis son arrestation, l'avaient assiégé sans cesse, s'accommodait mieux de cette fin sinistre mais sûre que de l'incertitude dont froisse et brise toutes les facultés une destinée en suspens.

La douleur d'ailleurs mûrit l'âme; son regard et son esprit étaient devenus plus sûrs : il voyait et jugeait la vie, hommes et choses, comme le spectateur juge le drame qui se développe en dehors de lui sous ses yeux.

La même fatalité avait toujours plané sur sa vie; les bonheurs que le monde offre à ses élus ne lui avaient point été destinés; dès sa naissance, la société lui avait toujours été marâtre, elle n'avait eu ni cœur pour l'aimer, ni sein pour le nourrir; combien de fois n'avait-il pas soupiré en entendant un camarade parler de son père! combien de fois en voyant un ami embrasser sa mère n'avait-il pas versé de larmes intérieures!

Le malheur de sa naissance avait fait de lui une exception dans l'existence commune; la nature ne se remplace point : les sucs et les loochs que vous donnez à un enfant ne sont point le lait de sa mère, les soins que lui donne un protecteur adoptif ne sont jamais les sollicitudes paternelles.

Aurélien, en ce moment surtout, jugeait plus sainement

28

la réalité de sa vie ; les rapports factices et spécieux qui l'avaient attaché au monde devaient se rompre tôt ou tard sous le choc des événements ou par l'inconstance des affections humaines ; et ils s'étaient en effet rompus.

Pourquoi tenter d'en renouer quelques liens ? que lui offrait donc de si séduisant la vie ? que lui offrait-elle qui pût mériter un regret ?

Ne devait-il pas la traverser, comme il y avait déjà marché, toujours seul ; cette existence commune à tous, douce vie de la famille, resserrée entre la couche d'un père et le berceau d'un enfant, vie d'affections renaissantes, bonheur universel, ne resterait-elle pas toujours en dehors de sa puissance ?

Quel sentiment pouvait désormais remplir le vide de son cœur ?

Il voyait dans cette issue sanglante le dénouement prédestiné de sa vie ; il ne s'en prenait à personne, il n'accusait personne. De ceux vers lequel eussent pu s'exhaler ses reproches, l'un conservait toujours à ses yeux l'inviolabilité dont l'avaient entouré sa tendresse et sa reconnaissance, l'autre était tombé trop bas pour qu'il fît descendre jusqu'à lui ses mépris.

Jouet d'une destinée dont son cœur lui disait qu'il n'avait en rien mérité la rigueur, il conservait au moins cette noble fierté que donne l'innocence ; placé en face de l'échafaud, aucun remords ne troublait le calme de son âme ; si une pensée y jetait un regret, c'était celle que son souvenir resterait odieux et souillé dans la mémoire de celui qu'il aimait et vénérait toujours malgré l'injustice de sa rigueur ; elle attristait son esprit sans déchirer son cœur ; chaque fois qu'il fixait ses yeux sur lui-même, il les reportait avec plus de calme sur sa position.

Car la conscience de son dévouement au bonheur de monsieur Arnauld le vengeait de l'accusation d'ingratitude dont la conséquence était pour lui un arrêt de mort.

L'injustice de son bienfaiteur relevait même dans son esprit la délicatesse de sa conduite.

Le témoignage d'une âme pure a d'ailleurs des consolations puissantes ; c'est dans ces moments suprêmes que l'homme connaît tout le prix d'un passé sans tache ; et la vie d'Aurélien était une de ces existences dont à cette heure on ne voudrait retrancher aucun acte ; car aucun de ses sentiments, aucune de ses pensées même n'eût pu le faire rougir. Aussi avait-il voulu tenter une dernière fois de faire monter vers lui la vérité.

La sœur Camille, à qui le saint dévouement de son ministère faisait ouvrir les portes des prisons, devait venir le visiter le soir même.

C'était par elle qu'Aurélien avait conçu l'espérance d'éclairer monsieur Arnauld ; c'était entre ses mains qu'il voulait déposer une lettre, sorte de récit testamentaire, que son bienfaiteur ne devait lire qu'après sa mort. S'il avait pu rejeter les serments d'un accusé serait-il insensible à une voix qui sortirait de la tombe ?

Aurélien s'acquittait de ce dernier devoir : assis dans son étroit cachot sur un banc qu'il s'était procuré à prix d'argent, comme la table placée devant lui, il achevait d'écrire cette lettre funèbre.

A la faible lueur de la lampe en fer qui l'éclairait en cet instant, l'œil ne pouvait qu'avec peine saisir la forme et l'ensemble de ce cachot. C'était un carré, de moyenne étendue, formé par quatre murailles de granit ; le soupirail placé sous la voûte laissait deviner que ce cabanon était situé au-dessous du niveau des terres, l'humidité qui assombrissait la couleur des granits et qui cristallisait en salpêtre le mortier de leurs joints en était d'ailleurs une indication certaine.

Il achevait de plier cette lettre lorsque la clef grinça dans la serrure massive de son réduit.

Il se leva, pensant que ce bruit lui annonçait la présence de la jeune religieuse. La porte s'ouvrit.

II

L'APPARITION.

Marcelline se présenta sur le seuil ; Aurélien s'arrêta immobile devant cette apparition imprévue. Les yeux fixes, les lèvres entr'ouvertes, il la contemplait dans une attitude d'incertitude et de crainte, comme s'il eût redouté une illusion de ses regards ou une vision d'une autre vie.

La jeune femme s'arrêta elle-même, presque effrayée, devant cette expression d'un religieux effroi.

— Vous, Marcelline !... vous ici !

Furent les premiers mots qui sortirent de ses lèvres, et il s'élança vers elle pour s'assurer en touchant de ses mains cette femme aimée que son cœur n'était pas le jouet de son imagination ou de ses yeux.

— Oui, c'est moi, Aurélien, — reprit Marcelline émue jusqu'au fond du cœur, en venant elle-même à lui, — c'est moi qui suis près de vous, près de vous pour ne plus vous quitter.

Aurélien n'entendit point ces derniers mots. A peine la pression de ses mains l'avait-il assuré de la réalité, que son cœur, qui avait si longtemps résisté aux tortures de ses angoisses, n'avait pu supporter le bonheur qui l'avait envahi.

— O mon Dieu ! — s'écria-t-il d'une voix profonde, les mains jointes sur sa poitrine, les yeux luisants de larmes et levés au ciel, — mon Dieu ! merci !

Et sa tête retomba dans ses deux mains, et l'excès de sa joie s'épandit en un bruissement plaintif et en larmes brûlantes.

— Qu'avez-vous, Aurélien ? pourquoi ces pleurs ? ne suis-je point près de vous ?

Mais elle combattait vainement un saisissement que sa voix brisée et ses joues humides annonçaient assez qu'elle partageait elle-même.

— Qu'éprouvai-je ! — s'écria le jeune homme d'une voix faible mais effrayée, en sentant ses yeux se voiler et ses genoux fléchir. — Mon Dieu !.....

Et il recula en chancelant vers la bancelle que cherchaient ses mains tremblantes. Le faible appui que put lui donner Marcelline, frappée d'effroi par cette crise, lui permit de gagner ce siège, il s'y posa en poussant un profond soupir.

La jeune femme s'assit à ses côtés, ils restèrent silencieux sous leur émotion commune.

Ce qu'éprouvaient en ce moment ces deux amants, bien que dominés par le même sentiment de bonheur, avait cependant un caractère particulier dans le cœur de l'un et de l'autre.

Marcelline, dont les yeux n'avaient jamais été témoins d'aucune souffrance, s'était sentie glacée d'épouvante devant l'agitation qu'avait soulevée sa présence ; ses inquiétudes s'évanouissaient avec le trouble du jeune condamné.

Aurélien, plongé dans un cachot dont il ne devait sortir que pour marcher au supplice, s'était résigné à ce qu'avait de navrant son agonie de trois jours.

L'abandon dans lequel il avait langui depuis son arrestation ne lui avait pas laissé l'espérance que quelques-unes des personnes qu'il avait connues ou aimées franchiraient le cercle de réprobation dont l'avait entouré l'arrêt du juge, et cet isolement, qu'il eût voulu demander à l'oubli et qu'il n'avait obtenu que du mépris, venait d'être rompu par la femme dans la présence, dans l'amour de laquelle s'étaient toujours résumées pour lui les félicités de la vie.

Cet excès de bonheur, après cette infortune extrême, avait tellement frappé son cœur et dissipé ses pensées qu'il avait peine à les recueillir. Il jouissait instinctivement de cette apparition dont il n'avait pas même entre-vu la possibilité à travers ses rêves.

— Marcelline, — lui dit-il un instant après en portant ses yeux vers elle, — vous me donnez plus de bonheur que je n'eusse osé en demander au ciel. La jeune femme rougit en rencontrant ses regards demi-éteints, mais dont la langueur rayonnait encore d'amour, et en s'apercevant que, ce qu'elle ne se fût jamais permis sans doute, elle entourait et soutenait Aurélien de son bras. — Marcelline, — reprit-il, en saisissant entre ses deux mains l'autre main de son amie : — qui vous amène ici, vous ?

Elle rougit de nouveau, baissa les yeux, et répondit avec embarras :

— Un pouvoir que j'ignore ; la force de notre destinée sans doute ; la même puissance qui nous a rapprochés l'un de l'autre, Aurélien ; qui, à notre insu, a uni nos cœurs par des nœuds dont nous n'avons connu la force que lors-qu'on les a voulu rompre ; que sais-je ? la Providence ou la fatalité, qui, n'ayant pu nous faire vivre ensemble, a voulu nous y faire mourir.

— Je ne vous comprends pas, — dit Aurélien, et, se dressant sous un mélange de surprise et de joie. — Oh ! dites...

— Que voulez-vous, me comprends-je moi-même ? sais-je quelle est la puissance qui me rapproche irrésistible-ment de vous. Aurais-je soupçonné, il y a deux jours, que les deux bords de l'abîme qui nous séparait allaient se rapprocher et nous unir ; écoutez, car il faut que vous sachiez tout ce qui s'est passé dans ma tête et dans mon cœur ; alors, vous, vous comprendrez peut-être.

III

CAUCHEMAR.

— « Ce que j'ai ressenti depuis un jour, je l'ignore ; c'est le ciel et l'enfer, chaque heure me semble mainte-nant avoir eu la durée d'un siècle ; mon souvenir suffit à peine à ce que j'ai vécu depuis le moment où je sortis du tribunal.

» Ce que je me rappelle, c'est qu'en quittant l'enceinte de cette cour d'assises où tout avait été déchirements pour moi, une force irrésistible m'entraînait aux pieds de celui qui juge les juges ; je voulais en appeler à lui de la con-damnation que je prévoyais qu'ils allaient lancer contre vous.

» J'étais navrée et mourante ; je me sentis bien de tou-tes les impressions que me jeta la nature en traversant les boulevarts ; impression, involontaires et confuses, mais pourtant saisissantes et profondes ; le ciel sou-riant, le murmure du feuillage des arbres, l'air qui cares-sait ma pauvre tête brûlante, tout cela se confondait en moi, au sortir de cette scène terrible, en une douce impres-sion de consolation et de soulagement.

» J'arrivai pourtant dans la cathédrale, épuisée de toute force ; tremblante sous l'ombre froide de ses nefs, je pus à peine gagner une chapelle des bas côtés. Je voulus m'a-genouiller sur une chaise, mais je sentis une vapeur froide monter de ma poitrine, un frisson courut dans mes chairs, je m'affaissai sur moi-même.

» Que se passa-t-il alors ?

» Là, tout se confond pour moi ; évanouissement ou sommeil, il me sembla être tombée dans un marécage, au milieu d'une forêt ombreuse et froide ; je sentais et je voyais avec effroi mes pieds dans une eau glacée, à tra-vers une mousse et un limon noirâtre.

» Ce limon s'agita, puis je reconnus que c'était une multitude d'insectes et de reptiles. Je les vis grossir, pren-dre les formes les plus affreuses, me regarder avec des re-gards qui me pénétraient.

» Je voulus fuir, mes membres se refusèrent à moi ; je me sentis comme enchaînée au sol ; je voulus détourner les regards ; je fermai les yeux, mais je les vis, ces rep-tiles, plus hideux, plus menaçants ; et puis tous s'agitè-rent et s'élancèrent vers moi ; je poussai un cri, mais le feuillage s'écarta soudainement sur ma tête, une lumière vive et colorée m'inonda, je me sentis saisir et enlever, et celui qui m'enlevait et m'arrachait à ces monstres, c'é-tait vous ! »

Leurs âmes se confondirent dans un long regard. Elle poursuivit :

« Alors je sentis que je traversais de grands espaces rem-plis de doux parfums et de suaves harmonies, et de rayons d'une blancheur sans égale.

» Cela dura longtemps, et nous volions toujours sans rencontrer d'obstacle, sans fatigue, avec bonheur.

» Des astres de toutes couleurs roulaient sur notre pas-sage ; c'étaient d'eux qu'émanaient cette lumière éblouis-sante, ces harmonies et ces parfums.

» Enfin tout pâlit et s'effaça ; puis, subitement, tous s'éteignit. Je n'entendis plus alors que les derniers sons d'un orgue qui mouraient sous les arceaux d'un immense édifice, et je ne sentis plus qu'une vague odeur d'encens brûlé et de cierges éteints.

» Je m'étais réveillée ; j'étais toujours dans cette cha-pelle où j'avais voulu me livrer à la prière.

» La nuit tombait, les derniers rayons du crépuscule ne pouvaient plus glisser jusqu'à moi à travers les vitraux coloriés de la haute fenêtre. Sans la teinte jaunâtre dont on a dernièrement lavé l'intérieur de la cathédrale, je n'eusse pu reconnaître l'endroit où m'avaient laissée ces visions.

» Le salut finissait alors.

» La bénédiction de l'évêque parvint à mon oreille, je courbai la tête sous cette main qui délie et absout. Puis, un grand bruit de pas s'étant fait entendre, je me levai ; et, le cœur moins sombre, la tête plus légère, je me mê-lai à la foule qui s'écoulait sous le portail. »

Aurélien, immobile, contemplait la jeune femme dans une sorte d'extase.

Toutes les impressions qu'elle retraçait se reproduisaient dans ses traits.

Lorsqu'elle lui avait parlé des monstres qui avaient as-siégé la première partie de son rêve, elle était pâle et tremblante sous l'évocation de cette scène horrible, et la pauvre condamné avait senti une épouvante sympathique glacer son front et secouer son corps.

Lorsqu'elle lui avait parlé avec un naïf enthousiasme de leur voyage ailé à travers les cieux, il lui avait semblé voir un ange sous ses doux traits, et tout en elle, son pur visage, ses blancs vêtements, et mille circonstances d'om-bre et de lumière, semblaient alors réaliser cette pen-sée.

La figure de Marcelline n'avait rien perdu de sa ravis-sante fraîcheur sous la douleur qui l'avait amaigrie, la pâleur qui s'était répandue sur ses traits avait également donné à leur douce expression quelque chose d'immatériel et de céleste.

Son cachemire était tombé de ses épaules, son long pei-gnoir blanc, à taille en gerbe, reflétant toute la clarté qui régnait dans le cachot, faisait jaillir toutes les formes de la jeune femme en relief lumineux, sur le fond noir et bitumineux des murailles.

IV

LA PORTE D'IVOIRE.

Elle continua son récit ; son accent devint alors de plus en plus triste. Elle rapporta dans tous ses déchirants détails la scène dont à son retour l'appartement de son père avait été le théâtre, jusqu'au moment où de nouveau s'effacèrent ses souvenirs.

—« Restai-je longtemps dans ce nouvel évanouissement? Je l'ignore. Les premières images auxquelles remonte ma pensée sont de ces horribles créations que jette la fièvre; les spasmes du désespoir, des luttes avec l'impossible.

» Ce vague et cette obscurité d'angoisses se dissipèrent, l'impression devint plus distincte, alors les images de ma vie réelle se produisirent dans mes songes.

» Je me trouvai au milieu d'une multitude furieuse et agitée, dont toutes les bouches criaient mon nom avec outrage, dont tous les regards me cherchaient. Personne pourtant ne me voyait ou ne me reconnaissait.

» J'aperçus en cet instant une borne élevée; il me sembla que, si je pouvais me cacher derrière, personne ne pourrait m'y découvrir. Je me glissai, à travers cette foule hagarde, vers mon asile. Je croyais que beaucoup de ceux près de qui je passais me regardaient avec défiance et menace; on murmurait sur mes pas. Mais j'approchais de cette borne; j'allais y toucher lorsqu'elle se retourna brusquement vers moi en poussant un éclat de rire affreux.

» Je me trouvai en face de monsieur Arnauld, qui me désignait du doigt aux coups de la foule; de mon père, qui me lançait sa malédiction; de cette multitude, qui s'ébranla tout entière et fit pleuvoir une grêle de pierres sur moi. Je tombai.

» Une nouvelle absence de moi-même, sorte d'évanouissement dans cette léthargie, vint sinon rompre ce cauchemar, du moins suspendre la perception de ses visions.

» Je ne puis dire combien de temps s'écoula avant que mon âme se dégageât des ombres et des nuages dont elle se trouvait enveloppée, lorsque la conscience de ce que je sentais et voyais revint à mon esprit. »

Marcelline poursuivit avec un doux sourire :

« Je me retrouvai assise près de vous sans vous reconnaître. Il faisait nuit. Vous me disiez des paroles que je ne pouvais entendre et que cependant j'écoutais avec plaisir.

» On apporta de la lumière; je vis avec effroi que nous étions dans un cachot. C'est alors que je vous ai reconnu. »

Aurélien porta involontairement un regard de tristesse sur les murailles du cachot qui les enveloppait

» J'étais en robe de mariée. Monsieur Bazire, en robe noire, était debout devant nous; il nous fit un signe, et nous nous levâmes avec terreur; un signe, et nous nous mîmes à genoux devant lui.

» Mais tandis que l'un et l'autre nous avions le front incliné devant cet homme sinistre, une douce lumière et de doux chants éclatèrent autour de nous.

» Je relevai la tête; l'homme noir avait disparu. C'était mon père qui, devant nous, debout, le visage rayonnant, les yeux en larmes, nous couvrait de ses mains et de ses bénédictions.

» Le cachot était devenu un salon resplendissant. Une société nombreuse se pressait autour de nous; c'étaient tous visages souriants, tous regards amis.

» Je n'avais jamais vu beaucoup d'entre eux, et cependant je les reconnaissais et les aimais avec transport. C'était ma mère, c'était votre père, de beaux vieillards, nos parents, de jeunes enfants, nos frères et nos amis. Et je me suis éveillée à demi, le cœur ému, la tête légère, et mille nouvelles pensées sont venues à moi dans ce vague et dernier sommeil.

» Je ne pouvais m'empêcher de rapprocher ce dernier rêve de celui qui, après avoir si profondément effrayé mon imagination, l'avait remplie de calme et d'un indicible sentiment de consolation et de confiance.

» Enfant, j'avais eu toujours quelque foi aux pressentiments qui, dans la vie, jettent parfois des reflets des faits prêts à s'accomplir. Dans plusieurs occasions, des événements ont si étrangement concouru avec ces idées qu'ils ont donné dans mon âme une raison irrésistible à ce que vous pouvez appeler des faiblesses.

» Quand je me suis levée, j'étais calme; une résolution s'était irrévocablement arrêtée dans ma tête.

» Ces deux songes avaient éclairé mon esprit et affermi mon cœur; ils avaient été pour moi une révélation du ciel. Je contemplai ma position avec plus de froideur et de vérité.

» Dieu avait formé l'un pour l'autre nos cœurs que les hommes avaient voulu désunir. J'avais fléchi longtemps sous leur violence. Mais alors que leur injustice me repoussait de la maison de mon mari, me chassait de la maison de mon père, me bannissaient de leur société, que pouvais-je faire?

» La Providence ne m'indique-t-elle pas ma conduite, en ne me laissant d'autre asile que celui qu'elle vous ouvre? Nous n'avons pu vivre ensemble, nous pouvons y mourir. »

V

LE POISON.

Marcelline avait fait briller aux yeux d'Aurélien le flacon libérateur.

— Du poison !

Le condamné resta un instant silencieux et embarrassé, fixant sur la jeune femme des regards où brillait une exaltation heureuse.

— Marcelline! — reprit-il en lui serrant la main dans les deux siennes, — vous dissipez le seul regret qui pût encore empoisonner mon âme; car, voyez-vous, ce n'était pas la mort que je craignais, j'eusse plutôt redouté la vie, la vie sans vous; ce n'était pas non plus l'échafaud... l'échafaud ! — A ce dernier mot, ses prunelles rayonnèrent d'enthousiasme, et il continua les yeux levés vers la voûte du cachot : — Oh ! cent fois, en songeant à mon père, ne l'avais-je point aperçu, l'échafaud, dans mes rêves de patriotisme, non sanglant mais radieux et comme un dernier degré vers le ciel. L'échafaud ! mais quelle plus belle auréole pour la tête d'un martyr que l'éclair du couperet tombant sur ses vertèbres !... De quelle tribune un dernier cri de liberté peut-il avoir plus d'écho? L'échafaud n'est-il pas pour toute âme probe la glorieuse alternative du triomphe? N'est-ce point son refuge lorsque la vertu n'a plus d'asile que dans les prisons ou dans la tombe? Ce qui m'attristait, ce que je redoutais, Marcelline, c'était ce mépris qui s'attache au crime, ces regards flétrissants qui suivent l'assassin, cette scène de sang et de boue, ce spectacle de mort et de honte. Mais vous me sauvez de cette agonie, merci ! Je pourrai donc mourir sans cette agonie d'outrages; mourir, non d'opprobre, mais rempli de reconnaissance et d'amour.

— Oui, Aurélien, la mort nous sera douce. Sera-ce même la mort ? La mort est ce qui sépare, et ce moment nous réunira.

— Nous réunira? — Le jeune homme répéta ces deux mots d'un ton interrogatif.

— Ne vous l'ai-je point dit, Aurélien, je viens mourir avec vous.

— Vous, mourir !... — dit Aurélien avec réprobation.

— Me repoussez-vous ?

— Oui, Marcelline, je dois m'opposer à votre sacrifice. Vous avez une place dans le monde, vous.

— Et il me flétrit, ce monde, — reprit la jeune femme. —Vous savez si je suis coupable, et ce monde m'ouvre ses prisons.

— Votre père ?...

— Je vous l'ai dit, il me repousse. — Devenant alors

suppliante, des mains, des yeux et de la voix : — Aurélien, quand tout m'abandonne, quand je n'ai plus d'être avec qui vivre, me refuserez-vous de mourir avec vous?

— Mais savez-vous donc ce que c'est que la mort, vous qui ignorez même encore ce que c'est que la vie? Savez-vous combien il faut de tortures pour tarir l'existence dans un cœur plein de séve et de jours? Marcelline, rejetez cette pensée; vous ignorez quel essaim de douleurs déchaîne dans le corps ce breuvage mortel, vous ignorez quels degrés de souffrance il faut franchir pour descendre du sein de la jeunesse au fond d'un tombeau... Ah! rejetez cette pensée!

— Faut-il moins souffrir pour perdre l'honneur que pour perdre la vie, — reprit-elle avec tristesse et reproche; — le mépris est-il moins cruel que le poison; ne voyez-vous pas que la mort est mon seul refuge contre la flétrissure et la honte.

— On ne vous condamnera pas : vous êtes innocente.

— Étiez-vous donc coupable, vous? — Aurélien éleva ses regards au ciel en étouffant un soupir; madame Arnauld continua d'une voix palpitante et les yeux pleins de larmes. — Oh! ne me repoussez pas, Aurélien!... ne voyez-vous pas que si vous me rejetez loin de vous je suis déjà criminelle? l'amour, qui me rappelle en cet instant en votre cachot, tachera ma vie si la mort ne l'épure; elle seule peut séparer ce que les hommes ont uni; elle seule peut réformer et légitimer les liens qu'ils ont rompus! Et ne sais-je donc pas ce que c'est que la souffrance? Toutes les blessures faites au cœur ne sont-elles pas mortelles? Ne meurt-on pas aussi douloureusement de celles qui y déchirent un amour profond que des feux que le poison allume dans la poitrine? l'agonie, pour être plus lente, en a-t-elle moins de tortures? Oh! laissez-moi la consolation de mourir près de vous; accordez-moi le seul adoucissement que je puisse espérer dans mes angoisses, celui de vos paroles et de vos regards; me refuserez-vous de mêler nos derniers soupirs dans le seul baiser que nous puissions nous donner chastement sur la terre? Vous voulez que la vie nous sépare, moi je veux, Aurélien, que la mort nous réunisse; lequel doit céder de nous deux, dites?

Elle attendit les yeux attachés sur le visage du jeune condamné la réponse qu'elle lisait déjà dans l'émotion de ses traits.

Il garda un moment le silence, ses regards et sa figure traduisirent seuls, les premiers par leur éclat humide, l'autre par une expression ineffable, tous les sentiments qui s'agitaient dans son cœur.

Enfin, élevant ses yeux au ciel, il dit d'une voix profonde :

— Le malheur n'a donc creusé mon cœur que pour qu'il pût contenir plus de félicité! — Et, les reportant sur son amante, il ajouta avec un accent intime : — O Marcelline! ma vie a été bien triste; commencée au pied d'un échafaud, c'est au pied d'un échafaud qu'elle doit finir; je n'ai connu aucune des affections que la nature donne à tous les êtres, aucune des affections qui réjouissent et fécondent l'âme : ni mère pour protéger mon enfance, ni père pour guider ma jeunesse; mon cœur n'a rien senti qui n'ait fini par le déchirer. Eh bien! je le déclare du fond de ma conscience : me donnât-on en cet instant à choisir entre les existences les plus fortunées des autres hommes, je leur préférerais ma vie sombre, ma vie isolée entre deux échafauds; car cet isolement de ma vie ne m'a rendu que plus douce et plus précieuse la tendresse que vous avez fait descendre sur elle, ces ténèbres n'ont donné que plus d'éclat à l'étoile que votre amour a fait briller dans ma nuit; car vous avez toujours été là pour embellir mes rares instants de joie, pour sécher ou rendre plus douces les larmes des jours de douleur. Quel bonheur du monde pourrais-je envier dans ce moment suprême?... Quel charme a donc votre amour, qui peut donner de l'ivresse à la mort?... Oh! vous êtes un ange!

— Je ne suis qu'une pauvre femme qui vous rends à peine tout le bonheur que vous lui révélez.

— O Marcelline! pourrais-je vous exprimer ce que vous excitez en moi?

Elle le regarda avec un sourire triste et doux, puis dit d'une voix indéfinissable :

— Ce que vous éprouvez, ne le ressens-je pas moi-même? — Et après une pause elle ajouta : — Il faut que vos paroles soient bien puissantes pour avoir effacé tout ce que j'avais d'angoisses dans l'âme; eh bien! dans ce moment j'oublie tout; tous les autres sentiments de mon cœur s'effacent dans l'émotion de celui dont votre amour l'inonde. Oh! mourons! mourons dans cet instant. Que parlez-vous de douleurs, la mort ainsi c'est une chaste ivresse; si elle a des soupirs et des larmes, ce sont ceux que font naître l'excès du bonheur... Oh! mourons avant qu'il ne finisse!

La jeune femme, les traits radieux, ouvrit la fermeture d'argent dont était garni le flacon de cristal.

— A moi, Marcelline!

Il voulut prendre le premier ce poison que Marcelline portait à ses lèvres.

— Non, après! — fit-elle en repoussant légèrement sa main. Elle but, et, lui présentant le flacon ensuite, elle lui dit avec le doux sourire qui effleura les lèvres de dona Sol lorsqu'elle présenta le breuvage mortel à don Juan : — Soyez sans crainte, je vous ai laissé votre part.

— Merci. — Il but jusqu'à la dernière goutte et jeta après le cristal vide. — Nous voilà donc unis. Venez sans crainte; maintenant que nous avons placé la mort entre nous et les hommes, vous êtes à moi; vous êtes mon épouse devant Dieu!

— Oui, maintenant je suis à vous, à vous seul, mon Aurel!

Ils se contemplèrent un instant avec ravissement : le front du condamné s'attrista, tandis que ses regards restaient attachés sur les traits de sa fiancée.

Il comparait involontairement la destinée que lui réservait la société et celle qu'il lui avait faite.

— Marcelline, — lui dit-il, — voilà donc l'hymen que vous réservait mon amour? un cachot pour sanctuaire; pour prêtre, la mort! à toi pour qui le monde...

— Que parlez-vous du monde? nous n'appartenons plus à la terre. Près de vous, ma vie, que m'importe ce qu'il eût pu m'offrir.

— C'est que, voyez-vous, j'eusse voulu vous rendre si heureuse! c'est un regret, non pour moi, pour vous seule!

— Voulez-vous donc, Aurel, voiler ce que cet instant a d'enivrement et de délices?

— Oh! non, tu dis vrai, puisque nous sommes unis, que nous importe le reste! Que nous importe maintenant et le monde et ses solennités! que nous font les somptuosités de son luxe si notre amour n'a pour asile qu'une prison, si nos corps n'ont pour couche nuptiale que la terre glacée de la tombe! c'est dans le ciel que pour nos âmes ces fiançailles suprêmes doivent se changer en un hymen éternel!

Marcelline, dont la poitrine était déjà déchirée par l'activité de ce poison subtil, répéta d'une voix faible et toujours tendre :

— Oui... un hymen éternel!

— Mais vous pâlissez! — dit Aurélien avec effroi.

— Je frissonne!

En prononçant ces deux mots sa voix frémit comme son corps.

— Oh! viens dans mes bras... que je te réchauffe... sur mon cœur... sur mes lèvres... comme cela!... — Et il pressait contre son sein ce corps sur lequel s'étendait déjà la langueur du trépas. — As-tu moins froid, mon ange?

— Mon ami!...

Il y eut du bonheur dans ces paroles d'une voix mourante.

— Tu trembles? — reprit Aurélien avec épouvante.

— Oh! laisse-moi... ainsi...

La jeune femme glissa sur les genoux aux pieds de son amant.

— Un baiser !—Elle dressa vers Aurélien sa figure ; ses lèvres pâles purent à peine former un sourire; pour la première fois leurs bouches unirent leur haleine. Quand l'étudiant redressa la tête, ses yeux se portèrent vers le ciel et deux grosses larmes coururent sur ses joues. Le breuvage commençait à exercer sur lui son action destructive. Ses traits prirent une fixité hagarde. Un léger murmure s'éleva des lèvres de Marcelline et rappela tous les sentiments de son amant sur elle. — Qu'as-tu ?... Oh! ne vois-tu pas des ombres courir dans tes regards... Quel est donc ce poison ?—Et d'une voix déchirante :— Tu dois bien souffrir?

— Non !... — dit Marcelline en s'efforçant d'élever vers lui sa tête, — je meurs !

Elle glissa sur les dalles. Aurélien tomba à genoux auprès d'elle, et, soulevant sa tête, prit sa taille encore palpitante dans ses bras.

VI

SŒUR SAINTE-CAMILLE.

En ce moment la clef du geôlier grinça dans la serrure du cachot, la porte tourna sur les gonds, et la sœur Sainte-Camille entra dans la prison. Le premier regard lui révéla le secret de cette scène.

— Mon Dieu ! — s'écria-t-elle en s'élançant vers eux ;— malheureux, qu'avez-vous fait? — A sa voix, madame Arnauld rouvrit ses paupières. — Marcelline !

— Ma sœur !...

— Oh ! — dit la jeune religieuse en soutenant elle-même la mourante, — avez-vous pensé à votre âme? il en est temps encore, mon amie, songez aux jugements de Dieu; il est miséricordieux; au nom de votre salut, réfugiez-vous dans sa bonté !

— Ma sœur... — reprit Marcelline d'une voix entrecoupée, — si notre mort est un crime... priez pour nous... Dieu nous pardonnera... lui qui a tant souffert !

Ses yeux, qui durant qu'elle prononçait ces paroles s'étaient élevés vers le ciel, restèrent ainsi ouverts et fixes. Son dernier souffle s'était exhalé avec ce dernier soupir.

Aurélien, qui les mains jointes avait associé son âme à cette prière suprême, roula raide et glacé sur le cadavre de Marcelline.

Le geôlier était resté muet et consterné devant cette scène de mort.

La sœur Sainte-Camille, le cœur brisé, fût demeurée longtemps en prières auprès de ces deux cadavres sur lesquels son âme fervente appelait la miséricorde de Dieu, si la voix de cet homme ne l'eût arrachée à sa douleur religieuse.

VII

L'ARRÊT DE LA SCIENCE.

Quelques heures après cette scène, un autre arrêt s'accomplissait ; non celui d'un juge, mais celui d'un médecin.

Le docteur Aubert avait annoncé à monsieur Arnauld que tout mouvement ou toute émotion violente devait lui être funeste. Cette prédiction n'avait pu l'empêcher de paraître dans les débats. L'événement avait frappé d'une sanction immédiate la prescription et la menace.

Dès le soir même, une inflammation nerveuse avait déterminé une rechute devant laquelle s'étaient évanouies toutes les espérances de salut. Les efforts de l'art avaient été le lendemain impuissants contre la progression croissante de la maladie; les symptômes les plus alarmants s'étaient successivement produits et déclarés.

Vers le soir, pourtant, quelques améliorations s'étaient opérées dans l'état du malade, la fièvre était tombée ; une torpeur léthargique avait succédé à l'agitation et au transport; le retour de l'accès pouvait confirmer ou détruire la lueur d'espoir qui vacillait sur ce lit de mort.

La sœur Sainte-Camille avait profité de ce moment d'atonie pour aller calmer d'autres douleurs ; elle pensait aller porter des consolations, elle n'eut qu'à prier et pleurer entre deux cadavres.

La lettre, sous son pli, qu'elle avait trouvée sur la table du cachot lui avait imposé de nouveaux devoirs ; leur accomplissement l'avait ramenée brisée de peines et de souffrances près du lit de monsieur Arnauld.

Dès onze heures du soir elle avait repris sa place au chevet.

Aucun incident n'était survenu dans la situation du malade, c'était toujours la même absorption somnolente qui avait succédé à la fièvre.

Vers minuit, les domestiques fatigués furent prendre quelque repos ; une demi-heure après, la jeune sœur de Charité veillait seule dans cette maison endormie.

Les premiers instants s'écoulèrent pour elle en prières; ce cri de justice sorti d'une bouche maintenant muette et glacée était un legs qu'elle avait reçu avec religion et qu'elle redoutait de ne pouvoir accomplir.

A genoux près de cette couche de douleur, elle conjurait Dieu avec ferveur et larmes de lui donner la puissance de convaincre et d'éclairer.

Vers deux heures, le commandant était toujours étendu immobile, comme si déjà la vie se fût éloignée de son corps; sa figure maigre et osseuse, dont la teinte se détachait jaune et livide sur la taie de l'oreiller, avait un caractère qui, dès le premier aspect, glaçait d'effroi; c'était une expression indéfinissable, les contractions de la douleur et l'immobilité du néant.

Assise près de la table de nuit, sur le marbre noir de laquelle une veilleuse brûlait au milieu des papiers, de l'encrier et des plumes qui servaient à écrire les ordonnances, la jeune fille parcourait une nouvelle fois les lignes qu'Aurélien lui avait adressées, lorsque le sommeil la surprit et ferma sa paupière appesantie par les veilles.

Le commandant reprit en cet instant insensiblement connaissance. Ses regards s'étant portés vers la lumière s'arrêtèrent sur les traits de la jeune fille endormie.

Il la contempla quelques instants avec une douce émotion avant de remarquer le papier qu'elle tenait dans ses mains.

S'étant alors dressé sur son oreiller, il aperçut sur la table de nuit une lettre fermée dont l'adresse frappa ses yeux :

« A monsieur Arnauld. »

Il la prit. Son premier mouvement, en reconnaissant l'écriture, fut de la rejeter loin de lui ; la puissance d'une affection que sa vengeance, malgré l'aveuglement dont elle l'avait frappé, n'avait pu complétement éteindre, l'empêcha d'obéir à cette impulsion première. Il hésita un instant, puis conserva cette lettre dans ses mains; il hésita encore, puis l'ouvrit.

Dès lors ses regards ne la quittèrent plus qu'ils ne l'eussent parcourue entière ; impassibles d'abord, ses traits s'émurent ensuite, puis révélèrent toute l'agitation que ce cri suprême soulevait dans son cœur.

« Monsieur,

« Vous pouvez lire sans crainte d'importunes supplica-
« tions : lorsque cette lettre vous sera remise, celui qui

« l'aura écrite n'aura de miséricorde à demander qu'à
« Dieu.

« Hier, au milieu de la nuit, seul avec ma conscience
« dans les ténèbres d'un cachot, j'ai consulté mon cœur
» sur ce que me prescrivait l'honneur devant mon arrêt de
« mort. Alors j'ai rejeté toute idée de pourvoi et de grâce,
« et je n'ai plus songé qu'à élever un cri de vérité vers
« vous ; si la voix qui sort d'un cachot peut implorer par-
« don, celle qui vient de la tombe ne peut que demander
« justice. Écoutez donc la mienne, car, je vous l'ai dit,
« lorsque vous lirez ces lignes, cette voix sera la voix du
« tombeau. . . . .
. . . . »

Aurélien développait ensuite dans tous leurs détails les
événements qui avaient plongé dans la même catastrophe
deux familles. Monsieur Arnauld suivit avec une émotion
croissante ce récit, jusqu'à ces derniers mots :

« Voilà la vérité simple et entière ; je vous le jure en
« face de la mort ! me croirez-vous, maintenant que j'at-
« teste Dieu devant qui je vais paraître ; me croirez-vous
« maintenant que j'adjure mon père, qui bientôt va me
« bénir ? eh bien ! par mon père et par Dieu ! ceci est la
« vérité complète,

« AURÉLIEN P... »

Monsieur Arnauld laissa tomber ses mains sur le drap,
comme si elles n'eussent pu supporter le poids de cette
lettre.

Il était dans cette situation maladive où l'épuisement
des forces est la suite et la conséquence des ardeurs de la
fièvre, instant de marasme et d'atonie où la circulation
insensible et le relâchement des fibres détruit toute fougue et toute exaltation, laisse les passions sans transports
et les pensées sans élan ; instant où l'intelligence calme
et lucide plane en quelque sorte au-dessus des irrascibi-
lités les plus fougueuses de l'esprit et du cœur.

Aux derniers accents de cette voix mourante, qui du
pied de l'échafaud lui jetait encore un cri de justification, le commandant ne reportait point sans terreur ses
pensées sur les causes de sa vengeance.

Il se rappelait la tendresse et le dévouement d'Aurélien,
comme une présomption explicative des ténèbres dont
s'entouraient quelques circonstances de sa conduite ; et
lorsque de cette existence d'affection et d'honneur il rap-
prochait la froideur de conviction avec laquelle il avait
protesté contre l'accusation matérielle des faits, un
regret naissait dans son cœur, et par moments même un
remords.

VIII

LE PARDON.

La sœur Sainte-Camille, dont les mouvements du commandant avaient dissipé le léger sommeil, était restée immobile, les yeux attachés sur lui, suivant de son âme tous
les mouvements que l'émotion produisait dans ses traits.

Les mains jointes, l'âme agitée d'espérance et de crainte,
elle priait Dieu d'éclairer ce cœur qu'allait bientôt glacer
la mort ; d'y rappeler l'affection, qu'avait injustement
remplacée la haine ; d'étouffer la vengeance là où n'eût
dû régner que la reconnaissance et la pitié. Elle voyait
avec bonheur une expression sans cesse plus émue se
répandre sur les traits du commandant.

— S'il était pourtant innocent !

A ces mots prononcés d'une voix mourante par monsieur
Arnauld, la jeune religieuse ne put maîtriser le mouvement de son cœur.

— Oh ! oui, monsieur, il l'était, innocent !...— Le commandant tressaillit. La sœur de Charité était tombée à genoux devant le lit, en prononçant ces mots.

— Il était innocent !... il était... Mais oui, cette lettre ..
— Il reprit la lettre et lut : « Quand elle vous sera remise,
« celui qui l'a écrite n'aura plus de miséricorde à deman-
« der qu'à Dieu ! » — Oh ! mademoiselle, dites, serait-il
temps encore !...

La jeune fille leva ses yeux luisants vers le ciel, et
répondit :

— Il vous l'a dit, monsieur, il n'a plus besoin du pardon
des hommes.

— Ce n'est pas possible...—Il fit un effort pour recueillir
ses souvenirs. — Combien donc a duré cet anéantissement
d'où je sors ?

— Plus de vingt-huit heures.

— Eh bien ! le temps du pourvoi ne s'est point écoulé.
On ne peut avoir hâté son supplice...

— Il l'a devancé, monsieur,

— Comment ?...

— Il s'est dérobé à la honte de l'échafaud ; que le Seigneur lui pardonne ! il s'est empoisonné.

— Empoisonné !...—Il resta un moment comme accablé
sous cette pensée ; puis il reprit : — Mon Dieu ! mais qui
m'avait donc aveuglé...? Je ne suis pas un homme impla-
cable ; qui donc avait pu fermer mes yeux et mon cœur.....
me rendre sans entrailles, sans pitié...? Oh ! c'est affreux
aurais-je été le jouet... l'instrument d'un misérable...? un
instrument de mort !... Mais vous vous trompez, mademoiselle, cela ne peut être ainsi. Du poison !... qui eût pu
lui en fournir ?...—A cette interpellation, une expression de
surprise et d'effroi se répandit sur le visage de la sœur
Sainte-Camille ; le commandant en fut frappé. — Qui eût
pu lui en fournir ?... La vie d'un condamné appartient à
la loi, et la loi veille sur sa vengeance... Qui eût pu lui
en fournir ? — La jeune fille poussa un soupir, en élevant
vers le ciel un regard douloureux. — Il y aurait-il encore
là quelque mystère...? Oh ! répondez-moi, votre silence
me tue ; qui lui a fourni ce poison ?

— Madame Arnauld.

— Madame Arnauld !... Veillé-je bien ? non ce n'est
pas possible, c'est un rêve. Madame Arnauld ! Mais comment ? pourquoi ? — S'adressant avec transport à la jeune
religieuse : — Vous faites-vous un jeu de me déchirer le
cœur...? Où est-elle ? où est Marcelline ?... je veux la voir...!
Vous pleurez...?—Le commandant se dressa sur son chevet,
sa voix prit un accent effrayant. — Qu'est devenue Marcelline ?

— Morte ! — répondit la religieuse, fascinée par le regard que monsieur Arnauld attachait sur elle.

— Empoisonnée, sans doute ?

— Empoisonnée.

— Tous deux ! et moi, malheureux, qui sentais déjà
dans mon cœur le pardon et le remords ! les miséra-
bles !...

— Grâce, monsieur, ne les maudissez pas !

— Oh ! taisez-vous !

Et il étendit la main vers elle, en détournant la tête.

— Monsieur, écoutez-moi ; vous êtes bon ; vous vous
accusiez tout à l'heure d'avoir été inexorable, ne le soyez
point ; car, par le Dieu vivant ! ils ne sont point coupables, je vous le jure !

— Mademoiselle, je souffre trop ; ne tourmentez pas
mon agonie ; laissez-moi mourir en paix.

La sœur Sainte-Camille, restée à genoux, reporta ses
regards vers le ciel, et, les mains jointes, elle laissa cette
prière monter de son cœur :

— Mon Dieu ! les punirais-tu du crime de leur mort ?
Leurs souffrances et leurs malheurs ne sont-ils pas à tes
yeux une excuse ? Abandonnés de tous ceux auxquels ils
s'étaient sacrifiés, repoussés par ceux même qui eussent
dû les combler de reconnaissance et d'amour ; menacés,
elle chaste et pure, de la prison ; lui innocent, du supplice
et de l'échafaud, le vertige les saisis... Oh ! — Et la pau-

vre enfant sanglotait, la tête cachée dans ses deux mains.
Monsieur Arnauld, en proie à l'agitation la plus violente,
luttait dans une incertitude dont ne pouvait triompher
son esprit. La sœur Sainte-Camille sortit de son trouble et
de sa douleur. — Monsieur, écoutez-moi un instant. — Sa
voix ferme quoique agitée, avait pris un ton impératif. —
Puisqu'il me reste un moyen de vous faire entendre la vérité,
je vais rougir devant vous. C'est un secret que n'a connu
qu'un homme... un seul, mon confesseur...—Elle se releva, s'assit, et poursuivit rouge et les yeux baissés : — Vous
pouvez vous rappeler, monsieur, que ce ne fut pas sans
étonnement que, non-seulement ma famille, mais encore
la ville entière, apprirent que j'allais prendre le voile. On
attribua à bien des causes cette résolution subite ; le motif
réel, personne ne l'a connu ; je vais vous le dire : J'aimais Aurélien ; pardon, mon Dieu ! oh ! oui, je l'aimais....
J'avais pris longtemps l'affection que je ressentais pour lui
pour un retour de la tendresse que les analogies de notre
position et de notre caractère lui avaient inspirée ; j'y
croyais encore, lorsque les confidences de Marcelline m'apprirent l'amour qu'elle éprouvait pour lui et dont il brûlait pour elle. Ce secret m'éclaira sur l'état de mon cœur.
Depuis cette époque, j'ai été tour à tour leur confidente à
tous deux. Vouée à Dieu et devenue son épouse, je restai
même dépositaire de leurs secrets : car, vous l'avouerais-
je, cet amour me semblait encouragé par votre conduite
comme par celle de monsieur Vauvert ; je voyais en lui
une chaste flamme que devaient un jour consacrer et la
voix du prêtre et vos bénédictions. Vos derniers projets
m'effrayèrent. Depuis quelque temps je n'avais vu que ra-
rement Marcelline. Je priai chaque jour le Seigneur de ne
pas l'abandonner dans cette position terrible ; je ne l'ai revue
intimement qu'après la catastrophe. Alors j'ai tout appris.
J'ai connu le dévouement qui lui a fait sacrifier et son
bonheur et sa vie à la réputation de son père ; j'ai su
qu'Aurélien était venu exprès pour vous révéler son amour,
que la déclaration du vôtre et la connaissance de la position de monsieur Vauvert l'avaient empêché de vous tout
dévoiler ; car voilà la vérité : il s'est sacrifié à votre bonheur, comme Marcelline à l'honneur de son père ; il vous
dit dans cette lettre comment un magistrat peut faire sortir tant de haine et de malheur de tant de tendresse et de
dévouement. Maintenant leur pardonnez-vous ?
Monsieur Arnauld, épuisé par l'exaltation où la violence
et la diversité de ces émotions l'avaient plongé tour à tour,
se sentait le cœur pénétré par la voix palpitante de cette
jeune enfant, dont l'amitié dévouée avait survécu à l'a-
mour ; sentant à l'agitation qui s'alluma en lui l'approche
d'une dernière crise, il fit un effort.
Il se dressa, puis, ayant pris la plume dont le docteur se
servait pour écrire ses ordonnances et ses prescriptions,
il traça quelques lignes sur le revers de la lettre.
L'ayant ensuite présentée à la sœur de Charité, il
poussa un léger soupir et tomba sur son oreiller.
Le calme dont le malade jouissait depuis quelques instants se prolongea jusque vers trois heures ; alors la
fièvre le reprit ; l'agitation nerveuse se manifesta par tous
les symptômes de la veille ; le délire commença bientôt
après.
La sœur Sainte-Camille sonna. Aussitôt la maison s'é-
veilla et s'emplit de mouvement ; on courut avertir les
médecins ; lorsqu'ils arrivèrent, la crise s'était affaiblie ;
quelques-uns des liens qui attachaient monsieur Arnauld
à la vie s'étaient déjà rompus ; le râle se fit entendre ; les
médecins, à ce dernier symptôme, jetèrent le drap sur la
figure du mourant et se retirèrent.
Un instant après ce bruit de respiration pénible s'affaiblit, puis cessa.
La religieuse était restée seule avec un domestique,
vieux marin, à pleurer et prier auprès du lit du mourant.
L'aube naissante, luttant dans la mousseline des rideaux
avec la lumière de la veilleuse, les teintait d'une lueur
pâle et bleuâtre lorsque le commandant Arnauld rendit
son dernier soupir.

IX

UN TESTAMENT.

Le colonel ignorait les événements qui s'étaient accomplis durant la nuit, lorsque la jeune religieuse se présenta
à sa nouvelle demeure.
Jacques l'introduisit dans la chambre d'où le malheureux père n'était point sorti depuis qu'il y était entré pour
la première fois. Il la reçut avec le sombre abattement du
désespoir.
— Que désirez-vous de moi, mademoiselle?
La sœur Sainte-Camille lui apprit la mort du commandant, et lui remit l'écrit dont elle était dépositaire.
Monsieur Vauvert lut avec étonnement quelques lignes
grossièrement tracées, en bas, sur la lettre.

« Que ceci soit regardé comme l'expression de mes
« dernières volontés.
« J'institue monsieur le colonel Vauvert mon seul et
« unique héritier ; je le charge de l'exécution de ces dis-
« positions testamentaires.
« Mon vœu le plus cher est d'être inhumé entre madame
« Marcelline Arnauld, mon épouse fidèle et chérie, et mon
« bien-aimé fils, Aurélien P... »
« Que Dieu me pardonne la condamnation de l'innocent! »

Suivait la date et pour signature,

« Le commandant Guillaume ARNAULD. »

X

LA ROSÉE GOUVERNEMENTALE.

Le procès de monsieur Aurélien P... eut du retentissement jusque dans la capitale de notre monarchie
citoyenne.
Il ne pouvait en être autrement.
La condamnation du fils de l'un des conspirateurs
contre la restauration devait en effet être un événement
heureux pour les pèlerins de Gand, dont au lieu d'institutions populaires était déjà entourée la meilleure] des
républiques.
La nouvelle en fut transmise à Paris par le télégraphe.
On se l'annonça dans les antichambres ministérielles
comme le premier bulletin de victoire dans cette grande
lutte que le parti réactionnaire ouvrait contre les libertés
publiques.
Comme le jour du supplice des Bories, il y eut fête en
hauts lieux.
Ce fut pour la ville de Coutances le prétexte d'une
avalanche de cordons et de croix.
Toutes les ambitions ne furent pourtant pas satisfaites ;
il est toujours des gens qui mendient une pétition à la
main.
Le geôlier, lui, fut destitué.
Le malheureux, ou plutôt le maladroit ayant eu l'im-
prudence de remettre à monsieur le procureur du roi la
permission sur la présentation de laquelle les portes de la
prison avaient été ouvertes à madame Arnauld, le magistrat avait déclaré faux sa signature, le cachet et
l'écrit.
Le geôlier avait demandé une enquête.
Le procureur du roi avait déchiré la pièce.

Ce fonctionnaire public voulut se montrer généreux : une simple destitution, et tout fut fini.

La rosée des faveurs ministérielles était descendue abondante et tiède sur la tête de monsieur Laurent Bazire ; le sous-préfet était venu lui présenter des félicitations officielles pour l'éloquente plaidoirie qu'il avait prononcée dans cette cause où l'ordre public aurait pu être compromis.

Ce réquisitoire avait été publié, précédé d'une appréciation critique où le nom de monsieur Laurent Bazire se trouvait tour à tour placé entre ceux de Démosthènes et de Cicéron, de Mirabeau et de Vergniaud, du général Foy et de Manuel.

Le ministre de l'instruction publique en fit prendre un exemplaire pour les bibliothèques de chacune des communes de France ; les percepteurs reçurent ordre d'en retenir le prix sur le revenu de l'année et les maires de le porter sur leur budget.

Mais de toutes les câlines congratulations dont l'avait comblé chaque courrier, ce qui avait le plus vivement touché son cœur c'était l'ordonnance qui l'appelait aux fonctions d'avocat général près de la cour royale de Nancy, en récompense de ses loyaux et dévoués services.

XI

LA FOUDRE.

Huit jours se sont écoulés, tous les obstacles que le colonel eût pu rencontrer dans l'exécution de son mandat testamentaire se sont aplanis devant l'énergie de son caractère et de sa volonté. Le procureur du roi, le sous-préfet, ni le maire, n'ont osé faire peser les conséquences de l'arrêt sur la dépouille mortelle du condamné.

Secrète sympathie des uns, crainte d'un scandale de la part des autres, tous ont accueilli les demandes de monsieur Vauvert et satisfait à ses réclamations.

Le peuple a vu avec deuil et terreur rouler à travers les rues les trois voitures qui portaient dans une terre voisine les trois cadavres si rapidement et si terriblement moissonnés par la mort.

Le colonel est de retour. Une révolution complète s'est opérée dans son caractère ; l'impassibilité morne et fatale, sorte d'idiotisme de la douleur, dont la dernière période de la souffrance avait immobilisé ses traits a disparu dans une exaltation fiévreuse ; une douleur passionnée a succédé à l'atonie qui, poussée à l'excès, produit fréquemment l'angoisse.

Un invincible besoin de mouvement le tourmente, une soif continuelle le brûle, l'air d'un appartement l'oppresse, l'immobilité lui fait craindre les suffocations du sang.

Le matin du troisième jour qui suivit son retour, monsieur Vauvert sembla plus calme ; il sortit après avoir donné à Jacques plusieurs ordres.

Les démarches qu'il fit au parquet firent croire au public qu'il voulait retirer du greffe les pièces que la catastrophe de la prison frappait d'inanité.

Le soir, vers neuf heures, monsieur Laurent Bazire, seul dans le petit salon devenu le cabinet de travail où, depuis sa nomination à un siége plus élevé, il se livrait à la collation des affaires de son ancien ressort, achevait ce travail et s'enivrait des fumées d'orgueil dont son élévation rapide entourait ses espérances, lorsqu'on ouvrit brusquement la porte de cette pièce.

Surpris de cette entrée insolite, le magistrat porta des regards inquiets sur l'homme en long manteau, malgré la saison avancée, qui franchissait le seuil de la chambre.

Un secret effroi le saisit lorsque cet étrange visiteur, ayant fermé la porte, introduisit dans la serrure la clef qu'il en avait enlevée en entrant et la ferma vivement à double tour.

— Que voulez-vous, monsieur? — s'écria le procureur d'une voix décomposée. Un frisson de terreur secoua tout son corps lorsqu'il reconnut la figure pâle et sinistre du colonel, dont en ce moment les yeux semblaient contenir des points de feu. Serré contre son fauteuil, aux bras duquel se crispaient ses mains, il eut peine à répéter ces mots : — Que voulez-vous ?...

Monsieur Vauvert, sans répondre, se débarrassa de son manteau, qu'il jeta sur un fauteuil ; puis, se retournant et s'avançant vers le haut fonctionnaire, il plaça sur la table de travail une boîte plate et une paire de fleurets démouchetés.

Le magistrat, dont le teint avait pris une pâleur verdâtre, s'était levé.

— Vous me demandez ce que je veux? — dit monsieur Vauvert d'une voix lente et pleine d'indignation ; — c'est vous faire expier votre crime !...—Et croisant les bras : — Ah! messieurs les assassins, parce que vous cachez la bassesse de vos passions derrière la sainteté de la loi, comme la perversité de votre cœur sous une simarre ; parce que les titres, les décorations et les places sont les récompenses de vos infamies, et que la Providence vous laisse en paix, vous croyez n'avoir à redouter que vos remords, si vous en avez encore. Oh! que non!...Il peut, voyez-vous, se trouver un père, comme moi par exemple, que votre impunité exalte et ulcère, qui se mette à la place de la Providence, parce qu'il ne peut pas attendre, lui qui n'est pas éternel ; alors, voyez-vous! il vous faut rendre à un autre encore qu'à Dieu compte et raison de votre conduite.

— Voulez-vous m'assassiner?

Le colonel secoua la tête avec dédain.

— Tu pourras te défendre.

— Si c'est un duel... — reprit Bazire dont cette déclaration calma l'effroi ; — si je vous ai offensé... je ne vous ai pas refusé de réparation...

— De réparation ! — répéta le colonel avec un sourire de rage.

Bazire se hâta de reprendre :

— Je suis prêt à vous donner, monsieur, toute satisfaction. Fixez l'heure, le lieu, les armes !...

— Et je les fixe aussi : le lieu, c'est ici, et tout à l'heure ; voici des armes.

—Et les témoins?

—Nous aurons un juge.

Monsieur Vauvert leva le doigt vers le ciel.

— Mais, monsieur, ce que vous me proposez est en dehors de toute raison, de tout usage ; la victoire serait un meurtre que punirait la loi.

— Non, monsieur. — Le colonel tira de sa poche un papier qu'il présenta au procureur. — Vous signerez cet écrit que j'ai déjà signé moi-même. Vous pouvez le lire : il établit la loyauté du combat.

Bazire approcha le papier de la lampe et le contempla sans pouvoir prendre connaissance de ce qu'il contenait ; l'écriture semblait s'agiter sous ses yeux.

Monsieur Vauvert le prit de ses mains, et, après avoir jeté sur ce lâche un regard de mépris, lut cette lettre :

« Prêts à soumettre aux chances d'un duel à mort la
» répression d'un outrage qui doit coûter la vie à l'un
» d'eux, les soussignés déclarent par le présent acte que
» la nature et les conditions de cette rencontre ont été
» arrêtées et convenues de leur pleine et mutuelle
» volonté.

» Le colonel Marcellin VAUVERT. »

—Je ne signerai point ce papier ; je n'accepterai jamais un tel combat.

— Alors, monsieur, j'aurai fait tout ce que l'usage impose à un honnête homme ; j'aurai plus fait que la nature ne prescrit à un père. Que la honte de l'assassinat retombe sur vous ! — Et le colonel Vauvert saisit un des fleurets. Bazire s'élança d'un bond à la sonnette, dont il agita le cordon avec toute violence. Son espoir avait été prévenu. Le fil d'archal avait été coupé ; aucun tintement ne se fit entendre. Le magistrat se retourna vers monsieur Vauvert, les yeux égarés, le visage et l'attitude hideux d'épouvante. — Vous n'avez à espérer aucun secours, — lui dit celui-ci d'une voix vibrante ; — tout est prévu, monsieur ; j'ai fait appeler ailleurs vos agents et votre domestique ; vous êtes seul ici avec moi et ma vengeance. Dans cette maison, je vous le répète, il n'est personne qui puisse vous secourir. Voyez, maintenant : voulez-vous défendre votre vie ? — L'avocat général ouvrit les bras en regardant l'ancien officier avec stupeur. Monsieur Vauvert, voyant un acquiescement dans ce geste, poursuivit : — Alors, signez.

Il s'approcha du bureau, prit une plume, et, avant d'écrire :

— Monsieur, — dit-il d'une voix suppliante, — n'est-il aucun moyen d'éviter ce combat affreux ?... Moi, voyez-vous, je suis un homme d'étude... si je m'engageais...

— Non, monsieur, — dit le colonel en l'interrompant avec un ton et un geste de mépris, — tout est inutile.

— Au moins, monsieur, qu'il existe quelque égalité dans cette lutte. Vous êtes un ancien militaire ; moi, je n'ai jamais touché une épée.

— Signez, nous prendrons des pistolets. — Pendant que Laurent Bazire se soumettait à cet ordre, monsieur Vauvert ouvrit la boîte qu'il avait placée sur le bureau ; il en tira une paire de pistolets richement damasquinés, et, les prenant par le canon : — Monsieur, — dit-il à son adversaire, — une seule de ces armes renferme des balles ; choisissez. Que Dieu soit en aide au bon droit ! — Laurent Bazire recula devant ces armes, qu'il reconnut être celles du commandant Arnauld. Dans ce moment extrême, avec l'idée de son crime, un remords et un pressentiment fatal se glissèrent dans son cœur. — Choisissez, vous dis-je.

Il fit un effort sur lui-même ; il saisit le premier pommeau qui se présenta à sa main.

Chaque adversaire fit un pas en arrière ; les batteries grincèrent à la fois ; les deux bras s'allongèrent à la fois. Le pistolet de Laurent Bazire partit le premier.

Monsieur Vauvert recula sous l'explosion.

Un éclair de joie illumina les yeux et toute la figure du fonctionnaire public ; mais cet éclair s'éteignit aussitôt ; la force de la décharge était la cause unique de ce mouvement.

Le colonel n'avait pas été frappé par une balle ; il était devant lui. Un sourire de vengeance sur les lèvres, il porta de nouveau le canon de son pistolet vers la poitrine de Bazire.

— Grâce ! Un mot, un seul mot ! — s'écria d'une voix déchirante le misérable en tombant à genoux. Et, les mains jointes : — Je puis réparer mon crime !... Grâce ! je confesserai que votre fille était innocente... que c'est moi qui, par calomnie, par vengeance, l'ai fait condamner. Je puis lui rendre l'honneur.

Le colonel baissa son arme.

— Scélérat ! peux-tu lui rendre la vie ?

L'accent et l'expression avec lesquels furent prononcées ces paroles ne laissèrent au magistrat aucun espoir.

Un bruit de pas s'étant fait entendre dans le corridor, monsieur Vauvert releva son pistolet.

— Au secours ! — s'écria Bazire avec la rage du désespoir.

La détonation couvrit sa voix.

Monsieur Vauvert s'élança vers la porte qu'il ouvrit aussitôt.

Les voisins accourus, au bruit de la première explosion, envahirent la chambre remplie de fumée.

— Messieurs, — dit le colonel en leur indiquant le cadavre de l'avocat général, baigné dans son sang, — cette chambre vient d'être le théâtre d'un duel. Voici la victime. Ce certificat constate la loyauté du combat. Qui de vous veut m'accompagner chez le procureur du roi ?

FIN DE MARCELLINE VAUVERT.

Paris. — Imprimerie J. Voisvenel, rue Chauchat, 14.

www.ingramcontent.com/pod-product-compliance
Ingram Content Group UK Ltd.
Pitfield, Milton Keynes, MK11 3LW, UK
UKHW021656130726
13696UKWH00004B/1584